A HAND CLAPPING

一隻手的掌聲

傅一清　FuYiQing

序

德國韋茨拉爾有一個「帝國法院博物館」，其中一個展品記錄了實習生歌德到法院報到的日期：一七二二年五月二十五日。那上面還有歌德的親筆簽名。

但是他對律師職業毫無興趣，把精力都花在了文學創作上。一七七一年至一七七五年，僅承辦了二十四起案件，且在法庭上表現欠佳，常把起訴書或辯護詞寫成詩歌，有時搞得法官啼笑皆非，甚至把他趕出法庭。

我比歌德幸運。

在我身體裡有風、眼睛裡有海的時候，我為很多寫字樓做設計方案時就已經用詩歌作標注了，企圖約束難以駕馭的能量。沒有比這種配置更複雜的享受了，因此我樂此不疲。那些年我活得很友善，所以一直還有人際關係。客戶如實驗室裡被觀察的天竺鼠或荷蘭豬，慢慢習慣了這種味覺。沒有詩歌的方案，對他們來說，就像一道沒有加鹽的料理。賦比興，已如平常日子裡的油鹽醋。這種做法確保了我的生活「以感覺為主」的穩定性。

當然，也有不適者。我看方案如花妖冶，退回來只剩枯葉還鄉。不過，那又如何呢？寬裕溫龐，呼吸清淑。雲不自在謂之凍雲，山無隱見則謂之煙靄，煙波主的另一層意思是抵得住那些安定的自殘率。

眞酒鬼只和自己乾杯。

我的家裡有好多大桶葡萄酒，棒極了。每天早晨，我的臉頰飛紅一次；每天夜裡，我的臉頰再飛紅一次。內吸流和內闖流很頻繁，很強大。我列出了一些感覺比較強烈的詞：快活、反感、心切、漠然、贊佩、不舒服、氣喘吁吁。最後一個詞不是形容感受的，但我覺得你能明白我的意思。不得不去看看《金剛經》，它通篇都在說一件事：人，物質上富足了，後面怎麼活？

我想不通我爸爲什麼特地開了間別墅跟我媽住。

道之爲物，唯恍唯惚。

由此我進修了感知心理學，輔修甘茲菲爾德效應。在白色雜訊中，我想我應當先尋找一起進餐的人，然後再找吃的和喝的。其實享受派始祖希臘人伊壁鳩魯在 2300 年前就已經這樣提議了。

在生硬又甜熟、奇趣紛呈的智慧化時代，人變成了心理上的主動者、行動上的被動者。像貼了郵票還在天上遊蕩，啜泣與開懷都嫌太累。愛海的人，並不想跳海，怎樣不迷惘地把困惑展現出來，兼帶可以健康地溺愛自己？我選擇了文字的騷擾。

《六祖壇經》中，以香來比喻五分法身，稱爲“五分法身香”，我喜歡關於文字的一切，它，活躍或有病，都是一柱定身香。

我的作品中的每一個人都是我，都有我心性的某一面。賢清福居，塵外遐舉——閱讀於你，也許就是這樣的。嫵媚又不檢點的女人你倒不必擔心，但讀我的小說的女人可能會把你吃了。

還有，我不看沒有世界觀掙扎的文字，那種向自己的母語表達友誼的方式，和造物主與被造物之間的艱難博弈無關。

而這或許正是書寫的意義所在。

傅一清

二〇一七年十一月十二日

(一)

「我活過來了。」早上手機的第一條簡訊。是乙澄。

「怎麼了，消失那麼久？比北京的太陽還少見。」我覆信。

「一言難盡，見面詳談」。

「好」。

既然沒定見面時間，我就知道又遙遙無期了。有的人是雨後之虹，雲行雨施也未必得見。不過我的朋友好像悉數如此，或者這也是一種標準吧？相逢的人總會相逢，我們都信時空教。

我洗掉睡眠面膜，噴了些活泉水，從特製的熏衣架上取了件白色睡衣穿上，身體就被奇楠的香氣軟軟地切磋著。不知爲什麼，這種味道總讓我想到蘇珊・桑塔格的話：『在憂傷之谷，展開雙翼』。爲了這個怡人的儀式，我每天裸睡。自從去日本學過香道後，各種香包圍了我的生活，香氣像老鼠一樣，把房間的一切啃得模模糊糊。

吃著麥片看著窗外，已經五月了，可夏天還是不肯見人。運勢書上說我今年的幸運色是黃色，我把能見到的黃色都用光了。害得我的『資訊員』見到各種新款黃色衣服，就興奮地在微信上發圖片給我。

資訊員，是我對身邊幾個時尚達人的稱謂。她們鄙視網購，有錢有閒，逛街掃貨已成爲生物時鐘的一部分。她們買錯過太多東西，日積月累，終於走在對的路上。

我過不了這麼規律的生活，也受不了店員的關懷強迫症，但喜歡她們給我的信息量，可以讓我穩準狠地一頭撞向時尚的船頭。是的，現在交朋友要像垃圾一樣分類。對吧？

朋友永遠不嫌多。這不過是一個美好的願望。維也納醫科大學的研究小組目前在《科學報告》上發表文章指出，即便是交朋友相對容易也無需投入過多心力維持友情的網路遊戲環境中，最大的朋友圈也不過才一百三十六人而已。一百五十人通常被認定爲親密人際交往所達到的極限。

在把人群分類時我像個屠夫。

那，乙澄該算哪一類？

去年夏天，我去南通參加『藍印花布之旅』，學習染布。一行十幾人，頭髮最長說話最少的女孩就是乙澄。白天去郊區的農戶家裡，勞作一天，晚上坐中巴車返城。行程大約兩小時，大家通常會小睡解乏。最後一天，組織活動的老師提議大家每人表演個節目，唱念坐打皆可。於是大家各顯其能，唱歌，講笑話，變魔術，不一而足。車內的氣息讓這些天的分享更真實了，這樣的夜晚可以接連三次讓人一見鍾情。夜風徐來，星光和靜。輪到我表演時，我突然覺得沒有偉大的事物來召喚我，所以才華只能橫溢了。直接念出了一句詩：

一個人要抬多少次頭，才可以看見藍天
一個人要流多少次淚，才可以忘記從前

接著我就唱起了一首法文歌。

唱完了，車內無聲。路有點顛簸，我搖晃了一下身體，好像可以聽到零件鬆動的聲音。

突然，乙澄像個發光體一樣從後面跑過來，「這個送給你」。我一看是她用這幾天做的藍印花布紮成的花束，藍白相間。

在回來的飛機上，乙澄一直坐在我旁邊，不停地說話。每個字都熱得吐舌頭，像跑空的梭子，需要來回織著風。原來她是一所中學高中三年級的生物老師。所以當她說誰笨時，總說那人是單細胞動物。她迷戀星座，談一個人，總從他的北交點說起。這讓我想起了安理，他每次開車迷路，不管在哪，都先返回長安街再重新出發。

到了機場，一個看起來像個中學生的男孩來接乙澄。

「他叫小水瓶」。乙澄介紹。

那個男孩黑黑的，牙齒淩亂，感覺還在換牙。他襯得乙澄更白了。

「白人黑人，天下一家。」我打趣道。

回來之後，我又成立了一家文化公司，終於打造了一個「吃什麼，吃文化；看什麼，看藝術」的虧本平臺。每天各種各樣的忙。每個人都會被自己所選擇的生活本身所脅迫，縱使自由自在的人也不例外，條條蛇都咬人啊。和乙澄見過兩次，那個男孩也在。他是個大一的學生，她們同居了。

漢佳和她老公已在酒吧等我多時，可我的車還被堵在路上。司機小陳又開始習慣性冒汗，好像堵車是他的錯一樣。

「小陳，你新交的女朋友怎樣了？」我心不在焉地問。

「我覺得不行。」

「為什麼？哪不合適？」

「我覺得除了性別，哪都不合適。」

「我有個朋友，喜歡做業餘紅娘，那天跟我說這兩年她介紹了五十對，一對都沒成。每次一方或雙方回覆的理由就三個字：沒感覺。」

「我怎麼也這感覺啊。」

外面車流人流依舊，共逐晚風。

我隨手翻看最新的【金氏世界紀錄】：

有人一分鐘吃掉了三十六隻蟑螂，擁抱時間最長的是二十四小時一分鐘，賠錢最多的公司一年賠了九百八十七億美元，世界上最大的菜肴是烤駱駝，做法是把煮熟的雞蛋塡進魚裡，再把魚塡進雞，然後把雞塡進烤全羊裡，最後把羊塡進烤熟的駱駝裡……

讀到這裡，我的胃開始蠢蠢欲動。

「小陳，路過西單的時候停一下。」

「好的，你又要去吃酸辣粉了？」

「哈哈，『酸辣粉一條街』名不虛傳。」

車一停，我就衝過去買了一碗吃起來。酸辣粉，酸，辣，麻。酸和辣，麻死人了。

我發了條微博：「每次我從一碗酸辣粉中冷靜下來，就不知道剩下的人生該怎麼辦。它解決了心情起飛的問題，卻不能解決降落的問題。」

有人評論：美女，我也想起飛。

是漢佳。

酒吧裡的人不多，人多的地方，彼此的敬意會減少。

漢佳穿著一件乳白色吊帶長裙，沙宣頭，她總是給人很多情的感覺，夏天也能眼含秋水。她老公莊生（我們習慣叫他莊子），一貫的金領氣質，不露痕跡地考究。

「你再不來，漢佳說她的內分泌都要紊亂了。」莊子一絲不苟地說著他的臺灣國語。

「是呀，都要變成外分泌了。」漢佳遞給我一杯檸檬水。

「你們今天又兄妹出更啊。戰績如何？」我喝了一口。每次在酒吧，他倆都兄妹相稱。

「沒發現什麼帥哥，美女倒有幾個。恭喜莊子。」漢佳嘟著嘴，瞟著莊子。莊子不動聲色的喝著紅酒。他比漢佳大十幾歲，是一家法國公司駐中國的首席代表。他們結婚十年了，沒有孩子，醫生說莊子的精子存活率低。兩個人遍求名醫，仙方用盡，未見起色。情急之下，兩人謀定覓一年輕帥哥做他山之石，攻漢佳這塊美玉。

「你乾脆找個老外吧，生個混血兒，」

「我不喜歡老外，太人性化了。」

酒吧裡人漸漸多起來，性感電音像鑽到人懷裡的煙視媚行的女子，迷頭認影，劫持著人的辨識度。我平時不泡吧，如果整晚聽這樣的音樂，回到家裡，人就會像從大海深處歸來，頭暈耳鳴，難以入睡。

漢佳和她老公卻很陶然，身體隨著音樂輕輕扭動，仿佛這裡是雲外仙都。人心很多蹊蹺的東西，都在慢慢淡去。

「其實你可以找精子銀行，更簡單。」我說。

「那多沒意思，別忘了認識自己的最佳途徑就是去認識陌生人啊。」漢佳在用她的限量版純粉色手機自拍。擺著各種超萌的 Pose。

「知道我現在爲什麼那麼喜歡拍照？我下載了一個拍照神器的軟體，可隨時修圖，眼睛更大，臉變更小，膚色更白，黑眼圈立時消失。」

「對你來說是新聞的事對別人來說早就是歷史了。」我讓她看我手機裡似我非我的照片。

「哎?你手機螢幕上面怎麼黑了一塊?」漢佳問。

「昨天在家泡瑤浴時掉浴缸裡，我的手機和大海一樣腦子都進水了。」

「所以，你該給你的手機聽聽音樂。」莊子說。

「爲什麼?」我和漢佳同時問。

「你要讓它聽蕭邦的【小狗圓舞曲】和舒伯特的【鱒魚變奏曲】，這是世界公認的對 baby 有開啓智力作用的音樂。」

我和漢佳笑作一團。

我覺得整個酒吧都在笑。

我想。

希拉蕊嘴角的木偶紋越發明顯了。她和柯林頓過的又好又不好。有時在他們的合影裡，希拉蕊的白臉像烏雞一樣黑到骨頭裡。

電視裡放著新聞。

最近我一直不接安理電話。

我們是去年在一次講座時認識的。如果我不出差的時候，週末總會去聽各種講座。北京的各類講座很多，是這座古城的特點之一。算是霧霾分泌的「卡裡斯馬」吧。每次當我想遠離此地時，都被這裡各種買一送一的規則挾持。愛我所厭的，這謙卑本身也許就是最大的高潮。

敘利亞北部人還在流離失所，由於找不到食物，一些人在服用樹葉汁，做爲必要的身體營養補充液。李小龍的香港變成了成龍的香港，這也不是所有人都喜歡的。

安理那天是主講嘉賓，他是一所著名高校的經濟學教授。天氣悶熱，聽眾很多，空調卻好像成了無事小神仙。安理幾次拒絕了主持人請他坐下講的建議，表示站著講更自在。他說話的表情總在出世和憤世之間，他的手勢很特別，五指略分在胸前劃過，好像這樣就可以幫他把身體的欲望轉化成靈魂的洞見。他頭髮稍長，寬寬的額頭冒著微汗。講至有趣的話題，他就像個老虎機一樣，輕輕一碰，就嘩嘩嘩掉出硬幣來。掌聲四起，他笑得形散神不散。

到了提問環節，安理輕鬆對答。最後是一個大學生模樣的人試圖質疑剛才他講過的一個觀點，安理終於坐在了椅子上，對主持人說：

「我可不可以不回答這麼笨的問題？」

房間一下調到靜音模式。

我彷佛看見了只穿著內褲的畢卡索到處亂跑。

「你當時怎麼想的？」後來有一次吃飯的時候我問安理。

「我就奇怪爲什麼現在的人都不看書呢？」他說。

「我好像就是被你的傲慢擊中了，才栽在你手裡。」我替他擦了擦汗，嘟著嘴。

「大概那幾天你是排卵期吧？」

小池得過一個不知名的選美比賽冠軍。還做過一家不知名化妝品的代言人。皮膚好得像每天都有蝸牛在上面爬過。當然，她很想做這樣的嘗試。她的臉與美容科技呈仰角四十五度的關係，亦步亦趨。「每天讓自己更美一點」是她的宗教，在各種名目的美麗產品中變成了一塊熔點極低的白錫。小池的目標：瘦身、成家、出國、吃天下。

「我不介意你的表情有限」。我盯著她的臉。

「以後如果有一種抗老精華液不是噴在自己的臉上，而是噴到男人眼睛可以模糊視線就好了。」她的想法可以讓人看到臉背後的臉。

「還有，我不想再做演員了，生活沒規律，每天吃盒飯。我以後每天只吃有機食品，而且必須是當天選購的。」她喝了一口捷克「苦水」，咧著嘴，眼睛裡就有了電解質的味道。聽說貝克漢患有嚴重強迫症，據說他家裡的東西要不同顏色、對稱排放並且是奇數，多出來的要扔掉。

喝了一口咖啡，有妥協的顆粒。「吃我們的音樂維他命吧」，我們幾乎同時這麼想。阿爾法腦波音樂曲（曲名），腦內啡像一隻水母遊在我們的身邊，雙宿雙飛自由得透明，水草、藍色、浮力、蚯蚓、罌粟花攪拌著這個粉色的房間。小池的房間是名副其實的「花房」，連訂做的暖氣片也是粉色的。

「粉色可以治療憂鬱症呢！」小池說。

「你有什麼可憂鬱的？人見人愛的還不知足？」我問道。

「唉，昨天又被老媽罵了，嫌我不出去工作，總花她錢，說我是個『白吃飽』。可哪有適合我的工作？你說我開的車比聘我老闆的車都貴，人家當然會覺得奇怪呀。」小池撅著嘴說。

「這沒什麼，我公司的設計總監，你也見過的，他開自己家的車給公司辦事，而且加油費自付。我看他每月的薪水都還抵不過油錢呢。」

「不過我其實很想做一家養生會所，只是不知老媽同意不同意。」

「那你就先做一下市場調查吧。」

「你媽媽現在生意做得還好吧？」我又問。

「怎麼說呢，她最近又買了幾套房子，現在她手上大概有十幾套房，不過都是貸款買的。每套房子有五六十萬利潤大概就可以出手，然後再買入。最近她氣色還行，反正從她臉上我就能判斷北京的房市。」

「你說對女人來說，事業家庭哪個更重要呀？女人需要那麼刻苦嗎？有時我覺得如果嫁個特別有錢的老公，事情會簡單些。最近我的桃花運貌似還不錯啊。昨天『紅領帶』又給我打電話了，要送一張燕窩全年金卡給我，女明星們沒有不吃燕窩的。」小池接著說道。

紅領帶？我眼前浮過「紅領帶」略帶浮腫的臉。

「那小馬怎麼辦？」我問。

……

……

我知道那一刻她心亂如麻。

四月的北京楊絮偶爾像鈔票一樣貼在人臉上，看路有點困難，讓人沒辦法輕浮。目前正在進行的一個項目面目越來越模糊，讓我的心情也時好時壞。生意場上命懸一線的時態，有時會讓人句法崩潰，我一口氣接一口氣猛衝，踉蹌著錘進韻律。這頗似早期日本社會的遊女，她們要掌握時髦的社交言辭，即「通言」，懂人情，經多見廣，知物哀。可是，我沒想做社會教育家呀。

「我們去草原騎馬吧，散散心。」我撥通了漢佳的電話。

「好啊，我老公剛好昨天去美國了。」漢佳雀躍。「另外我最近認識了一個男孩，家是內蒙的，他可以帶我們去。」

「太好了，那咱們明天機場見吧。」我掛了電話。

從公司出來，我來到一家泰式SPA館小憩。燈光幽幽，「大抵浮生若夢，姑且此處銷魂」吧，女按摩師神色游離，一幅沒有明天的樣子。手法生疏，無所措手足。我只好向她抱歉：「來之前我該把身體穴位圖刺在身上，就不必勞煩你找了。」

她臉色一沉，一泓秋水照人寒，靜靜地問我：「你平時做事都這麼搖滾嗎？」

在這個城市，人們彼此在驚訝中成長，我早已習慣了。

「這是齊頌，做金融的。」漢佳介紹道。

他身形健碩，方方的腦袋，不苟言笑的神情有點像「藏狐」，一隻手抱著電腦。眼睛很大，眼尾有點下垂，這讓他看人的時候有點吃驚和無辜的神情。

「你好。」齊頌笑著說。

「這次有你給我們做嚮導，我們要在草原上玩個夠啦。」我說。

「我試試吧」。齊頌笑著幫我們辦好了登機手續。

飛機上的人不多，頭等艙的人更是寥寥，齊頌和漢佳坐在最後一排。我要了一小瓶紅酒喝，正要睡一會，看齊頌去了洗手間，漢佳跑過來詭異的地對我說：「我沒告訴他我的年齡，他以爲我是某家公司的高管，你可要配合我呀。」

「放心吧，你從來不都是『遇帥則強』嗎？」我微閉著眼答道。

漢佳不願意承認她只是個全職太太，這是她對社會理解的一部分。

很快我就睡著了。在夢裡我充滿著溯源的衝動遊到灰色的幕帳中。被那裡晃動著的手推來推去，那裡有一塊空地，只有迷路時才能找到。我不停地拔草，拔草，拔草……直到飛機劇烈地顛簸阻止了我的努力，我像個孤兒一樣醒來。喝口水回頭看了看，漢佳和齊頌竊竊笑談著，頭抵在了一處。

草原景美人稀，落日熔金，像蒙古長調把這條紅狐冷靜成山的頸托。一條長河，幾匹閑馬，好像在聊著一個島的可能性。

我和漢佳躺在蒙古包改造的酒店床上欣賞著如許景色。窗外的天空，一眨眼，景物就定格。她撥通了老公的電話，一如既往的甜蜜。我拍了幾張照片發給了安理，他回信說正在參加一個電視節目的錄製。附上兩個字，「想你」。我曾打趣他的簡訊是「民工」式的語言，有一說一，缺乏浪漫。

卻見他發來一句：「一日思卿十二時。」

我心裡一暖，回了一句：「只因相思有相牽。」

漢佳放下電話，托著腮也斜著眼瞟向我：「剛才我怎麼感覺我老公的電話裡有點怪怪的味道呢？」

在遠處，塵埃未定的地方一定有可以玩味的事情。四月的新蜜糖帶給四月的新春風。「愛和朋友一樣都是有季節的。不要把細節準確到潔癖」。我說。

「當然，放心，我能看清和珍惜手上的牌。」漢佳語氣淡定，像一種氣態的黃金。她把幾隻小熊擺在枕頭旁邊：「我出門不帶上它們睡不著。」

外面下起了雨，越來越大，方才美景在頃刻間流亡，遠處的湖泊變成了洞口。齊頌發了短信來，他住在隔壁的蒙古包。

「我過去一下。」漢佳邊說邊打開行李箱。

「好啊，趕上這電閃雷鳴的好日子。哦，對了，聽說尾數爲一，二，九的年份，ＵＦＯ事件多，說不定出門能碰上一個呢。」我說。

「沒那麼好的運氣，我一個朋友去日本，飛機剛降落，就地震了。她說明年還那個時間去，看會不會火山爆發。」漢佳說。

「這人的方向感也太另類了。」

「你看我穿哪身衣服好？」漢佳把衣服都鋪在床上，給我一一講述衣服的搭配。她來之前已經反複試穿過了。她是個混搭高手，每套都能平中見奇。

「你還用這麼折騰嗎？我看你這睡衣就挺好。」我說。

「那怎麼行？事情不能沒有顆粒感。哈哈。」漢佳說著換上了一件淡紫色襯衣，深藍色裙子，上綴一個同色蝴蝶結，很別致。

「不錯，今天是『名媛風』遭遇『草原長腿歐巴』，天雷勾動地火呀。」我笑著說。

漢佳噴了 atelies cologne 的「赤霞橙光」香水。「這款香水的前調是義大利血橙和西班牙苦橙，橙子味的香水聞起來可是會讓女人比實際年齡年輕五歲哦。」漢佳說完，做了個鬼臉出了門。

天色越發黯淡，我打開房間的音響，舒緩的曲調汩汩而出，把音量調到了極大，這好像利於把頭腦變成教堂，我覺得自己此刻特別需要這種感覺。隨手翻看著帶來的一本詩集，看到一首瑪麗婭．巴蘭達的《虛構》：

我們將沿著其他洶湧的河流而下，
它們滋養牧草和葡萄園，
無限的草場上，笑聲像潔白的珊瑚，
一匹馬駒迎風逃竄
……

不知過了多久，我斜倚在床頭睡著了。漢佳突然用雨傘頂著門沖了進來。身上灑落了一些雨滴。

「你的『草原交響曲』演奏完了？」我咕噥著說。

「才剛開始，我忘帶蠟燭了，回來取。」她從行李箱中翻出香薰蠟燭。

「天哪，你的慾望也這麼有秩序啊？」這下我醒了。

「沒辦法——不過，你知道嗎，齊頌剛才在床上也一直戴著帽子呢，他說今天的髮型沒打理過。」

第二天齊頌的父母來送行，一路在和齊頌商量購買一支基金的事。我才知道齊頌一直是業餘操盤手，每天在家做股票。這讓他對很多話題都有些心不在焉或者無能為力，他隨時在看電腦。

其實什麼都說也什麼都不意味，漢佳如此解釋。

什麼都說也什麼都不意味的，或許還有這個城市的春天。北京人都說「春脖子短」，指春如人的脖子，短得只夠連結頭和身軀。可是春天其實什麼都有。風沙，時不時讓人一嘴泥，花光又摻雜其中。去香山看玉蘭、去花溪看海棠、去玉淵潭看櫻花、去法雲寺看丁香，每年都要花去我不少心情和時間。花光短於春，不趕上就不能相會呀！

天氣漸漸變熱，我來到我郊區的畫室。

這裡的光線和空氣會把我的大腦混合成一鍋馬賽魚湯。調顏料時偶爾會聽到「嘶嘶」聲。這讓我確信正在播放的D大調是那種水仙花的黃色，平行和絃是像梅西安說的「普魯士藍裡透出一點紫紅。」窗外的鳥兒似乎演唱得也更綠了一些。

在這個房間，我可以旁若無人地練習我的「天鵝步伐」：腰部以上保持挺直姿勢，肩膀略往後扳，頭抬的高高的，與其說是在「走動」，不如說是在「滑動」。這是庫柏力克的「K」領域嗎？我覺得今天或許我能畫出這裡的空氣品質來。

安理下飛機過來找我了。

「做生意，我覺得可能有兩件事需要控制，那就是金錢和睡眠。」

我看著安理佈滿紅血絲的眼睛說，頻繁的出差讓他疲憊不堪。

「希望如此。」他無奈地搖了搖頭說。

「請問安老師，你爲什麼要做生意啊？」我歪著頭故意問他。

「當然是爲了你，爲了我們。」他抱著我的腰輕聲說。

「其實我現在已經很好了。」我說。

「我要給你更好的，不讓你那麼辛苦」。安理說。

「好啊，我這裡可有個《無限的清單》啊。我喜歡買的東西幾天幾夜都寫不完。」

「就知道你會這樣，所以我不能只做你英雄式的聽眾，我要去衝鋒陷陣。」安理看了看表，穿上他的中式外衣。說：「我想起來了，有個方案還需要再改一下，我得走了。」

他拉著我的手，邊往外走邊說：「你今天的體溫維穩在三十七攝氏度，有點不符合你的躁鬱體質，這不會讓你覺得生活很平淡吧？」

「哈哈。你知道那天小池說你什麼？」我說。

「什麼？」

「她說，安理爲什麼永遠穿中式衣服？」

「你怎麼答的？」安理問。

「我說，是的，他連內衣都是中式的。」安理聽我說完，笑得咳嗽了幾聲。

我把音樂聲音調小，給客戶打了幾個電話後，就把手機關掉了。

打開一本十九世紀法國畫家博納爾的畫冊，他被稱爲色彩魔術師，畫風具有東方趣味。聽說他喜歡不停改畫。有一次他跑到一個博物館，直接改掛在牆上的自己的畫，然後就被抓去審訊了。他終身都在畫他的妻子，四十年後，他畫出的妻子和四十年前一樣年輕。他設置的空間彷彿是請我與他共同歡慶，他的色彩好像都能吃一樣，「盛開的杏花」要叫「盛開的棉花糖」才好。我來到鏡子前，鼓起兩腮做了一些表情，發現頭髮的瀏海有些長，拿起剪子開始修起來，頭髮簌簌地掉在臉上。

Lady GaGa 蒙住臉的野獸裝。她又撲街了。不過她現在和阿布拉莫維奇一起跑遍各地，後者教她用數稻穀的方式戒煙。阿布拉莫維奇在 MOMA 的行爲藝術表演《藝術家在場（The Artist present）》的項目讓 MOMA 參觀人數創下紀錄。她在 MOMA 的經歷會讓大部分人發瘋——長時間的坐著，不說話也不移動，她的椅子上有一個洞，下面放著尿壺，因此她不需要去洗手間。

這個「來自南斯拉夫的挑釁者」長得越來越像瑪麗亞・卡拉絲了。

五月的北京 cm 音樂節如期而至。每年度全國最盛大的音樂狂歡，這個季節就憑添了一點時間的物質感。最當紅法國電音樂隊 Justice，是全球各頂級音樂節的 Headliner，也加盟演出。美國的 Explosions in the sky，澳大利亞的 Cut Copy 也來助陣。

「我們來到 cm 星球了」。乙澄看著我和小水瓶說。

我覺得自己的趣味好複雜，有時喜歡這個都市「人造經驗工廠」，有時又喜歡三米以上是古代的空觀，有時也迷戀「三上式緊張感」，這是不是就是羅蘭・巴特所說的「衝鋒派的後衛」？

小水瓶戴了一頭紅色的假髮，穿了一件白色的 T 恤，上面印著「精神恍惚」。拉著乙澄在草坪上跑來跑去。

Cut Copy 在臺上拼命甩著頭髮，一副甩掉頭屑沒煩惱的樣子。小水瓶大聲問乙澄：「你說假髮會有頭皮屑嗎？」

乙澄眯起眼摸著他的臉說：「會的，過兩年你鼻子裡都會長出蝨子來。」

我笑得喘不過氣。天空像一塊巨大的蛋糕，說不出糖具體加在了哪裡，讓人很想相信自己相信的東西。

不遠處，幾個異常瘦削穿著清涼的模特，慢慢走著。她們穿著輕紗質地的演出服，有的用綠蘿藤條做裝飾搭在肩上，也有的直接用白菜的葉子粘貼成一條裙子穿在身上……

而特別的是，她們都用繩牽著一顆白菜。

「她們這是幹什麼呢？」圍觀者紛紛嘀咕。

一名美女說，她們是在「遛白菜。」

晚上我提議去金融街吃私房菜，小水瓶嫌那裡離他家太近，說不如陪我們去剛開業的「老佛爺」百貨逛街，再到對面「港麗」吃京式粵菜。

「願意陪女人逛街的男孩是可造之才啊！」我對乙澄說。

「對，他挺能捨己渡人的。」乙澄狠狠地擰了一下小水瓶的胳膊。

小水瓶「哎呦」著說：「不過書上說男人陪女人逛街不能超過七十二分鐘，這是男人的極限。可是女人還要求繼續呀，女人一般都想逛滿一百分鐘，並且之後會要求再逛二十八分鐘。」

「商場是香料，要不女人就腐朽了。」乙澄說。街上的燈光照在她的臉上，有點抗生素的味道。

當夏娃用一片葉子擋住她的陰部時，世界有了第一道門。路過一間街上的報刊亭，報紙一個赫然的標題：智利八・〇級地震、馬航失聯、加州泥石流，和這次月全食有什麼特別的關聯嗎？

紅月亮。

我對安理說：與客戶談話，要像沈從文的文章一樣拖泥帶水而不渾濁。

小池說：做生意眞的需要天分嗎？

漢佳說：女人的腰圍是畢生的修行。

乙澄說：喜歡鑽井平臺工程師的工作，每次都是坐直升飛機上班。

大概刷過一遍朋友圈，我再次看起嘉寶一九九三年出演的電影《瑞典女王》。年青時的嘉寶一幅秀骨清相，眼神深邃，像兩口反射著光的深井。她的面龐和濟慈在詩中勾勒的如此相似：迷人，嫺靜。在光影的襯托下，她的體態更像金錢一樣，站起來說話時，所有的眞理都沉默了。最後一幕裡，女王站在風中望著遠方，目光似乎空洞卻又好像擁有所有。「零表演」的千言萬語——這是一種考察性關係，需要我先清空自己，而這像寫作一樣偶然。

馬奎斯去世了。這之前，他得了老年癡呆症，已不記得《百年孤寂》了。我把心臟當木魚敲了敲，想起了在所有的香氣中，桂香最難留。

隨手翻了一本古書看，裡面有介紹茶染的章節，讓我心生好奇。我把配方中石灰水改成鹽水開始嘗試起來。把泡過的黑茶又加了一些，煮成一鍋茶水。將一條純白色的川久保玲浸在豆漿裡泡了一會擰乾，再把它放入茶水中一起煮。最後把它放在我調製的水中定色，眼看這條裙子變成米黃色，而且出現了一個雙圓的圖案，還帶著淡淡茶香。茶盞浮花，淡淡幾筆像滋生的菌菇。我想起元朝李伯瞻的句子：

到閑中，閑中何必問窮道？
杜鵑啼破南柯夢，往事成空。
對青山酒一盅，琴三弄，此樂和誰共？
清風伴我，我伴清風。

……

小池在電話裡神秘兮兮地告訴我要帶我去個地方。我說太忙，她說我可提醒你一個人成功不是她有多忙，而是她有多不忙。於是我被她拉到了東三環一家高檔寫字樓。在電梯上我問她究竟去哪裡，她對著電梯的鏡子往臉上噴了幾下膠原蛋白噴霧，抿了抿嘴唇，說：「我今天化的是『無辜妝』，日本韓國最流行的。」

電梯門開了，一個胖胖的穿著深灰色職業裝的女人一臉笑容地對小池說：「是梁小姐吧？你比照片上更漂亮呢。」

我們被領進一家面積很大的公司，幾乎佔據了整個樓層。幾個很漂亮，裝扮時尚的女孩正往外面走。這裡佈置得很像熱帶雨林的咖啡廳，走廊裡還有個小型噴泉。「神秘園」的曲子蕩漾得很一派日本森系風格。我們進到一個像高檔餐廳包房一樣的房間，燈光很柔和。

小池坐下說：「王姐這房間的燈選得不錯。最近我把家裡新買的房子的燈換了。女人要在暖光下才顯得皮膚好，我每選一款燈都要拿著鏡子在燈下看一下自己的臉色，才決定買不買，暖光是女人的保護色。」

王姐說：「梁小姐您說得太對了，我們就是希望每個來這裡的人都心情愉悅。做爲北京頂級的相親俱樂部我們想讓來的人都喜歡在這裡聊天交朋友。」

我對小池吐了吐舌頭：「你這個萬人迷，還用得著相親嗎？」

王姐說：「以粱小姐的條件，找個普通的男朋友當然易如反掌。但我們這裡的男士非富即貴，來相親的女孩每個都才色俱佳。而成功的男士其實數量是有限的，美女卻資源豐富。現在整容術這麼流行，大街上哪裡還有醜女呢？所以我們這裡只收女會員的服務費，能讓那些成功男人躲過身邊的花團錦簇來到這裡已經很不容易了。」說完她拿了一張會員申請表給小池。

我一看，價格不菲。

小池說：「那我能見到幾位呢？」

王姐說：「這要按您的會員等級來安排。」

回來的路上我問小池：「小馬最近怎麼樣？」

小池說：「他什麼都好，對我百依百順，就是掙錢太少，員警一年的工資都還不夠我交這會員費的零頭呢。我一直想做個養生會所，可我倆的家境都是創業就不能失敗的那種。怎麼辦啊？」

對一個商人來說，與客戶的交談幾乎容不下一個不恰當的情緒，這是一種迷人的自欺，如此我才可以相當不潦倒的生活。我感覺自己好像在背著一籃子雞蛋，談話要盡力保持平衡，不讓籃子裡的任何雞蛋掉出來，這讓我懷疑自己患上了亞斯柏格症候群，爲表現得合群而過度消耗。其實在人想要表達的內容和他們能夠表達的內容之間有一個縫隙，我喜歡那個縫隙，而且僅喜歡這個。這聞起來像極淡的油漆味，我想把它的味道裝進小瓶子裡。趣味也是一種神明，是人與靈的事，不知新版的《牛津聯覺手冊》裡是否收錄。

但理解人是件好玩的事。腦袋裡的東西，挖出來，或芳香撲鼻，或齷齪難耐，不是平常想像得到的。談話如捕獸機，要隨時逮住語言的足跡，以便揮舞鞭子或獵叉。可是捕獵挺費氣力，一般會衡量客戶的份量才出動，否則對方的聲音往往足以催眠。

我來到一個湖邊，太陽顯示了綠色的光明。鴨子戲水，紫色的小花輕擺卻篤定。它含著芳香，所以並不需要道路。鳥也沒把意念飛成天意，在樹上飄飄欲渡。我開始在畫布上塗抹。我喜歡畫畫，在某種意義上，它是以色彩手段爲事物命名，如同在微博上，用「讚」歸納一切曖昧。當然，另外的意義則是當我不想和別人合作時，就畫畫。可是如果有人想成爲一個混帳的發號施令者，他應該從政，把表演從動詞變成名詞，成爲一種自然而然的反應。

「角色」這個詞既頑皮又憂鬱，有時會呈現完美尖銳的弧度，它可以引申爲「人格」、「性格」、「特質」，而它的拉丁詞源正好是「面具」。如今連繪畫裡面的現實主義都已經不再被允許表現現實了。眞的嗎？！沒人再看波提切利的畫集，有《維納斯的誕生》的那本。

不遠處有一些老太太開始跳起了探戈。一個看起來年齡最長的顯然是老師，她面部乾癟有些變形，感覺像剛剛呑掉了一幅法蘭西斯·培根的畫。其實我對女人在公園裡跳探戈這件事一直覺得可疑。據說探戈是古時阿根廷男女偷情的儀式，爲了不讓人發現，就撇著腿，旋轉交錯，急速甩頭。

這個說法甚爲有趣——既然偷情，何需儀式？另有說法稱，探戈最早出現於十九世紀的阿根廷妓院，所以早期探戈舞帶有直露的性涵義，甚至不少曲名竟直接採用男性器官代名詞，據波赫士回憶，他少年時常在街角看到兩個男人摟在一起跳探戈，因爲體面的女性是不參與這種「放蕩」的舞蹈的。我眼前的這些人如果在家裡泡杯清茶，照顧一下假牙，看起來會不會更可靠些？據說西方人常把難以理解的事情冠名曰「中國」，的確，這裡的人有一種完全不同的免疫系統，不僅是生理性的，而且是精神性的、無名的生產。

乙澄說在迷戀命理這方面，我們幾乎像近親。她說昨天切個檸檬片都能把手碰破，哈哈，她想，難道我這是身在地球，心在火星嗎？身邊也沒帶創可貼，以後削水果之前也要看黃曆，占卜塔羅牌，看星座運勢嗎？這兩天有個朋友告訴我過幾天端午節的時候，要收集午時水。在上午十一點十五分到十二點四十五分這一段時間是全年陽氣最盛時，把家裡的冷開水和熱開水倒在一個杯子裡，十五分鐘後在下午一點之前喝下，可以增加自己的陽氣和運氣。午時水除了可以飲用之外，還可以用來抄經，功德無量啊。

「好啊，到時候我們再加些金砂或丹砂來抄經。」我說。

「你們水瓶座總是創意十足，怪不得人家總說你們是外星人。」乙澄說。

「最近大十字星象還沒結束，太陽又跟土星發生衝突，對水瓶座影響很大，你和小水瓶可要避免口舌之爭啊。」我說。

「水瓶座像無臉怪，一不留神就和這世界格格不入。不過他還好，別看比我小十一歲，還挺會哄人的。」乙澄笑著說。

「我們水瓶座的忍耐是很恐怖的，談個戀愛比不談還獨立，這個我自己最有體會。有時我明明已經到極限了，還要仰起笑臉，把自己的感受隱藏一下，近乎沒有知覺的去撐起感情的橋樑。對於普通的朋友，覺得沒有傾訴的必要，對於可以交心的人，卻又不想矯情的說太多，以爲對方應該懂得自己，結果，所有的情緒積壓在心底，最後水瓶等來的是所有理智的崩盤。而且你要小心，水瓶座拋棄了別人還會傷心地認爲自己失戀了，就又回到外星準故鄉了。哈哈。」我說。

「是呀，現在世界已經從雙魚時代進入了水瓶時代，能想到的和不能想到的都會發生。」乙澄有點無奈地說。「我們的DNA中有太多的雜質，儘管我們的外星父母儘量的淨化我們的基因。但水瓶時代被自由、放蕩的天王星主宰，直接撼動土星的穩定性，所以水瓶座的字典是以『顚覆』取代『責任』的。世界從一個潮濕迷茫的水象時代，來到一個乾燥而富於進取的風象時代，將歷時二〇〇〇年，導致每個人都越來越想完成自己。」乙澄每次談起星座就喋喋不休。

她又接著說：「而且在水瓶時代，男女間的差異越來越不明顯，男生女相和女生男相的中性氣質大受歡迎。水瓶座特別善於理解另類事物，崇尚獨特，同性戀和變性戀也逐漸被理解，不再被人看做扭曲和變態，我去過一個同性戀俱樂部，好多人都大膽的宣佈喜歡同性，這在過去簡直是不可思議的事情。一個斯文，帥氣的男生還在胳膊上紋了『請別碰我的卵巢』。現在的很多事情都像是一場場娛樂民主運動。聽過那首歌嗎？『流浪幾張雙人床，換過幾次信仰，等陽光在身上流轉，等所有業障被原諒。』你說你們水瓶座生來是不是就不會平靜地生活啊？」

「我們喜歡重新組織自己和別人的精神和物質生活。」

「你們感興趣的不是昨天，而是明天。所以我常覺得愛上水瓶座的人基本上是屬於『現世報』，哈哈。」

「你爲什麼一直住在酒店？」安理曾經問我。

「我喜歡極其舒適的流離失所。」我說。

「你一進酒店眼睛就有光。」

「哈哈，別人也這麼說過。」

一位巴西女詩人說：「眼睛裡發亮的就是本質。」金錢給人榮譽感，我暗歎自己對酒店的迷戀證明我其實是個驚天無聊胚。貧瘠的生活令感官的需要逐漸喪失，這會降低活著的感覺，物質的充分滿足或許是提高感覺的唯一方法。富裕是必要的，它可以構成很多不可思議的場景。

是的，很多年了，我一直在城中最好的幾家酒店中沉溺。無論白天工作多累，每晚走進酒店大堂時候我的眼睛會像貓的眼睛一樣反光，像得了白瞳症。而身體則會呈現出舊毛衣的模樣，自由地散發虛弱，這種虛弱對我至關重要，在我的生活裡，虛弱是力量的源頭，有如索緒爾的變位詞被插入吠陀文詩歌中一樣。這種轉換是如此難以察覺，就像圖書館抽掉了幾個小冊子。

通常我會在大堂吧喝杯百利甜酒再回房間。昨天我拿了一張捷克Stamitz Quartet四重奏的CD給侍者，大堂就有了一股泥土的味道。看了一眼微博，今天居然是國際毛巾日，這一節日是爲了紀念英國科幻小說家道格拉斯·亞當斯，他曾在代表作《銀河便車指南》指出：毛巾具有巨大的心理學價值，一個在銀河系漫遊的人，在戰勝所有困難後，如果還知道毛巾在哪裡，那麼這顯然是一個不可低估的人。不過這也讓我想起昨天早晨安理對我說他每次出差前我都會擠乾他身體這塊毛巾的最後一滴水。爲了公司的事，他最近出差很頻繁。我對他說：「男人要把精液的流向管理好，才能勝任工作。」他說：「放心吧，我只想做你一個人的土地測量員，只要你的心別比宇宙還大就好。」

尼泊爾的首都加德滿都果然是山國的春城，夏天也有涼風習習。雖然加德滿都機場是我見過的最小最破舊的機場，沒有空調，僅一層，面積小得讓人想到經驗與符號的斷裂。但也有可愛之處，這個機場竟然有綠化，飛機起飛的地方旁邊全是種的花花草草。夏天的尼泊爾每天都要下一會雨，閃電是玫瑰色的。這裡的雨是精準的，差不多每天下午三點半都會來一場雨。

這是個神秘之地，它的國家格言是：「母親和祖國重於天堂。」不過不知天堂在這裡是否應了米蘭・昆德拉的說法：「只配讓人遺忘。」怪不得連這裡的狗都肆無忌憚的，任你從它身上邁過去都懶得睜下眼睛。

這個國家，剛於二〇〇六年廢除王室制度，二〇〇八年建立聯邦民主共和國，目前是東南亞唯一的共產政權。可是給人的印象跟東北亞的朝鮮完全不一樣。宗教身份似乎更令人關注，統治者或許仍是活女神庫瑪麗（kumara）。每年庫瑪麗節也仍是人山神海，街上到處是修行人。要不就是旅客，爬雪山的、朝聖的、遊蕩的、修行的、找豔遇的。佛陀據說出生在這裡，但印度教勢力彷彿更大，也有各式藏傳佛教和說不出派別門道的。或化妝塗彩，或冥坐洞穴，或在河邊燒著屍體，或在大佛塔邊上亂轉，或伏地磕頭，磕個不完。

洋人很不少，高班寺上一任住持圓寂後，據說已轉世去了西班牙，目前靈童正在培養中。佛教的普世化，看來快達成了，不久我們就會看到西班牙人長相的活佛，也會越來越習慣洋喇嘛。

我和安理這次是隨一個頌缽音療團來到這裡學習，頌砵由七種金屬組成，是以喜馬拉雅山的隕石燒熔提煉再由手工打造而成的。它發出的泛音聲響，能使人放鬆、平衡，調和人體的七個脈輪，相當於用聲音來按摩身體。

教我們的老師來自聲音治療的發源地之一——德國。他說我們的呼吸，情緒應處於平衡狀態，但是如果身體處於一個長期發炎耗弱的狀態，也格外容易被附著。如果一個靈魂對於物質世界太多依戀，留下太多情感，這也會形成一股力量，當我們無法把這股污濁的能量在體內平衡掉，它就會留在體內，形成民間所說的「卡陰」。祖先很聰明，「卡陰」是個非常貼切的形容詞，就是來自外界的隱晦的能量卡在我們體內，造成我們的能量不平衡。

這個團的組織者是楊姐，所有人都這樣稱呼她。她篤信佛教，身形高壯，每天都穿著尼泊爾紗麗，褲子肥大得可以裝下兩個人，她帶著尼泊爾色彩誇張的圍巾，紗麗的褶皺和圍在身上的碎片感，隨時讓人覺得衣服會從身上掉下來，需要端著一口氣。

有時還在額頭上點著濃濃一團紅色的蒂卡（Tika，類似中國的朱砂痣）。她說，尼泊爾人認爲蒂卡蘊含著生命中最重要的兩樣東西：信仰和大米。

課餘，楊姐喜歡帶著我們到杜巴廣場的紗麗店閒逛。門襟裡邊的紗麗從天花板一直掛到油光的地板上，五顏六色的。一掀動，像是流動在牆壁上的牆紙。窗帷上也掛滿了紗麗布料，微風吹過，很像在拉薩隨處飄著的風馬旗。每次看著我們挑選布料，楊姐總是歎口氣說：「這麼漂亮的衣服，阿蕊怎麼就不喜歡呢？」

阿蕊是楊姐十八歲的女兒。她也常稱呼楊姐爲「楊姐」，初中畢業後就輟學在家。她膚色微黑，巧目流盼，穿著清涼，大半個胸露在外面。她的胸讓我想起了曹禺在《雷雨》中對四鳳的描述：「走起路來，過於發育的乳房很明顯地在衣服底下顫動著。」

「阿蕊的穿著具有開放性線索，很誘人啊。你們男人都會有視覺勃起吧？」我問安理。

「我不覺得。現在很多女人挺蠢的，穿過短的裙子和低領口的衣服，這樣會讓她們顯得廉價，好像在對男人說：『嘿，我是你的，你不知道嗎？我覺得女人在穿著方面最需要明辨是非。』安理說。

「不管你說的是不是真心話，我都可以把這些話當做『女巫的自我修養。』哈哈。聽說，阿蕊讀書時成績很好，怎麼就輟學了呢？」我一邊試穿新買的紗麗一邊說。

晚上我和安理去泰米爾找奼紫嫣紅的手工紙燈籠和可樂口味的橡皮糖，這裡的老闆個個都能說幾句中文，有的甚至連『白富美、高富帥』都知道。回來的路上尼泊爾司機在破舊不堪的窄路上一路狂奔，振奮人心的尼泊爾音樂開得山響，他開車的方式可以說是憤世嫉俗，毫不憐惜，幾次我的頭被顛得碰到車頂。我真想問他，這車是不是借來的。

好不容易回到旅館。一進院子就聽到吉他聲。我和安理來到二樓的平臺看見阿蕊正在彈吉他。她看見我們過來，興致很高地遞過一個本子說：「你們點歌吧，這上面的我都會唱。」

我翻了一下，除了內地歌曲，還有粵語歌、英文歌、日語歌。

「這些你都會唱？簡直是 KTV 曲庫呀。」

「會唱，我每晚都去酒吧聽歌。」

我點了一首哈蕾娜的《love the way you lie》。

阿蕊說：「這兩天哈蕾娜的施華洛世奇的魚鱗裝很轟動啊。」

我說：「明星吸睛就是吸金啊。不過她前幾天的演唱會開到阿布達比，大概覺得景色和自己都太美了，忍不住在當地清眞寺前一口氣拍了十幾張，結果被趕出去了。」

「爲什麼？」阿蕊問。

「雖然她裹得嚴嚴實實，連頭都包住了。但寺廟認爲她拍了不當照片，還擺了與聖地環境不相稱的姿勢。」我說。

「唉，這個世界就是清規戒律太多。什麼時候自由能像零用錢一樣存多少用多少就好了。」阿蕊說。

安理去了吧台買紅酒，阿蕊又唱了兩首歌。我問阿蕊：「你平時常去哪家酒吧？」阿蕊說了幾個名字，「我喜歡泡吧，酒吧比學校還像學校呢，各種各樣的人，包括妖魔鬼怪。我不喜歡上學，討厭那些教科書，人讀了會變成塑膠腦袋。我平時自己找書看，想看什麼就看什麼。」

「有男朋友了吧？」

「沒有固定的，不過偶爾也會找個男人切磋一下肉體和感情，反正我以後也不想結婚。我爸媽沒離婚的時候，我爸簡直就像土耳其男人一樣，唯一會幹的家務就是打老婆，我媽媽後來就皈依佛教了。她不喜歡我現在這樣，可我覺得挺開心的，開了家網店，專賣尼泊爾的首飾。」

「哦，不過酒吧很複雜，你年紀還小，謹慎些好。」我喝了一口安理遞過來的紅酒說。

「還好，見到高大上的人，我和他談家與國。見到妓女，我就和她談美育德育兩性關係。一個人的時候我就和自己談談玉兔號月球車，哈哈。」

月色溶溶，水靜風輕，我和安理也一起與阿蕊又唱了幾首歌，夜漸深，準備散去。阿蕊說：「哦，楊姐下午說，明天開始街上會戒嚴，你們別上街了啊。」

回京後，公司裡事情繁多，好多項目千頭萬緒，比蒸氣波音樂的構成還複雜呢。（這條蒸氣波公式很好地點明瞭蒸氣波的構成成分：蒸氣波＝低保眞電子音質／賽博龐克式／反烏托邦式／八〇年代雅痞士文化／未來主義＋復古懷舊戀物／funk+Smoooth／沃荷式／亞洲文化／古早日漫元素／超現實主義＋N）。商人啊，爲什麼冬天不死在獵人的槍下？

老辦法，我又開始去聽各種講座，與生意無關的講座，這是不是用戰術的勤奮在掩蓋戰略的懶惰？昨天晚上去聽了一場講座。一位老先生講到「物的發現」。說的不是科學，而是文學。像風雨雷電，古人當然老早認識到了，甲骨文裡就老多相關記錄，可是在文學中很晚才成爲被關注的對象。詩經裡說雨，只會說「零雨其蒙」。雨既沒啥姿態，也還沒有人和它相關聯的情緒。到了魏晉，才有人開始寫「苦雨」詩，被雨惱了。唐朝，才有杜甫「隨風潛入夜，潤物細無聲」，雨的姿態、作用才明顯了。白居易「能來同宿否？聽雨對床眠」之後，聽雨才成爲一種情調，人才懂得在雨夜思友人、想人生。後來才有「少年聽雨歌樓上，紅燭昏羅帳；壯年聽雨客舟中，江闊雲低，斷雁叫西風；而今聽雨僧廬下，鬢已星星也」「小樓一夜聽窗雨，深巷明朝賣杏花」這一類作品及生活意趣。

聽得此，不覺感慨起來。是悲哀嗎？好像也不是，只覺有些堵。雨，這北京市是不常下的，所以小時候還常「喜雨」。這兩年，天候反常，各地水澇頗常見，而北京淹水也常成爲大眾之恥笑點。一下雨，到處就都是「積水潭」，令人不能不做好迎戰新生活的準備。

另一種新生活，是防霾大作戰。霾的發現，堪比雨之發現而更奇。從前沒怎麼聽說，可能也是不懂，每次冬天出差回到北京，霧氣灰蒙，夾雜著泥土和煤灰味，令人特感親切，總要大口猛吸之，以表達我對這城市的熱愛。後來外國報導多了，這灰濛濛的霾，就把人心也埋了，亮不起來。大家開玩笑，說霧霾天見面，不愧生死之交。

其實站在霾裡，面對死亡，滋味勝於嚼土。朋友紛紛戴上防毒面具，聊天也成爲口罩推介會。陰影、魅影、各種霾情，影影幢幢。

等風來，漸漸代替了等情人。援軍不至，孤城被圍。人將殉矣，老天呀，胡不我憐？

盛夏的北京，一場暴雨之後，彩虹流光溢彩。爲什麼彩虹是這種顏色的？爲什麼彩虹是這種形狀的？之所以是這種顏色，據說是因爲光的折射。那光到底是什麼？是一種粒子還是一種波？牛頓認爲是一種粒子，但直到差不多一百多年後，另外一個著名的人物湯瑪斯．楊設計了著名的雙縫干涉實驗，才證明光也是一種波。那彩虹爲什麼會是這種形狀的呢？我本想繼續百度一下，漢佳打來電話：「我就在你公司樓下，有事和你談。」

我鑽進漢佳的車：「哪天從韓國回來的？這次又買了不少衣服吧？你最近去得眞夠頻繁的。」

「昨天才回來。特別想和你聊天，咱們找個地方邊吃邊聊吧。」漢佳說。

我們進了一家上海菜館。漢佳看著菜單說：「聽說日本一家餐館推出新服務，爲單身顧客在餐桌對面擺放毛絨玩具姆明，眞的好貼心，有了陪吃公仔就再也不擔心一個人吃飯沒人陪了。」

「你還有機會一個人吃飯？我看你早就分身乏術了吧。」

「我老公總出差，齊頌白天看股票出不來，到頭來我還是落花人獨立呀。有時覺得自己無聊得就像一塊裡面含了很多空氣的金塊。」漢佳說。

「那又怎樣？畢竟還是金塊不是瓦礫呀，你和齊頌說過你們的產子計畫了嗎？」

「說過，他不同意。還說他可不想自己的孩子管自己叫叔叔，所以最近每次都堅持用避孕套。還說希望我儘快離婚，但這怎麼可能呢？我嫁給莊子那麼久，他一直很寵我，他把我養大的，我怎樣都不會和他分開的。不過……」漢佳歎了口氣說：「感情也眞是奇怪的東西，我和莊子眞是不比以前了，以前我泡過澡，穿上新款的睡衣，他總是會誇我多美多誘人，現在卻熟視無睹。而且他眞的太保守了，上次我特意在日本性商店買了縮陰液，本想試試，增加床上的情緒，沒想到他居然勃然大怒，說我淫蕩。你說他奇不奇怪，孩子我可以和別人生，這個倒不讓用，不可思議。」

「縮陰液眞的會有效果嗎？一定要用日本的？」

「據說很有效。日本的是用三仙茅草做成的。」她還特意帶了說明書給我看：《本草綱目》記載過「古有一味草，名之三仙。女之根本，還其少女。」漢佳又壓低聲說：「現在日本 AV 女優都用這個。」現在三仙茅草主要產於日本北海道，在日本也稱之爲古藥草。以前是日本皇室後宮女性的必備之物。」

「我聽說韓國很流行作縮陰手術，一勞永逸。」我說。

「我害怕作手術，會有心理障礙。」漢佳又說：「反正我過幾天和齊頌試試縮陰液效果如何再告訴你，他可前衛了，什麼都願意嘗試，他說上高中時就看過《金賽性學報告》了，我跟他說我小學就讀完西蒙波娃的《第二性》了，他立刻被我雷翻了，哈哈。不過，我覺得如果和齊頌生個孩子應該不會差，上次我們去內蒙古見到他父母，他們的身體、相貌都還不錯。」

餐廳裡放著輕柔的樂曲，我和漢佳又要了一份甜品。

我說：「前幾天我讀明代御醫龔延賢的一本書《壽世保元》，裡面說：『脾好音樂，聞即動而磨食。』飯後聽聽音樂，益於養生。」

「如果哪天我懷孕了，就每天聽德弗札克的《新世界交響曲》，據說可以調節孕婦心情。不過，我發現齊頌有時候性格很衝動，最近股市行情不太好，他心情很壞。」漢佳說。

「齊頌媽媽是蒙古人，身上有蒙古人的基因啊。聽說某些民族可能有焦躁的特徵。」我說。

「那天他買的一支股票大跌，他氣得直拍桌子，就像陰陽失調的黑猩猩或者是被諾亞方舟壓過的河馬。」漢佳說。

「哈哈，這樣也好，至於嗎？宣洩了就過去了。不像有些人喜歡把情緒憋在心裡，一副憂鬱的樣子，好像在等著自我哀悼得來的快感。」我邊說邊用手機給漢佳看了一段音樂視頻，是風頭正勁的小號王子克裡斯·伯提和美女小提琴手路西亞、米卡雷利在波士頓的現場演奏。完美的小提琴和小號的深情對話，一曲充滿夢幻和迷離的旋律。

「人漂亮，音樂很性感。」漢佳說。

「性感在反差之中產生，有點像你和齊頌，咱們現在都需要一些應對不可能的經驗。」我說。

「也是，我和莊子現在的生活太禪意了，枯山水一樣，空無，留白，軟綿綿又乾乾淨淨的，日子過得就像日本畫家東山魁夷的風景畫。」漢佳說。

「還像讓人提不起性慾的莫蘭迪和八大山人。」我說完，兩個人都大笑起來。

天氣越來越熱了，我的設計方案終於通過審核了，開心哪，帶著助理跑到動物園玩。

這裡的海洋館造型獨特，猶如一隻藍色的大海螺躺在綠樹環抱的沙灘上，這裡可以傾聽海浪，還可以親手觸摸形態各異的海洋軟體動物，很像雅克・貝漢的關於海洋的記錄片。有一種魚，橢圓形，身體是灰黑色的，眼睛位於頭部上方，第一背鰭黑色，可自由伏臥，第二背鰭銀白色有黑邊，尾巴上有一條銀白色環帶，尾鰭是粉紅色的，看了介紹才知道叫炮彈魚，怪不得那麼像魚雷呢。牠能履行監視天使的善行嗎？

來之前，安理問我怎麼想起要去動物園，我說我還想去深海廢棄珊瑚區遊樂園呢。我念了聶魯達的詩：「我恰巧厭倦了人的生活。」他說，不管怎樣他都喜歡我的笑容，像蝴蝶展翅。

其實北方人誰不愛海呀？我四季都想去海邊。曾跟他講過無數次，我最喜歡躺在海邊的高級酒店，在潮聲裡、漁笛裡按摩、睡大覺、發呆。過去幾乎每個月都會去找一家住著，認識他以後卻少了這個樂趣。他老是忙，沒法陪我，還東拉西扯搪塞我，總之就是不陪我去，也勸我別去。海邊沒什麼可看的，只有孤獨，或者遙望著孤獨，他說。

這我可有點不以爲然。現代人不親近海、怕海，所以才這樣。他忘了中國古代可是海洋國家呀！

古希臘人的航海技術當然已超越了獨木舟和木筏，但地中海畢竟只是「湖泊文化」，所以不是以風爲動力，而是以槳。所以一艘戰艦常要配備上百名划槳的奴隸。然而，用槳只能征服湖泊與近海，卻難以進入大洋。他們使用風帆的技術又不成熟，帆是固定的，不能隨意轉向，所以根本不能遠涉大海。

古印度人的航海技術同樣落後。他們製木技術太差，即使海船也只能以葦草來編。這種船經不起大浪，只能靠岸航行。

相較之下，中國的木製品技術，一直領先世界，可以把製造大宮殿的技術用到造船上。而且我們有世上最發達的鋼鐵鑄造術，所以中國的造船業長期執世界牛耳。榫接技術、鐵釘使用技術，加上發明了用石灰、油漆、麻絲混合填料塡縫的技術，徹底解決了木船的漏水問題，使木船可以放心地進入遠海。不論哪一國的商人，都以乘坐中國帆船爲最佳選擇。能與古代中國的造船和航海技術相媲美的，只有介於東西之間的阿拉伯人。

由海上來的，不只是福音或神靈，也是財富。早期僧人去南海求法，往往附商船以行。由中國到印度及阿拉伯世界這條航線，不但是佛教傳播之路，也是一條珠寶和香料之路，再加上後來的白銀。

安理自己教經濟史，他最熟悉這些白銀呀珍珠呀的流向，可是他自己卻懶得出海，甚至連游泳都不會，可見知識跟性格興趣還不是一回事。想到這些，就夠讓人氣餒的，所以我來海洋館也懶得喊他。

潛水夫身背氧氣瓶攜帶食料下水，開始餵食表演，魚群全都遊過去密集地圍著他，他會做一些表演，背著氧氣瓶花樣游泳，吐出一些形狀特別的泡泡，跟魚缸外的人打招呼，他旋轉的時候，魚兒們也跟著他起舞。

助理說：「潛水夫好帥啊。」

我忽然來了興致，說：「我們現在去做美人魚。」

等到潛水夫出來後，我對他說：「我也想去潛水餵食，請幫幫我。」

他很吃驚：「現在嗎？你會潛水？」

我說：「是現在！不會潛水，但我會游泳。」

他笑著說：「那可不行，潛水至少要學習一周。要學裝備應用、水肺系統、自救互救什麼的，沒那麼容易啊。」

於是我和助理開始了不懷好意的遊說，誇他帥得滴水不漏，尤其知道他喜歡蝙蝠俠後，我說蝙蝠俠的靈感其實來自達文西的飛行機草圖和道格拉斯・范朋克主演的電影《蒙面俠蘇洛》，他的意志最終變成了一筆清楚的糊塗賬。

我穿上潛水服，背著潛水設備，在潛水夫的保護下潛入水中，被身邊的鯊魚、鯨魚以及各種深海物種環繞。我學著潛水夫的樣子，向白鯨的嘴巴裡吹了口氣。可惜，它是用鰓來呼吸的。在這裡我突然就理解了那句話：「潛水的痛苦就在於，當我身處海底的時候，會找不到讓自己浮出水面的理由。」

後來我們又在海洋館買了小水獺開瓶器和海洋版十二生肖明信片。龍魚最威武、狗魚最萌、牛魚、兔魚……之後我們來到了此行的目的地：猩猩館。

飼養員把我們帶到了一個房間，正是我要認養一年的那只小猩猩的住處。牠第一次見到我們，表情有點驚詫。牠才四個多月，嬌小的臉和不相稱的大耳朵，可愛得有點無奈。一副家教好到沒朋友的樣子。我抱著牠，牠的眼睛很小，像安上去的兩個圖釘。我和牠握了握手。然後我就去辦理了認養手續。只是在認養人一欄我填了一個客戶的女兒的名字，這是我送給她的生日禮物，並且讓助理過兩天給小猩猩的房間裝上空調。

晚上我和安理在酒店的花園散步。他今天學校有課，說起現在的大學生連選課都很功利，頗覺失望。

我說：「其實也不奇怪，這是一個連殺人都要計算成本的時代。」

他說：「唉，大學越來越像一個工廠了。」

我說：「大學也是那些缺乏競爭力的人的避風港，幸好還能讀碩士讀博士。大學像個圍城，能夠把人圍起來而你不感覺被圍起來。」

「可是這個圍城能圍多久呢？我剛剛看了教育部的公告，說就業率低的專業，電子商務、貿易、經濟、市場行銷這些都是。真令人吃驚啊，許多人家父母都還擠破頭想把孩子塞進這些專業呢，說是畢業後好謀職。想不到在城裡才住了幾天，城外就已變了天。」我又說。

安理笑笑：「也沒全變，像電子商務在江浙一帶就還好，所以這是有地域差異的。不過整體看，確實在進大學前不太可能預測到讀出來以後的情況。目前大家都是用從前的經驗、現在的市場去判斷。可是未來哪可測呢？你看我們這兩年在商場上的起伏，不就像衝浪一樣在冒險嗎？也不知道什麼時候會迎來更大的浪。」

「那麼，那些家長養小孩、讓小孩讀書，而最終投資失敗，每年可是千百萬人的規模呀，簡直比股票市場崩盤還可怕。」我說。

他忽然摟著我：「咱們別替古人擔憂了。說說我們什麼時候要個孩子吧？我可要好好地培養他。」

我笑著說：「還沒想過呢，那麼甜蜜的負擔，需要我翻新自己才行呢。不過，你想要幾個孩子呢？」我嘟著嘴問他。

「越多越好，最好一年生一個。」他滿臉笑意。

「喂，下午動物園的飼養員說母猩猩生完小猩猩後三年之內不能再生，我的待遇還不如母猩猩嗎？」我揪著他的耳朵撒嬌。

這時我的手機顯示了一條短信：我女兒很高興，已經買了紙尿褲準備去給小猩猩送去了。謝謝。

我遞給安理，他看過說：「你的弱點行銷理論又奏效了。」

我說：「我做生意的方法，就希望像布考斯基的文字一樣，把每個人都能拉到地面上，甚至天使。」

最近我被拉進各種微信群，群裡各種各樣的問題撲面而來：

「你渴望美嗎？」這是一個令人焦慮的問題嗎？

當我沉默的時候，我覺得充實，

我將開口，同時感到空虛？
如果行爲只是虛幻，那什麼是眞實？
在現實與夢境，眞實與虛幻交織的大網中，
我們該如何抓住交匯點？
在相對的兩種狀態中緊張和放鬆，
有限和無限如何保持平衡？
怎樣的紅色才能最具有可讀性？
自我求道，何去何從？
過程和結果，究竟哪個能使人們感受到快樂與成就？
爲什麼喝茶不能像喝咖啡那樣在年輕人中流行？
我們應該與人分享什麼
眞正可以使我認同，表現我存在的事物，該是什麼？
記憶的藏與露？
創作是製造美夢或破壞美夢？未來的種子總是在深埋過去？
我也發了一條：前兩年 BBC 揭秘過一項實驗，科學家讓女孩跟一隻海豚一起
生活，想教會海豚說話。結果海豚愛上她，有親暱舉動，而女孩也想要進一步發展關

係時，女孩被帶離，實驗中止。西風已消，東風未來，最後那只海豚拒絕呼吸，選擇了自殺。尼采是不是瞭解過這樣的事情才說「美刺激生殖」呢？是什麼發動了這種降臨？

我可以做個忠誠的上帝視角愛好者嗎？

我眞的不知道你們是怎麼評價 KIC8462852 天文發現的。

小池約了我在美容院做卵巢保養。我發現她瘦了。

她說：「我前幾天臉上和身上都打了 Botox，效果不錯。」

我說：「Botox，這眞是人世間最感人肺腑的發明啊。」

她說：「我這不算什麼，湯姆・克魯斯往自己臉上塗夜鶯尿，五十歲看起來像三十歲，黛咪・摩爾連膝蓋上面的皮膚都整過了，他們就是這樣解決時間焦慮症的。」

美容師給我的腹部照射紅外線燈，然後用精油開始按摩。

我說：「如果你有時間焦慮症的話，最好的方法就是戴三個錶來對抗。」

小池說：「恐怕我眼睛裡的渾濁度還沒那麼厲害吧。」

美容師笑著說：「你們兩位的皮膚身材都那麼好，連女人看了都會喜歡的，時間拿你們也沒辦法。」

我說：「我都不知道我和小池在一起，到底是因爲喜歡她，還是同情她扭曲的靈魂。」

小池哈哈大笑說：「現在還有正常的人嗎？那些寫心靈雞湯的人，我都不知道他們的性生活是怎麼過的。」

我說：「你的富豪相親活動進展如何？」

她說：「說不清楚。我覺得自己好像進入不了狀態。」

「爲什麼？」

她說：「我覺得富豪對自己的生活好像都做了一種巨量的刪除，他們的世界，只剩下了薄薄的一層。上星期見了一個做石油設備生意的，身價不凡，他對我也很有好感。說我長得像那個『豆瓣第一美女』。不過後來聊天我就發現。他有點奇怪，他在郊區有別墅，但是嫌遠，就在國貿這邊買了一層公寓。前兩天他請王姐和我去他家做客，一千多平米的房子就他一個人住。他白天嫌路上車多，基本不出門，晚上十一點左右讓司機開車在二環三環上兜風。而且，他不去任何餐廳，說以前做生意應酬太多，現在飲食上一切從簡，基本每頓只吃蔬菜沙拉。我問他喜歡旅遊嗎？他說僅美國就去過七十多次了，其他的也去得差不多了。我問他還有別的愛好嗎？他說現在就想找個女人平靜的生活。可我覺得他才不過四十多歲呀，不應該現在就開始養老啊？」

我說：「大概他以前對生活用力過猛了吧，就像一流大學的學生更容易厭學一樣。不過，如果按照富人的物種起源來說，只有保存大量動物本性的人才有機會成為富人，所以可能他現在開始學著同情人類了。他應該直接穿越到日本江戶時代，每天光在家裡擺弄印籠就能打發時間。」

小池說：「我跟他說，他應該直接把名字改成「空海」，那顯得多無求啊。不過我現在可沒那麼清心寡欲，對物質還有好多幻想呢。我還想等我特別有錢的時候，要請最好的油畫家教我刷牆呢，那多好玩啊。而且這種富豪都已經人到中年，皮膚鬆弛，我覺得我還是喜歡年輕人那種充滿希望的消瘦，像小馬那樣，腹肌就好像PS過一樣。我媽最近生意做得不錯，她現在同意我和小馬交往了。小馬特別會照顧人，知道我早晨起床晚，每天都會買有機蔬菜水果放我門外，然後再去上班，每次來，內褲襪子都幫我洗，而且他也很上進，最近可能要升職呢。」

我說：「小馬人帥心好，非常的非物質，不像有些人非要花幾千元買一雙鞋，還要讓人看得出設計師的名字，生硬得簡直就像妮可・基嫚注射過的蘋果肌。哦，對了，我買了一台新型空氣清新機，是帶活性炭淨化和負氧離子功能的，樣子像個綠蘋果，可愛又實用。明天讓司機給你送過去。」

「好呀，那你讓他送到我的新住址吧！我們經常搬家，這是我們家的風格，不過好在都是在高檔社區裡搬來搬去。小馬在南城老區分了一個一居室，我都不知道自己能不能習慣那種貧民窟的分貝呢。但我眞的很想把自己的心收在他這裡，最近我想把名字改成叫『滿滿』，提醒自己要滿足、滿意，只是我媽媽不同意我改，說滿了就沒餘地了。」

最近身邊的朋友改名字的很多，有的還自稱得了高人的指點。我想起了二十世紀下半葉以來在世界範圍內產生最重要、深刻影響的德語詩人保羅．策蘭。他的原名叫安切爾（Anstchel），後來他到布加勒斯特，從事翻譯和寫作。開始以 Ancel 爲名，之後又將其音節前後顚倒，以 Celan 作名字，這在拉丁文裡的意思是：「隱藏或保密了什麼。」此後不僅他的身世，他以晦澀著稱的詩、他的悲劇性的內心，甚至他的死，都被置於這個痛苦而又撲朔迷離的背景下。

小池說：「你在發什麼呆呢？」

我說：「哦，當心，這夜，在沙的支配下，它會對我們倆百般索取。」

小池說：「你呀，什麼時候把詩歌當口頭禪的毛病給改了就好了。」

「哈哈，這是我的標配啊，這樣才能讓別人對我保持一種無解狀態呀。」我笑著說。

「詩對你來說就像女演員對待自己的身體一樣，都變成口袋裡的零錢了，隨意犒勞。」

人怎麼可以單方面決定，哪些屬於自己呢？

風，總是忽來忽去，不由人決定。錢也一樣。而人的許多活動，其實又建立在錢上，猶如房子總要築在沙上。或者說人實際上住在風箱裡，被風來回的鼓弄著。然而誰能捉得著風？

我躺在床上，聽安理的鼾聲，他睡得昏沉。

月亮從視窗照進來，我可以看清自己睡衣上的紐扣，樓頭澹月似撩人眉黛。我的大問題又開始轉化成小情緒。最近糾纏在公司的幾個項目中，很累，輕歎了一口氣。

「你怎麼還沒睡？」安理醒過來攬著我問。

「我剛才睡前喝了一袋紅參，大概把褪黑素都打敗了。」我說。

「你的腦子總是不肯休息，又有什麼鬼主意了？我的小天才總是大腦聯合皮層特別的活躍，心和腦波隨時都在互通有無，不過這也是你給我的感性福利啊。其實你和我在一起，不需要有壓力，只要我們能在一起就已經夠了，其他都是額外的獲取，你呀，把我管理好就行了。『衣衫褪而天下治。』做女人就要輕輕鬆鬆的。」

我緊緊依偎著他說：「唉，我要是知道自己是天才還是瘋子就好了。」

安理笑了，他的牙齒潔白而不顯半絲煩亂的透著精神。

他說：「有一些人見別人所未見，而他們是對的。我們管這種人叫天才。有些人見別人所未見，而他們是錯的，我們就管這種人叫瘋子。你在我這裡什麼都是對的，當然就是天才了。」

「那我現在好想吃鱷魚蛋做的霜淇淋，鱷魚蛋百分之八十都是蛋黃，據說很好吃。我總是夜裡想吃一些吃不到的東西，科學家會不會也是這樣在夜裡亂七八糟的基因突然發起瘋來弄出了無籽西瓜？對他們來說關係與原創哪個更重要？在意義的製造與消解之間，他們和自己之間是不是都是一種考察性的關係？」我說。

安理摸著我的胸，吻著我的脖子說：「你喜歡吃的都是重口味的東西，還推出這麼善感的評論，可是你說話的腔調中有兩個波波的軟度，證明你還是個可控的瘋子。」

安理在床上的時候，總能以一種優雅的方式對我野心勃勃，有點「逐弦吹之音，爲側豔之詞」的味道。我想起白天公司裡的設計師們蒼白的面孔，黑框的眼鏡，他們過分務實的平面設計已脫離了設計者的生活體驗，讓人根本看不出他們到底有沒有熱戀過或者爛醉過。

安理的溫度是一種類似於商人階層的物理美學。沒有聲音，沒有暗處以及孤獨。可以整頓我們之間的歡樂且把它們固定，再加以享用。我揉著他的頭髮說：喂，帥哥，你該剪髮了，否則會讓我想起《咦？披頭四披頭散髮捧腹大笑物語》了。

最好的溝通，或許來自沉默。西藏的阿姊鼓，只能選用純潔少女的皮來做。純潔，不只是未與男人女人性交，最好還是不交流、不說話，因此純潔的啞女爲首選。如果一時選不著，就會把女子的舌頭割去。割去舌頭的女人皮鼓，即使發出聲音，也是渾淪的，通通通通通。於是聽見的人都歡喜起來，說：阿姊說話了，在唱著思念家鄉的歌啊。也有人說，不，不，阿姊見佛了，她唸著唵嘛呢叭咪吽。呀，其實鼓不會說話，阿姊也不會說，聲音是打鼓的人自己做出來的動靜與聲響。或者，是你捶打它時無奈的悶哼。悶哼如雷，可惜它不是雷。

漂亮的雷暴其聲舒揚，聲以遠聞。閃電在暗紫色的天空中寥寥數刀，即有漢八刀之風，它一道一道劈下來。只有這樣的雷雨過去，城市的夜景才更新銳，第二天才有刺眼的藍天。也只有見了陽光和閃電，我的整條脊柱才會驚醒，像蛇一樣站起來，挑戰一點規則之外的東西。

我和這個世界的相處方式挺怪的，我並不想太隱藏自己，有時我需要每個人都把我當成名門淑女，如果有人有異議，我會把他撕成兩半。有時我又覺得自己就是禿山上的頑石，或者教堂裡的舊風琴，呼吸即是命運。像聽民謠一樣，它既不流行，也不過時，像手工製作的鞋子，第一次穿就能獲得舊愛重逢的感覺。

嚴重的經前症候群困擾著我。經期前幾天，由於體內激素波動，身體水腫，情緒無常。此時遇神殺神遇佛殺佛，攻擊力滿値，自毀力滿値，有時居然會有雇個殺手殺死自己的念頭。我吃了點加味逍遙丸，又吃了一些「鎂片」，據說鎂可以幫助大腦傳導神經衝動並協助具有神經激素作用的活性物質維持在正常水準上。不過據說女人比男人堅強的原因，是因爲我們每個月都有幾天醒來時，發現自己倒在血泊中，卻依然睡得香甜。

我一個人在房間裡跳著舞，想著有一天我把頭髮全部染白，戴上頭巾與老花鏡，像英國女王一樣，雙手鬆鬆一握置於腹部。別人行注目禮時，我只需露出四十五度側臉微笑頷首即可。我開始慢慢地旋轉，像一個托缽僧旋轉舞者，這種舞與基督教貴格震動派，**shakers** 派同屬一脈，這是一種非常有價值的設計。古波斯詩人魯米曾經寫過關於旋轉的詩句：

「你像個小孩兒，自己在團團轉，轉多了還以爲房子在轉。」

空氣在發酵，被我柔軟的心需要著，安潔麗娜．裘莉的臉也開始旋轉，她的五官，眉眼之間有一種顛覆性，那是一種想讓人決鬥的挑釁之美，她幾年前在《我的醫療選擇》中說：她家族有乳腺癌、卵巢癌遺傳背景，她身上攜帶有 **BRCA1** 這種基因，爲防止基因突變，她做了乳腺切除後，將在度過生育年齡的四十歲後摘除卵巢。最近她顯然切除了卵巢和輸卵管，安然絕經，正式進入更年期。而且再次重申「知識就是力量」。

聽說美國已成功給七個人換過仿生膀胱，不久就有機會幫人安裝仿生陽具了，現在給八隻兔子換過了仿生陽具，這個陽具能順利完成全套戰術動作，包括最後的射精。一個人除了自己自認爲的那樣之外，還是什麼？放下緊張感，她也就停止生長了。還有，莎士比亞對情色的關注與他的姓氏有關嗎？莎士比亞這個姓，意思是「搖動長矛」呀，心有所念，幾念幾相識耶？《仁王經》中說：一彈指六十剎那，一剎那九百生滅。食稻米，飲牛乳，入暗夜，出黎明，是莫札特，是油在流。我在我的眼前旋轉著。

轉著轉著，星星就都下來了，小的跟我說：「嗨，小心你的夢」；大的說：「注意別吃太多。」圍著我，眼前光流光動，直到我也發起光來。影流光曳，好像水瓶破了，水珠散了一地，又被串成了手鏈，鎖住手腕。

乙澄問我：「聽說你們做生意的都特別懂銷售，那天我在商場看見電視裡面一個人在談銷售的三種境界：第一、行雲流水，第二、遊刃有餘，第三、收放自如。我覺得這和戀愛這個事情怎麼好像異曲同工啊？」

「可能吧，不過感情或者很難用理性的尺度去衡量，我們只能相信它理應如此。一個調查報告說，女人每天平均說兩萬多字，男人則都少於七千字。男人下班時，七千字已經用完了，女人的兩萬多字才剛開始呢，所以我覺得愛根本就只能是『如入無人之境的境界』。」我說。

乙澄說：「其實有時我也覺得，不管和哪個男人在一起，都別把幸福當成標準來衡量，而只能想他給我的痛苦比別的男人給我的痛苦相對舒服些而已。據說如果一個非洲人知道你沒在戀愛中，會很詫異地問：『你怎麼那麼不注重精神啊。』在感情上他們是more mess more fun（越亂越開心）。

「每年的情人節不就是國際癲癇日嗎？二人世界就像蘇東坡的字一樣，不能放大看。得像當年聽完譚鑫培的戲似的，用棉球塞住耳朵，讓戲味好好留在大腦中，免得被鑼鼓聲沖淡。你要是能和小水瓶一直相處下去，眼睜睜地喜歡著，清醒是件多麼致幻的事情啊。咦？你那次不是說最近你們一起在學西班牙語，想出國嗎？」

「是的，現在是暑假，我們每週一起去一個語言班上三次課。而且，我們這次的學費還是小水瓶付的。」乙澄臉上有幾分得意地說。

「他是不是去勤工儉學了？」

乙澄說：「有一天他打電話給我，語氣特別急促，讓我到他家附近的那條街去找他，我走在路上就下起了雨，老遠就看他打個傘站在那裡，手裡拿個盒子。我問他是什麼，他神秘兮兮地不肯說。過了一會來了一個人，兩人沒多說什麼，那個人打開盒子看了看，給了他一些錢，拿著盒子就走了。

小水瓶興奮地抱著我說：「我們發財了！」我問他盒子裡面是什麼，他說是萬智牌，已經攢了很久。萬智牌介面很美，畫風特別炫，卡牌插圖基本都是大師水準，已經形成了一個買賣市場。最貴的一張牌「黑蓮花」標價已經是一千五百美金了。昨天他和買家在網上談好價格，確定今天交易。隨後他把錢放進我的包裡，讓我交我們倆學西班牙語的學費。

我當時還眞有點不知如何是好，就說：「你可別光顧著玩這個，影響學習，你不是還想考研嗎？」

他說：「不會的。其實玩萬智牌也有好處，第一、要常去牌店，這就做不成宅男了，能瞭解社會，多些人際交往。第二、無論是組牌還是對局都變化多端，能鍛鍊邏輯思維能力。第三，也是最重要的一點，牌價漲漲跌跌，像股市一樣，關注行情能鍛鍊經濟管理能力。我還想給你買最好的護膚品。最時尚的衣服呢。不管你已經多麼漂亮了，我都想讓你更漂亮。」

「你當時聽了是不是特別感動啊，這聽著有點『中國夢』啊。」我說。

「說眞的，我哭了，當時我確實眼睛像吃了瀉藥一樣。雖然小水瓶很孩子氣，經常一天當中至少會有一次惹得我不開心或流淚，甚至兩樣都發生，可我覺得他特別眞實。」乙澄說。

「怎麼想起學西班牙語呢？不會是因爲喜歡梅西吧？最近巴西世界盃都快變成咖

啡廳裡的特殊飲料了，每個人都在談。學會西班牙語就可以翻譯梅西的微博了。哈哈。」我說。

「我倆都喜歡梅西。梅西剛出生的時候，就比其他同齡的孩子個子小，所以他的夥伴們叫他「普爾加」（pulga），在西班牙語裡就是小跳蚤的意思，現在這個名字成了梅西的專屬稱呼。最近有個模特宣稱與梅西發生了一夜情，她說：『這是一場我們都無法忘記的比賽，我們在一起纏綿了幾個小時，請不要告訴任何人！梅西把那裡刮得乾乾淨淨，一根毛都沒有，他就像個剛出生的嬰兒一樣。』」乙澄說完，我倆大笑起來。

她又接著說：「其實最主要的原因還是我想以後能和小水瓶一起出國生活。西班牙人熱情奔放，對別人的私生活很包容，無拘無束。我們的西班牙語老師說，連西班牙的狗都很直接，要麼超熱情，要麼超凶，沒有一條淡定的。甚至連他們的國慶閱兵儀式都不刻板，有坐車的，有騎馬的，有牽著羊的，還有背著雪橇的呢。我感覺西班牙人可能大部分都是射手座，不像咱們中國人最喜歡的一項全民運動就是無緣無故地嫉妒。」

「是呀，他們都太有性格了，聽說最近西班牙的一幢四十七層的摩天大樓即將完工，竟然發現忘記設計電梯了，這風格比畢卡索的腰和達利的鬍子還硬朗。這不就像

《派特的幸福劇本》裡說的『唯一與我瘋狂相匹配的方法，就是你也同樣瘋狂。』？」

乙澄臉上發著光說：「你說對了！你知道馬德里的簡稱是什麼嗎？ＭＡＤ！瘋狂！我不想失去小水瓶也不想被失去，雖然他是個又傷人又養人的小魔鬼。」

「他家裡人不知道你們的事吧？」

「還不能對他們說，不過那天他媽媽突然問他有沒有女朋友，他說有了，他媽媽高興地說：『太好了，我兒子是個正常人，不是同性戀。』之後就沒再多問。」

「我對西班牙的美食倒挺感興趣的，西班牙廚神級的大廚 Ferran Adria 是分子烹飪之父，他開創的『分子美食』先用實驗儀器把食材和佐料打散成分子狀態，再以非常規範的形態重組，他的工作室每做五千次實驗，才能開發二十多道菜。他的『鬥牛犬』餐廳每年只營業半年，還要從二百萬人的預定裡挑選出八千人就餐，我去年就讓助理幫我在網上預訂了，不過可能排隊要排上五十年，據說他做的史詩般的湯菜『睡蓮湯』由十六道工序做成，極其複雜，很有魔力。不過什麼時候我做好年虧損七十萬美元的心理準備，或像安理那樣喜歡思考陽光，也去開一家這樣的餐廳。」

乙澄咽了咽口水說：「那可能得等到你的隱形基因復發了才行。」

天氣益熱，我坐在車裡穿行長安街。兩邊的建築樂觀而又完全沒有希望地站著。徹底淪喪的建築道德，讓民眾一邊買單，一邊與錯誤一起生活卻又無力回擊，只能凋謝著等待。八卦新聞裡又在說某男星外遇及某女星劈腿，現在人們的眼神和世界觀一樣模糊，迷戀著模棱兩可的對立物，離生活很遠卻又渴望著呼吸，如此也就完成了一宗宗娛樂事件到資本市場的無邏輯轉換。明星們必須活得很複雜，把任何一個場景都當做鑽石一般，鑲嵌在新聞裡，渴望著人們能有一絲開放的好奇。他們如果在銀幕之外沒有撲面而來的表演過度，像個喝醉的水手揮霍金錢那樣揮霍緋聞，人們則只會和他們有一份默契的分寸感，而當他們演出了一種複雜，人們才開始正視他們。他們需要挑戰一點規則之外的東西——這成了人們緩解壓力的方式。

責備炒作，那就像責備一條魚是濕的，所以失聯的飛機沒有失控的明星多。有人覺得人一生最重要的是家庭、愛情、親人，不這麼想的人就只好進演藝圈了。金錢和毒品也許是他們之中的一些人僅有的兩項在戲裡戲外可以同樣堅持的事物。

爲什麼我對人類的恐懼毫無消滅，反而日益翻湧？

「抬頭望向天空藍藍

對著那份美好的心願
是在苦澀又在艱難
只怕夢到中途又難圓
狂風暴雨老天顛連
常要說的是樂生於苦
可樂極生悲道理又自古」

……

豔陽天交叉著黑夢拖引山河水淡入進幻聽，他把一個奇怪的時代唱得很傷感，傷感到奇怪的程度，然後沉默得像個愛沙尼亞男人。

我也這麼說安理。有時我會問他很多問題，在這方面我有無窮無盡的天賦，不過最近他在回答時常常不管我問的是什麼，卻好像只會從事先準備好的幾種答案中選擇一個。

「這是要反映出你對禪的投入嗎？」有一次我問他。

他說：「最近在外面談事情談得頭昏腦漲。而且你知道嗎？男人談事和女人不一樣，女人談事有話題就行，可以上午造謠，下午闢謠，晚上競猜。男人談事一般是要兌現的，一句話說出之前我是它的主人，說出之後我就是它的奴隸了。」

安理談話邏輯清晰，即使是北京的霧霾也掩不住他奪目的光芒，可惜他的氣場重合性太高，或者說已經到了言語破碎之處，存在卻尚未出現的地步。他把性格的優點，實實在在地轉換爲與客戶談話的缺陷，離簽合同可能至少還有三百海浬的距離。

「爲了你，我要讓自己迅速工具化。」他接著說：「其實我發現做生意就像顏色釉一樣，人一半，天一半，慢慢來吧，那天我看到一篇文章說，未來我們每個人只要有幾個這樣的朋友就能每天都開心得像在外太空一樣：一位藝術史學家，一位雙性人，一位天體物理學家，一位基因治療醫生以及一位安樂死協會的主席。」他又說：「有時我看你連帳都算不清楚，傻乎乎的，怎麼生意卻能做得那麼好呢？」

我說：「因爲我天生就是個情緒崩潰的人呀，不會引發別人的推理。就像一個世界末日裝置作品，看起來分不清是謎面還是謎底。哈哈。」

……海水會吸收紅光，所以大部分顏色到了海底看起來都會發藍、發灰，但白色不受影響。在強流環境中下潛，以斜向下角度遊動，如果把握得當，最後應該恰好能抵達既定的方位與深度。峭壁可以有效阻擋海流，使人可以停留在合適位置，觀看鯊魚；如果下潛速度太慢，就可能被強流沖離峭壁，錯過潛點而升水，回到船上都很困難，所謂「負浮力」就會呈現下沉趨勢。而「中性浮力」則是既不上升，也不下沉的平衡狀態。

在海洋中，深度越大、光線越弱，相反的，深度越小、光線越好，在十米內一般海水都是明亮的……

「你的畫那麼好，應該辦個畫展，你可以做藝術家的。」安理說。

「藝術家？那不是在說歷史學家嗎？這聽起來比拉赫曼尼諾夫的《d小調第三鋼琴協奏曲》還難好嗎，藝術是一鍋美味老湯，誰都想喝一口，不過到了最後，大多數人都掉進鍋裡煮成了湯料。藝術圈也是個名利場，據說徐悲鴻的朋友圈裡，甚至包括印度聖雄甘地，這種表現我只能用呵呵來形容。」

「如果有一個很需要個性而且還可以不講理的位置，自己的想法又能代表客戶的想法，隨心所欲的名利雙收，那我的心會像櫻花一樣開得無恥又燦爛。」我撩著安理額前的頭髮說。

「我們現在的努力不就是在用時間換空間嗎？」安理充滿愛憐地看著我說。

托瑪・皮凱提《二十一世紀資本論》雖六百八十八頁之厚且滿篇是對各種不平等上升勢頭的深度分析，但不妨礙該書居法國暢銷書排行榜第一。

漢佳說 Nancy 有事請我們過去一下，她的司機把我們送到了美麗世界。這裡是北京最著名的洗浴中心，Nancy 長期在這裡包租頂級套房。我和 Nancy 不熟，只見過一次。隱約記得她有一種以狗血平天下的氣質。聽說 Nancy 在郊區經營幾家大型的度假村，現在禁止公款消費，度假村的生意一落千丈，很久沒見她了，估計她也會一籌莫展吧。

「不過誰知道呢，她是老江湖了。雖說六十歲的人了，不過可新潮了，各種電腦新遊戲都玩得不亦樂乎，前些年去瑞士打過羊胎素，去年又去德國接受了新鮮活細胞療法，精力過人，她說每天連空虛的時間都沒有，感覺人家自己的血和肉比智力還更聰明呢。」

「注射這些會不會副作用很大呀？」

漢佳說她也問過，不過 Nancy 說是不是暗無天日和霧霾沒關係。

我們進了房間，這裡是三層，四壁和廊柱佈滿巴洛克式的雕塑，掛燈、繪畫，華麗得像是一個首飾盒，裝滿了金銀珠寶。Nancy 正在和幾個人打麻將，她今天的髮型很特別，頭髮中間壓得平平的，兩側則有個髮髻緊緊貼住，其餘的頭髮垂至肩頭，讓我想起前段時間在街上看到一輛牌照滬 A00001 的車子，看起來好像個獨角獸。

她讓那幾個人走了，用手摸著頭發問：「我新接的假髮怎麼樣？」它的指甲油是紅得吐血的那種，好像抓誰一下就能直接把人家的衣服染紅。

「好看呀，多像慈寧宮裡的哀家。哈哈。」我說。

「哇，你眞的越來越年輕了，得有多少帥哥前仆後繼地來侍寢啊。」漢佳說。

「李威這個小蹄子，已經好幾天都不來了，不知開著我的蘭博基尼在哪泡妞呢。」Nancy 說。

李威是 Nancy 的小男朋友，之前做過模特。這幾年常和 Nancy 在一起，Nancy 的老公是個退休的工程師，據說只對數字和沉默感興趣。

Nancy 說：「我請你們來是想週末請你們去參加我老公的外甥的婚禮，在秦皇島，所有費用都我出，你們就當旅遊就好。」

我說：「啊？我們又不認識他，是不是太唐突了？」

Nancy 說：「沒關係，你們去了他們肯定會覺得蓬蓽生輝的。」Nancy 按鈴叫了幾個按摩師進來，又吩咐人去酒窖拿了酒來。

「這種韓式經絡按摩減肥效果特別好，比吃減肥藥還管用。」Nancy 說。

我們去樓上沐浴後，按摩師給我們每個人全身都塗滿了薑根精油，按摩起來。

我說：「聽說英國最近發明了一種可食用噴霧器，只要一吸霧，就跟吃過唐僧肉一樣過癮，目前噴霧有什麼芒果味、爆米花味、冰淇淋味、棉花糖味，還有龍蝦味呢，餓了就吸幾口。」

漢佳說：「那太好了，咱們以後就不必擔心發胖了，人瘦就會看起來青春。」

Nancy 摸了摸自己鬆弛的「蝴蝶袖」，有點悵然的說：有時回頭想想，瘦過，這個比「愛過」更讓人悲傷的兩個字，咱們女人得爲它付出多少代價啊？

按摩完，我們每人喝了一杯 perrier Jouet，這款香檳每年亞洲地區限量發行六百瓶，喝一口，滴雨見雷霆。

週六我們隨著 Nancy 的名車車隊從北京駛向秦皇島，我和漢佳坐在中間的一輛保時捷裡。司機殷勤地遞給我們一疊 CD，問我們喜歡聽什麼，漢佳挑了一張爵士樂。我們在車上都敷著補水面膜。漢佳說她以後想多認識一些政商界人士，莊子現在工作壓力很大，她希望自己可以多有一些人脈，以後可以做些事情。

我說：「現在經濟環境不太好，甚至連白酒行業都需要仰望星空。」

漢佳說：「我只是想開間小店試試，不過還沒想好做什麼。」

我說：「莊子同意嗎？」

漢佳說：「我用自己的私房錢開，如果讓他出資，他肯定反對。他喜歡我在家裡乖乖做太太，每天插插花，逛逛街，煲靚湯。以前我和朋友之間如果有點不愉快，跟他說說，他總是把問題都歸結到別人身上，說我沒有錯。以前我覺得他是保護我才這樣，現在我覺得他是不希望我有什麼朋友，這樣就可以安心在家了，可我現在想獨立性強一些。」

我說：「做全職太太也沒什麼不好，在中國做生意的女人和獨身女人一樣常被視爲狀態可疑。家也是一個事業，經營好也不容易啊，其實有時我覺得獨立也未必要做職業女性，而是要試著在任何位置上都能保持獨立。」

漢佳說：「話雖這麼說，但有多少理論能經得起現實的耗損呢？像我這樣別人都認定爲我是貴婦，其實莊子每月只會給我一些固定家用，他其餘的錢我是見不到的。我在香港的時候，認識一個香港小姐亞軍，她嫁入了一個大家眼中公認的豪門。除了每月可以在家族基金領取一筆固定家用外，無非就是收穫了很多規矩而已。而那些錢也基本都用在買服飾上，因爲她們需要在很多場合演示端寧華麗，顯示做派，讓大家臉上有光，所以她們自己大多並沒有很多存款，一旦生活有什麼變故就會很慘。」

我眼前浮現出旋轉樓梯、披肩、一絲皺紋都沒有的撲克牌臉……到了晚上，只能瘋狂，不能下流，很像郎世寧的畫風，寫實工整……

《安娜・卡列尼娜》中一名貴婦的話：「安娜如果只是觸犯了法律倒好了，她破壞了規矩。」

眞正的自由哪裡輪得上無產階級，還有什麼比一個騷動的靈魂更令人羨慕？

電視上說生物語言學又有了新突破，黑猩猩可能會說話了。牠們的英文名Chimpanzee，在非洲話裡指小精靈，因爲牠們最像人，據說與人的基因相似度高達百分之九十八・八。可是小精靈連話都不會說，令人喪氣，所以科學家用破心機，想讓牠講話。前些年有人養了一隻，能基本掌握美國手語，很讓人鼓舞。後來又搞了個尼姆計畫，把小猩猩尼姆交人撫養，同吃同住，跟小孩一樣。可是最終仍是失敗了，牠的故事還拍成紀錄片，在美國 HBO 頻道播放。科學家仍不信邪，現在還在努力，黑猩猩之外，馬啦、海豚啦、蜜蜂啦、蝙蝠啦、蜂鳥啦都在研究之列，時不時就報導一下，振奮人心。這可能也是爲了繼續獲得研究資助吧，但我覺得沒戲，羅蕾萊（Loreley）或許會唱歌，猩猩恐怕是不行的。

據說如果我們可以住在木星上，就每天都可以看見月蝕。想想每天都不見天日，天南地北的飛，根據北宋哲學家邵雍的計算，世界上的事物將在十二萬九千六百年後，完全重現。這是不是科幻小說題材？

「國內已經開始有了科幻文學專業，可是只有一個教授在授課。也不知學生的畢業論文會不會寫有關梁啓超的未來小說？」我問安理。

他說：「現在大學裡的很多學生在忙著創業。最近有個學生退學去技校上學了，覺得與其念大學，不如當水電工實在。他們都在擔心畢業以後的出路問題，有個學生還做了《大學畢業出路利弊分析一覽表》，所以他根據行情選課。對了，我們下周在潮州有個學術會議，你和我一起去吧？」

「好啊，是該出去旅遊了，要不整天看財務報表，我都快得老年癡呆症了。大腦變成了今年二十明年十八，可身體跟不上呀。」我說。

到達潮州已經是晚上了，主辦方的李老師為安理的到來興奮不已，請吃夜宵，還有其他幾位教授做陪。我們進了一家粥店，粥店人頭攢動，生意火爆。李老師幫我們點了海鮮粥、田雞粥、蟹仔粥和其它的當地風味小吃。端上來的粥香味撲鼻、軟糯爽滑，我們感覺剛剛吃飽的肚子又不自覺的亢奮起來。

李老師說：「『煮粥沒有巧，三十六下攪。』煮粥的竅門就在於攪拌。用大火滾沸以後，要不斷攪拌差不多十分鐘，米粒間的熱氣就釋放了，粥才不會煮得糊糊的，也避免了米粒粘鍋，轉小火後就不要再翻攪了，避免把米粒攪散，否則粥就太稠了。」

另外一個江西來的教授說：「吃粥，在咱們國家已經有六七千年的歷史了，史書上說，黃帝烹穀為粥。」

安理接著說：「不過古時更多的是寫成『糜』，到了唐宋，『粥』字才開始大行其道，而且覺得白粥可以『推陳致新，利膈益胃。』」

「經你們這麼一說，我覺得粥好高級呀。」我說。

粥上來了，果然美味，而且越吃越想吃，讓人有舔鍋底的心。

安理滿意地看著我的吃相，說：「看來我得寫篇《潮州雜詠》。韓愈的《初南食》好像沒寫過喝粥的事啊。」

大家笑起來，李老師說：「這幾天你們好好在潮州玩玩，當年韓愈因諫唐憲宗不要迎佛骨而被貶潮州，雖然他在這裡只有八個月，但興利水、驅鱷魚、辦學校。贏得百姓愛戴，爲紀念他的功績，潮州很多地名冠以韓姓，比如韓山、韓江、韓橋啊。」

一個白髮教授說：「所以有『不虛南謫八千里，贏得江山都姓韓』之說。」

我說：「聽說韓愈當年爲驅鱷魚，寫了一篇文章警告鱷魚七日內遷往南海。如果繼續冥頑不靈的話將遭到捕殺。文章下水以後，風雷大作，鱷魚受了感動，西避六十里，從此吃齋持素，變成一只好鱷魚了。這眞是韓愈版的賣萌環保攻略啊！對著鱷魚駢四儷六的引經據典現代人可做不到了，不過現在也不必寫文章了，只要說限鱷魚三日內搬家，否、則、的、話，男的做皮鞋，女的做皮包，三天后所有的鱷魚都會逃之夭夭了。」

哈哈哈……

李老師說：「也不一定呢，最近學校的學生宿舍有老鼠來冒犯，有頑皮的學生仿韓愈的《祭鱷魚文》作了《祭老鼠文》。可今天的鼠輩毫無當年鱷魚的敬畏之心繼續造訪。後來學生們又用電腦單曲迴圈貓叫的聲音，聲效也不行。」

大家笑成一團。

喝完粥，我和安理想隨便轉轉，就和大家告別了。我們坐上了一輛敞篷人力三輪車，小巷子裡老人在悠閒的乘涼，沿江堤岸，微風拂面。

「你說，人活著是不是很難有第二種選擇——爲什麼不能成爲一個和社會格格不入的人？」安理說。

韓愈被貶潮州一路苦辛，他是不是有點像毛姆的《月亮與六便士》的查理斯？在四十歲左右的時候，突然有一天，他拋家棄子學畫畫，忍受一切貧窮困厄卻毫不在意，他住在大溪地一直畫到死，臨死時他身患重病，但他仍坐在屋子裡畫豔麗的、生命力蓬勃的壁畫。

「每一種堅持都有千斤重，需要足夠的金錢和心理上的資本，還需要預留出時間和勇氣面對可能的失敗。唉，我覺得韓愈的臉可能應該長得特別適合拍黑白照片，就像仙人掌屹立在時間沙漠中的那種臉。」我說。

街上出現了一則身體乳的廣告：爲了更性感的膝蓋。兩個光滑細膩的膝蓋下各滴著一滴乳液，像極了乳頭。這圖的特別之處就是誇張的表現了產品特點——薄。薄得像沒抹一樣。

「我們倆的想法會不會太文藝了。小池總說我們是不是每天都要幹掉一碗碗心靈雞湯啊，哈哈。」我喝著一杯涼茶對安理說。

晚上吃了太多東西，我覺得我們眼睛明亮，肚皮鼓漲，像剛從西瓜店行竊出來。路邊的灑水車一直單曲循環《萬水千山總是情》，我和安理分享白雲穿過山峰也傳情。

生活還在生活之中，沒有走神，曾經走神，到底哪個是對的。
承盡愛和哀，還要擔盡事和責。

我說：「我其實不在乎原眞性，主要是看重自己還在不在敏捷的狀態。自由像血液一樣，安和與自由相同，誰還在乎歌哭無端，哀樂過人？潮州對韓愈來說僅僅是他人生中的一朵浪花罷了。潮州人做足了『韓愈文章』把這蠻煙瘴地的潮州文化品格迅即飆升，聲名遠揚。這潮汕人血液中果然流淌著精明的ＤＮＡ啊。」

「所以我們也別想什麼『雲橫秦嶺家何在』了。」安理拉著我的手繼續說：「其實讀過點書的人總會重視『新民』，就是感化周圍的後知後覺。像韓愈在潮州、蘇軾在儋州那樣。有時我覺得儒者相當於基督教的傳教士，大儒就是大主教，所到之處，德化小民，美化風俗，不過我們中國人認為儒者應該安貧樂道，儒者一談錢，就像《十日談》裡的修道士，會令人鄙夷。有時我覺得自己去談生意的感覺就像轉身去提起一個個漏水的桶，打不出來噴嚏，還狂掉眼淚。」

「你呀，提桶的時候還得再多吸幾口氣，才能什麼都不想。走吧，我們去湖上划船然後看著它漏水。」我說。

不遠處的韓江水面平靜，如果配合成千上萬的閃閃發光彩色光碟，反射不同色澤的光芒，再由光纖製成個「月亮」，它旋轉發光時，光碟就會像一個金屬投影機反射大海的光芒。《AN Island called Earth》的宇宙版也太帥了，在僅僅一百張的限量版唱片裡，他們撒了些星際塵埃金進去，這些塵埃來自十六世紀撞擊地球的一顆小行星隕石。

據說《星際效應》竟然抄襲了哆啦 A 夢一九八一年的劇場版，玉米地、枯萎症、反重力、土量、解釋蟲洞、海嘯……

不過又不是科研報告，要這麼較真嗎？那本《粲比芭與國王》的小說，作者署名只是「它的作者。」不也很好嗎？

那天夜裡，我們在江邊住。安理興致蓬勃，一次次衝擊我，比海浪還兇猛。我說他就像個噴瓜一樣，那是一種會脹起然後炸開的植物，張力釋放，種子隨之彈出，最遠能把種子射到六公尺外。

「你是最有力氣的果實」。我攬著他的頭說。

「這幾天你的胸好漲，像撒了酵母似的。」安理邊吸邊說。

我說：「有一次我看過一本科學雜誌，有一篇文章專門介紹哺乳類生態，其中有一份描述各種哺乳類發情時間的表格，從第一格的老鼠、貓、斑馬開始，分別記載了各類動物發情的月份。春秋兩季發情的動物最多，但最後一格的人類，卻寫著：一整年都可以。」

安理說：「你呀，求知慾和性慾一樣強。」

是呀，就像星星、月亮總愛手把手一樣……

不過安理說得也對，我覺得自己的腦子就是這樣的，也可能是一種病。這種病有時讓人感覺無所不能，不知疲倦，甚至言語遠遠跟不上思維的速度。這可能會阻礙別人和我講道理，因爲我可以順著別人講，讓對方覺得自己的理論體系不充分，也可以反著別人講，讓對方覺得他自己完全邏輯混亂，然後我像沒事人一樣很快把所有觀點忘到九霄雲外。

安理說我是秉持著「天下武功，唯快不破」的信條，又一路沖向下一個值得或不值得學習的事情上去了。

我常會夢到雨後長出了很多蘑菇，誰都不記得它們是如何消失的。誰都不記得，就像不記得是誰砸爛了從柏拉圖到《北京晚報》或微信朋友圈之間的一切。

我需要一種專門打擊各種海量資訊的抗生素：

初級劑量的使用：「阿道夫，韋爾夫利把剪貼、圖畫和文字融為一體，做成令人歎為觀止的裝飾藝術；無望地愛上德國國王的女畫家阿蘿伊姿不斷地重複著色彩鮮豔的愛情主題；奧古斯特用木頭和其他材料做成了一支龐大的軍團；候比亞用木頭、鐵杆、電池、燈泡、破布等各種材料做成槍支和飛機；勒薩熱的無比繁複的聖像賦格；皮容鬼魅般雲絮狀線條畫；盲人哈提勒以驚人的毅力在雙目失明後重新撿起了木匠活，憑記憶做出了木制的埃菲爾鐵塔，摩天轉輪、吊車、馬車和汽車。菲力浦・德赫用各種乾燥的果實，花瓣和種子粘貼成令人印象深刻的圖畫；猶太人藝術家蜜雪兒．內賈德用各種質感的布纏綁在一起並綴成人物的臉或軀體，再用麻線縫系上紐扣、木塊、羽毛、貝殼之類的東西，最後再染上土黃、暗紅、黑褐等顏料，甚至染上泥土和血，形成恐怖的感覺，使人想起了對猶太人的大屠殺；馬歇爾用尼龍褲襪塡塞破布舊衣做成淫蕩、恐怖的人形；嘉利瑪用洋娃娃和其他材料做成華麗驚悚的大雜燴；鄉下郵差舍瓦爾十幾年的時間在自己的院子裡建成了「生命之泉」、「智慧之泉」兩大瀑布；「法老墓穴」、「大自然神廟」、「印度神廟」等人造奇觀。」

中級劑量的使用：哲學界和藝術界目前處於前所未有的安全期，它們無論如何被媒體及觀眾強暴都無法受孕，還不能醞釀出新的哲學和藝術階段，我們缺少海德格爾那樣的征服者可供跟隨。儘管他認爲梵谷的《鞋》「迴響著田野大地的呼喚」，顯示著大地對成熟穀物的寧靜饋贈。然而最後證實，梵谷的這雙鞋並非農鞋，是他自己的，並且只在城市裡穿過。

高級劑量的使用：「科學的危機也到了。美國每年證明地球沒有變暖，氣候沒有危機的研究經費超過十億美元，研究結論似乎是經費預訂的，是吧?科學與氣候一樣，進入了危機。同一種危機，科學本身出現了生態危機，科學之中已霧霾多時了。

如果目標物已沒有什麼值得剝奪，我們何必還要用科學來命名種種虛僞的快感？

「我和小馬習慣性的分手了。」小池說。

她的鼻子明顯高了一些，略微有些腫；鼻樑顯得很亮，是注射玻尿酸的緣故。

「我還在臉上兩邊各埋了幾條蛋白線，防止皮膚下垂。」

「你眼睛下面怎麼那麼青啊？」

「噢，本來想注射出「臥蠶」的效果來。日韓女孩子現在特別流行，笑起來眼睛下面肉肉的，特別甜美。可這次醫生的劑量沒掌握好，明天還得去打溶脂針把它溶解掉，我前幾天每天都去三溫暖好長時間，這樣能幫助溶解。不過最近我出門都帶眼鏡。」小池扶了扶粉色的眼鏡框，沒有鏡片。

「醫生說眼鏡不能帶太久，怕鏡框把鼻子裡的玻尿酸擠變形了。」

昨晚，小馬在電話裡說要和我見面談談。他呀，眞沒出息，動不動就泣不成聲。可我又確實每回都心軟，眞是被他吃定了。我就約他去一個燈光特別暗的咖啡廳見面，怕他問我眼睛腫的事。一見面我就告訴他最近皮膚粉塵過敏，他說沒關係，過幾天就好了。然後就開始聽他訴說衷腸。我本來心思都在臉上，想著現代科技眞是帶給我們越來越多的花樣，讓我們可以更有效的嚇唬自己。後來被他的苦情搞得精神有點麻痹，喝了一口蜜醋茶，我就把眼鏡放在桌子上，小馬本來正說得悲從中來呢，抬起頭看到我的樣子，吃驚的說：「你眼睛怎麼了，怎麼和平時有點不一樣啊？」

我說，那天出門被撞了一下。

他滿腹狐疑又不敢多問，後來他主動把桌上眼鏡拿給我說：「那你還是戴上吧。」

我說：「你剛才不是還口口聲聲說不管我變成什麼樣，多老多難看，你都會一直愛我嗎？」他說他最嫌棄自己的一點就是嚴重外貌控，確實他前幾任女友都很漂亮，不過最後都嫌他窮跑掉了。是啊，現在還有誰像我這麼傻呢？小池從包裡拿出一面鏡子照著：「過一段我想去安一顆小虎牙。就是在牙齒表面粘上一個牙尖，現在很流行人造虎牙。」

「好啊，你和男人正在纏綿的時候卻被虎牙硌破了嘴唇，他捧起你的臉，深情款款地問：『寶貝疼嗎？』然後輕輕吮去你唇上的血跡……你的臉不斷提供驚險題材，我想起了十八世紀的「墓園詩人」波宜和雪麗，寫了好多關於蜘蛛、蝙蝠和骷髏的故事，這爲後面興起的鬼怪故事鋪平了道路，讓我們的生活不至於沉默無聊。」

小池笑著說：看來他們出生得太早了。現在的美容院比墓園裡跑出來的還嚇人呢。不過其實我每次都嚇得要死，連打麻藥都哆嗦，可就是欲罷不能。你說人們願意過萬聖節是不是也就是喜歡這個啊？又快樂又害怕。

小池的電話響了起來，她努了努嘴示意我別說話。

「夏哥哥，你這兩天要來北京啊？我在深圳，太可惜了，這次不能陪你，下次你要來，提前打電話啊。哈哈……」

「你太壞了……」

「當然想你了……」

「好啊……」

「那我去香港掃貨了啊……」

「當然了……。」

小池打完電話：「一個寧波大款，追我幾年了，有老婆孩子，不想離婚。我和他不常見面，他出差到北京時，我們會幽會一下。我卡上沒錢的時候，他也會資助我。我明天飛香港，他說這次的費用他全程買單，這回我要做面部的飛梭鐳射，可以刺激皮膚真皮層膠原蛋白重塑，緊緻毛孔。那邊的醫生是從韓國過去的，好多明星的御用醫生哎。」

她從包裡拿出葡萄糖胺精華、月見草油精華，喝了一口水服下去，說：「女人就要關愛自己。都說男人的變心來自于女人的變形。我可不想以後做一個看著別人在變美，而我在擦地的女人，然後還要對著鏡子說，老了，老了！地板拖得再亮，老公也不會去親地板的。」小池說著又唉了一口氣：「不過我也知道，這些人裡對我最好的還是小馬，他是個實在人，就是有點呆頭呆腦的。我喜歡逗他玩，因爲不管我有什麼想法他都配合，而且盡心盡力。來，咱們現在就調戲他一下。」小池撇著嘴巴，唇線分明，那是「韓式水晶嘟嘟唇。」

她撥通了小馬的電話：「喂，想我了嗎？……我怎麼能知道呢？……白天想還是晚上想……那你怎麼解決呢？」

小池向我擠了下眼睛，繼續說：「最近覺得皮膚特別乾燥，抹了蝸牛精華液也沒效果啊……看來得用秘方才行……你當然不知道了……最近我上網查了一下，說男人的精液敷臉效果最好，你都給我存起來吧……。」

我笑得被一口水嗆的直咳嗽，她接著說：「這個我可幫不了忙，你得自己來……我們現在已經退回到普通朋友關係了，哪能再上床啊……你看A片做吧……以前的那些女優已經不刺激了，再買點新的碟片唄……聽說現在日本最紅的AV女優叫雨宮留菜，杏美月都過時了……你用「五指姑娘」自食其力吧……一言爲定，說話算數啊……對了，收集完了放冰箱保存快遞給我就行。」

小池掛上電話笑彎了腰：「這個呆子答應了，哈哈，我的天哪。」

我想起那次和安理在新疆參觀汗血寶馬，馬場主人用木頭搭了個架子，蒙上花布，把發了情的公馬牽來，那馬就以爲它碰上了匹美麗的母馬了。繞著它噴氣味、甩蹄子，大獻殷勤。看母馬也不拒絕，竟一躍而上，兩腳搭上母馬的背，挺起陽根，對著馬臀猛地刺送了起來。忙了好大一陣子，興奮而泄，精液就全被兜走了。

我拿出手機，打開當時友人寫的一篇《天馬取精賦》給她看：「爾其天馬，駿尨若虎，騰躍如龍，汗其血斑，名重諸墉。然馳騁之傾，意氣橫沖，振舉長牡，悵彼雌之愁儂。馬陰藏相，情根頗欲杵舂；跨蹄踏上，狹路肆其彌縫。抽添進退，丹灶竭此蓯蓉。合天地絪緼之化，情有所鐘；遂雨露潤澤之施，意正醺濃。貨藏深竇，遐想雲衢之蹤；力盡虛牝，終弛女禦之雄。鼻息噴哉，歡暢怡融；精華泄矣，茫昧懵懂。哀茲智塞，爲欲所壅；喜其精流，取以配種。悲夫，懸木爲侶兮，全勝他粉膩脂庸；迷色成愚兮，無與於玉貌姝容。」

小池笑得前仰後合，說：「我以前還不知道文言文也可以這麼風騷呢。」

我說：「當然了，雅人深致啊。」

小池說：「怪不得你喜歡安理這種書呆子，原來他們有怪力亂神啊，好酸爽。」

我說：「一支禿筆，一壺創意，再被叫一聲「娘子」，越不得志越能寫出好書，書呆子就是這樣。以前看武俠小說，談到女俠的手必說『柔荑』，心裡還說酸文人真喜歡拽文呀，女人的手也是手啊，天熱照樣出油出汗，非要說的跟男人的手不是一個東西似的。現在的書呆子倒不會這麼令人驚訝，可能他們離開亂世就不行了。只剩下『一簾遠念，半榻情愁，滿窗孤憤』這些酸詞了。」

小池說：「那我寫個二次元互FO發出去：這裡是萌萌噠晶體娃娃喲，同好來勾搭，古劍／APH／仙劍／古風狗／大漠邊關／黑執／世初／神仙眼睛／推理／神夏／渣文手／酸文人／詩詞／Cosplay／美妝腦殘粉／笑對陰天／同好求FO啦。」

我看得雲裡霧裡，想起了馬三立趙佩茹的相聲《寫對子》，趙先生那句「前清的拔貢」和馬先生的「矮高粱」那句以及北宋的零落小氣的古錢。

小池接著說：之前我也和一個年輕的教授約會過。不過我可受不了。我覺得他有種與生俱來的暗黑氣質，滿腹經綸，口若懸河，可又很自私、自我。他說喜歡我，對我怎麼好都可以。可是那次買了機票請我和我媽媽去海南，竟然給我們倆買的頭等艙，給我媽媽買的經濟艙，回來後我媽媽就讓我和他分手了。而且我也見過他幾個朋友，他們總愛把自己當群居動物圈養著，煽煽風、升把小火抱團取暖，可是那個高不成低不就的玻璃心啊，心臟啊還不知什麼時候又脆弱得碎落一地，那才叫帶血般淒涼啊。動物界求偶就是群雄逐鹿，能者居之，猴子裡面只有猴王能有老婆啊。沒本事搶，把你扔到猴群裡也是孤家寡人，獨宅擼射。牛郎誘姦織女，董永誘姦七仙女，這種斯德哥爾摩症候群氾濫的女神鍾愛屌絲的故事只能活在中國古代酸腐文人的自慰夢裡。書呆子看了生蛋的母雞心情壞的都吃不下雞蛋羹了，這也是種病啊，知識能滋陰不能壯陽，他們的各種在乎和不在乎都挺可笑的。

最近奧巴馬提名卡特爲新任國防部長，以接替不久前辭職的哈格爾。卡特在軍方長期從事文職，沒下過部隊，或者選這樣一個「超級書呆子」跟軍方和共和黨用大量技術語及「大資料」周旋是最合適的。多一事不如少一事嘛。

今天我到公司，助理小白說有個朋友推薦了一個美院的學設計的學生來實習。我說人事部門決定吧。她悄悄的說：「這個女生有點特別，是個拉拉（女同性戀）。」

我喜歡往手機裡存一些新東西，剛剛下載了「女同性戀交友」這個遊戲，嘗嘗鮮，好 happy！」

我說：「你爲什麼對拉拉這麼關注呢？」

小白說：「我上大學時，有次去我高中同學所在的那間大學玩，天晚了她讓我住她宿舍，我洗過澡上身赤裸準備換睡衣，她趕緊給我披上浴巾，說：「你怎麼這樣？有外人。」我好奇怪，這不是女生宿舍嗎？她努了一下嘴，眼睛瞟了一下對面的床。只見剛才還在聊天的兩個女生躺在床上摟在了一起。那個晚上我覺得好尷尬，我和我同學躺在一個床上，她睡得很沉，我卻輾轉難眠。我們兩個女生，對面的兩個女生，那個場景我當時覺得好離奇，現在想起來都覺得怪怪的。」

我說：「現在好像同性戀越來越多了，這是一種時尚嗎？連庫克都出櫃了。」

前幾天我看見一個男性朋友的微信發了一篇短文，題目是：「呼喚男人之間的正常友誼。」他說現在社會出現了一種現象：泛同性戀化。好像同性之間有什麼親密的關係，就要被周圍的人理所當然地認爲是同性戀，這太可怕了。他聲明自己是百分百的異性戀，婚姻美好。不過他現在看到自己的同性朋友都會主動擁抱，當然這有時也會讓對方嚇一跳，因爲我們中國沒有這樣的見面習慣。他還說前幾天晚上他和一個男性朋友吃飯談完事以後，主動邀請那個朋友月下散步，他一直拉著那個男人的手，說了很多話，月亮的清輝灑落在談笑之間，格外明澈，讓他想起了少年時的夥伴。他突然覺得自己可能不會老，因爲時間好像並沒有經過他。」

小白吐了一下舌頭說：「哦，這個嘛，我也覺得有點不可想像。不過我發現拉拉裡面的女方都長得特別漂亮，我到現在都記得上次見到的那個女生淺綠色的眸子，身材玲瓏，是女人中的女人哦。只是後來發現她腕上有幾條醒目的疤痕，我同學說她成績很好，還獲得過學校的英才獎。不過我覺得她可能小時候有慘情或受過情傷吧，否則怎麼會這樣呢？」

「小美女，你就別分析了，就是心理分析才讓同性戀變態的。」我說完，讓小白幫我把門帶上，開始研究公司的幾個新方案樣本。當然我也知道這是必然要修改的樣本，通常來講，我們給客戶最初的方案無論怎樣都會被要求修改，所以我們會把自己最滿意的方案放在後面幾輪，這樣通過的可能性最大。

最近各個專案的預算都被對方壓得很低，利潤奇少。新一輪的反腐風勢頭強勁，各種機構精簡開支，壓縮建設方面的額度，對行業的影響巨大，前一段時間有個同行朋友開玩笑說：「我們這裡也應該推廣一種沒有口袋的西裝。聽說巴拉圭有個裁縫店的店主說，反腐要反到衣服上，他推出了『無口袋西裝』，這樣反腐才徹底啊，哈哈。」或者，現在的形勢更適合守業？誰知道呢，「從來天意高難問」啊！

沒有比無限之端點更銳利的了，而調整和適應恰恰是人非常重要的能力，只是這個速度越來越快，快到甚至只能是具有這個能力的人才能生存與發展下去。這顯然已經成爲一個現代人的特徵，在這個問題上，拖延症患者已經無路可逃。我堅信並堅持著這種能力，可我也並不清楚，當一個人認爲自己是在「堅持」的時候，是否說明已經飽受煎熬並開始懷疑人生了？

離投標期只剩三天了，一個下午我只畫了三條線，真是佩服自己。一個客戶的電話打過來，我本想順便說幾句「所有設計的本質就是解決人和物之間的關係」之類的話，但對方一直興致很高地談著正在北京舉行的 APEK 會議，強調說這樣的藍天這樣的暢通已經很久不遇了。我附和著，試圖把他的每句話的意思延展一些，這讓我想到了『時間加長的後龐克約等於後搖滾』這一科學定理。與客戶通話就像是一種意義代碼，它可以分解爲單元和規則，既需要一種機械性的精妙，還能對語言的潛能做無限地擴充，看來對待像這個客戶我則只需要出租耳朵就可以了。

終於講完了電話，我迫不及待地聽起了音樂，一首《unlighted》不知爲何讓我覺得像是對北京最近詭異天空的疑問。這不禁讓我想到了馬奈的鬍子：「修剪整齊，蓬鬆捲曲，柔軟輕拂，幾乎只適合於愛情。」原本複雜的北京正在上演著某種單一，讓人不能正視它。

我們還能用挖掘機炒菜嗎？昨晚「菲萊」登陸彗星了，這個帶著古怪的萌感的小傢伙，要借彗星上的古老物質，來進一步瞭解五十億年前的太陽星雲是如何由一團分子雲坍塌演變爲今天的太陽系。這簡直是太空版的勵志篇，它有了新的鄉愁。

乙澄說她最近開始研究塔羅牌，覺得很有意思，還拉我一起報了一個塔羅牌學習班。十幾個人，學員都是女的，有大學生，有白領，還有全職太太……女老師三十多歲，貌似素月，秀眞在骨，頗有「玉屏風」之目。

課堂氣氛很熱烈，每個人都有一籮筐的問題要問。女老師很耐心的先向我們解釋每一張牌的含義，她每次抽牌的姿勢都有流風回雪之態，我和乙澄盯著她的手很是一種享受。

我低下頭悄悄對乙澄說：「突然想吃鴨血粉絲湯、自貢冷吃兔、可樂雞翅，這就是來自塔羅牌的靈感吧……」

乙澄從包裡拿了一小袋麻辣掌中寶給我，我們一邊吃一邊聽別的學員向老師提問。一個女大學生問她下周考試能不能過，如果不能，她就要放棄這科選別的科目了，一個媽媽問兒子現在上高中了還適不適合在寄宿制學校，兒子最近回來情緒一直有問題。

輪到我抽牌了，我抽到一張正位「命運之輪」。

老師問我想問什麼，我想了一下說：「我想當個藝術家，這個，有可能嗎？」

老師說：「通常命運之輪象徵你生命境遇的改變，或許你並不瞭解這些改變的原因，不過你要適應這種改變是很重要的。你要迎接生命所提供給你的機會，這張牌正寓示著你的事業剛有起色，因此也可能是新生命的開始。」

乙澄看著我，一點點不解的神情：「從沒聽你說過想當藝術家啊？」

我故作高冷的說了一句：「『let it go』，我是水瓶座，喜歡自在流動，順著命運之輪改變，多好玩啊！」

乙澄抽了一張牌，是正位的「聖杯七」。

老師問她要問什麼，乙澄看了我一眼。

我說：「她想問愛情。」

老師說：「這張牌意味著你要確認這段關係中你需要的是什麼，還要觀察這些需要是否被滿足了。或者說得簡單一些，在這段關係中，你可能一直活在愛情夢裡。」

乙澄低頭咬著手指，緊緊盯著那張牌，一聲不出。

下課後乙澄又問了女老師很多問題，女老師熱情的邀請我們下次到她家去玩，說她那邊有很多種漂亮的塔羅牌，我向她預定了一副義大利的 DecameronTarot 情色塔羅牌。

回來的路上，乙澄翻著剛才女老師送的塔羅書，說準備去網上把所有的塔羅書都買下來。

「你看這書上說：『伽利略是占星師，榮格是塔羅師呢。』」

我說：「別太信這個了。有時我就在想，咱們給自己的心理暗示是不是太多了，這樣反而會增加負能量，塔羅牌和博物館一樣，只是一個讓人理解某種想法的地方，不能沉迷下去，前陣子不是有個新聞說一個臺灣的女作家自殺時手裡還握著一張塔羅牌呢。」

乙澄說：「我只是奇怪，覺得自己活得挺眞實的，怎麼會在愛情夢裡呢？」

我說：「是愛情夢又怎樣呢？也沒什麼不好。咱們能在很多事情上都順利，又不安，已經很了不起了。」

乙澄說：「今天老師給我解牌之後，我的心思就一直沉不下來，也許不想點別的事情就沒辦法再思考了。」

她用手梳理著長髮，一會兒把頭髮紮起來，一會兒又把頭發放下來，反覆多次。我斷定她的頭髮正在從容的分裂。

乙澄突然把頭髮狠狠的甩了一下說：「不想那麼多了，現在高興一天是一天吧，愛到有一天不愛了不就行了？」

「對，『盲目約會，把他荒廢！』」我們倆擊了一掌。

此時，我似乎覺得只有無意識才能通向未來，就像眼前我們坐的車被後面超過的車蹭了一下，我們必須想像這是一種根莖式的沼澤狀態而已：一種區別分子視野的軟顛覆。

女老師還教曼陀羅彩繪課程，我公司有事，沒和乙澄一起去女老師家裡，她隻身前往。晚上乙澄給我打了電話，說她家裡的一個櫃子裡是一副曼陀羅的圖案，好炫目，老師說是花的圖案，可乙澄卻覺得那是一雙翹著的小腳，就像溺水了一樣。不知道為什麼，她看了之後頭暈乎乎的，我說：「曼陀羅彩繪我可不懂，只知道曼陀羅是一種花，也叫彼岸花，聽說全身都有毒，連花香都有毒。你早點休息吧，明天把情色塔羅牌快遞給我就行了。」

她說：「沒想到你還有看情色漫畫的習慣啊。」她還說她買了一副禪卡牌，這種牌每天早上抽一張，釋意很禪宗，會預示你一天的際遇及情緒。從明天早上開始她就可以過有計劃的生活了，歷盡千山萬水，不如回到禪卡面前。她又說，吳彥祖在一部電影裡有一句精闢的臺詞：「我們都有一些黑。」一次小小禪卡對話，可以好好清潔一下。

「好啊，神婆，哪天我也試試。」我說。

不知怎麼，我腦子突然出現了泰國菜＋許留山，一幅自己讀不透的禪卡。

今晚，很有味道！

我想起了彼德漢德克的詩集《內部世界之外部世界之內部世界》。

「突然」這個詞不能再用了。

天熱得像殺人不償命一樣；天熱得像張英語試卷似的，烤得人無語加頭痛；天熱得像是碰見了夢中情人般燥熱難耐、天熱得狗都追不動貓了、天熱得像住在吹風機裡，開關鍵一直設在「on」、天熱得像水蒸氣，上氣接下氣、天熱得像強迫症頭像、天熱得像要反人類、天熱得像是人需要隨時默寫各種和梅花有關的古詩——物理降溫和心理降溫的區別，以及大英博物館藝術商店開發了維京橡皮小鴨和日本武士小鴨，舉世皆知這個國家的人們喜歡在白色的浴缸裡漂上幾個黃色的呱呱叫的橡皮小東西，這是很多小孩童年美好的回憶以及成年人浴室裡不能示人的小秘密。

大英博物館方面的推銷噱頭是「和歷史一同洗個澡。」

天熱得像烤箱似的，能烤出點脂肪倒也是好的。

對漢佳說，我們剛看完下一季的秋冬時裝發表會；對時尚界來說，仲夏就已經是初冬的季節了。

「老董的西餐廳開業了，一直說讓咱們過去呢。」漢佳說。老董是一個畫家，在義大利呆了近十年，最近回國發展了。

「好啊，聽說在藝術區裡？」我說。

這個藝術區原是一個國營電子廠的老廠區所在地，因當代藝術畫廊和藝術家LOFT而聞名。我們的車穿行在這些廠房的路上，車間裡還偶有機器的轟鳴聲。據說這些廠房是東德人設計的，很有包浩斯的風格，路上有一些行人停停看看。這裡有創意商品店、咖啡館、展廳、書店、花店和露天音樂，牆上各種塗鴉。不過這次看到了很多畫廊貼出了轉讓的資訊。這裡的商業氣息比幾年前濃多了，搞藝術的估計都找清靜廉價的地方搬走了，賣藝術的留下來開了店。

因此它比城裡其他幾處藝術村的情況好些。那些地方，人地清幽，藝術，或許有吧，在其中「澗戶寂無人，紛紛開且落」，時不時傳來偉大藝術家殉情殉道的故事，不似此間滋潤。

穿過一段火車軌道的路，看見一個鐵拳頭的雕塑，就到了老董的餐廳。與其他區域的熱鬧相比，這裡顯得格外安靜。它的大門就是原來廠房的一扇落地窗，隔壁直接連著空蕩蕩的廢棄廠房，還保留著一點暗黑和六十年代的特徵，裡面坐著幾桌客人。

你這是大隱隱於廠啊。我對老董說。

老董頭髮花白得像坨黑心棉，不過一件淺藍色襯衫倒很特別，上面點綴了一塊深藍色的口袋。

「這是克萊因國際藍。」老董指著那塊藍色說，顯然他意識到了我們的興趣。

餐廳是他自己動手設計的，大面積的水泥磚牆，天花板垂下來的金屬籠子吊燈，斑駁的牆面、裸露的管線。牆上掛著幾幅老董的油畫，上面有個小閣樓是他的畫室。

「老董，你以前說要在幸福的畫室裡畫出悲慘的生活，這回你可不行了。你這裡有吃有喝，高朋滿座，生活太舒服了影響創造力啊。」漢佳說。

「我現在不畫畫，改做設計師了。」老董看著我們說。

「呦，那我們設計界不很快就會出現大師級的人物了嗎？你這大畫家要是一華麗轉身，我們就得聽見一堆飯碗落地的聲音。」我說。

老董說：「眞的，我現在對設計特別感興趣，你們看這個。」

他拿起桌上的餐具說：「這是我從臺北故宮的商店買的。這套餐具以宋徽宗的瘦金體爲創作靈感，純西式的刀叉組合配上宋代的風雅多有意思啊。」

「是很好看，你這樣的東西只能用來切小羊肩和黑松露，要是直接拿來舀隔夜泡飯的話，恐怕會被宋徽宗的鬼魂追著揪耳朵吧？」一個正在吃飯的客人笑嘻嘻的說。

大家聽了哈哈大笑。

老董爲我們點了來自義大利的 Prosciutto 火腿肉，再搭配同樣來自義大利的

Grana padano 硬乳酪，說：「Grana padano 的硬度是所有乳酪中數一數二的，而且一切就碎，入口即化，襯托火腿的咬勁和香味都是剛剛好。」

我和漢佳都餓了，開始狼吞虎嚥起來，老董仰倒在對面的沙發椅上，滿意地環視著自己的餐廳。

漢佳說：「老董，不管你穿了什麼、做了什麼，不管在什麼地方，你怎麼都看起來像個農民工呢？」

老董眼睛突然發出一道賊光，說：「我是一偉大的藝術家。」我們都笑了。

漢佳說：「你先別自封好嗎，你現在還眞稱不上呢。」

他手掌支著臉，晃了晃腦袋，很正經的說：「我是天才。」

我們笑噴。

老董用手指悉心撥弄著一支煙斗。他身體前傾，把煙斗迎向光線，從前面印著 Laura pausini 全息圖的杯子裡喝了口水。

「現在已經不是繪畫的時代了。歐洲現在已經快沒人學油畫了。不過我現在覺得北京挺好的。」

「怎麼好呀？你不怕霧霾嗎？不留戀你的那不勒斯的陽光和沙灘嗎？」漢佳說。

老董起身找了一張 bossa nova 的專輯換上，節奏明快的鋼琴挑起思緒，人聲是法語和義大利語。我不甚瞭解卻也禁不住地陶醉搖曳，每一步都踩著陽光，手指尖都是春風纏繞。

我們聊起了那時曾經一起在那不勒斯的路邊啃了個柳橙，就像啃下去了一口地中海的陽光。那時老董帶我們看龐貝古城遺址說過「這裡連垃圾場都有藝術氣質。」

「北京啊，北京＋好天氣就不是北京了。」

老董接著說：「北京和中國其他地方比起來，怎麼說呢，總體而言這裡聽到的閒言碎語的品質比別處的好一點，還是能『偷聽』到點好東西的。」

老董在義大利那麼久，竟然不會說義大利語，平時出行交往都靠當地中國留學生做翻譯，他賣畫的錢基本也都交付在此了。

「我現在覺得回國做設計肯定能賺大錢，我有優勢啊，別人一般只服從於一個傳統，我可要服從兩個傳統啊。這回我得抓住機會，最近這幾天正談著好幾個項目呢。」

老董對我說：「以後咱們可以合作啦。」

我說當然好了。

不過我腦子裡出現了黑和白兩種顏色，這可能就是我理解的生意的顏色吧，我不知道一個人當他擔負著對顏色的期待時會怎樣，或者說藝術作爲一種交際的可能會怎樣，我不知道。更何況藝術早就已經魂不附體了。

文心雕龍說「滔滔孟夏，郁陶之心凝」。「郁陶，據說是心情鬱結，也不是悲，不是愁，不是憂，但就是飛不起來。我需要一點樹蔭，還要一點風。閒可減暑，靜可支暑，可是誰靜得下來呀？

回來的路上，漢佳問我要不要一起看最近正在熱映的電影《黃金時代》，我說，我覺得蕭紅的命運是她一輩子都在追逐的噩運，可能她覺得必須通過一種冒險的生活方式才能實現她自己。但每次剛舒展開又跌回原地，飛的時候連她自己都知道是要掉下來的。

漢佳說那她約齊頌去看了。

我做了個鬼臉說：「我這不已經準備好了你擺脫我的理由嗎？」

漢佳說你太瞭解我的良性衝動了。

北京寬大的馬路在太陽灼熱的目光下昏厥了，就像年輕人被愛情控制時的樣子。

柳宗元《河間婦傳》

河間，淫婦人也，不欲言其姓，故以邑稱。始，婦人居戚里，有賢操。自未嫁，固已惡群戚之亂尨，羞與爲類。獨深居爲剪製縷結。既嫁，不及其舅，獨養姑，謹甚，未嘗言門外事，又禮敬夫。賓友之相與爲肺腑者，其族類醜行者謀曰：「若河間何？」其甚者曰：「必壞之。」乃謀以車眾造門邀之遨嬉，且美其辭曰：「自吾裡有河間，戚裡之人日夜爲飭厲，一有小不善，惟恐聞焉。今欲更其故，以相效爲禮節，願朝夕望若儀狀以自惕也。」河間固謝不欲。姑怒曰：「今人好辭來，以一接新婦，求爲得師，何拒之堅也。」辭曰：「聞婦之道，以貞順靜專爲禮。若夫矜車服、耀首飾，族出灌門，以飲食觀遊，非婦人宜也。」姑強之，乃從之遊。過市，或曰：「市少南人浮圖，有國工吳叟始圖東南壁甚怪。可使奚官先辟道，乃入觀。」觀已，延及客佐具食。幃床之側聞男子咳者，河間驚，跣足出，召從者馳車歸，泣數日，愈自閉，不與眾戚通。戚裡乃更來謝曰：「河間之遽也，猶以前故，得無罪吾屬也？向之咳者，爲膳奴耳。」曰：「數人笑於門，如是何耶？」群戚聞且退。

期年，乃敢複召，邀于姑，必致之與偕行。遂入禮州西浮圖，兩閣叩檻出魚鱉食之，河間爲一笑，眾乃歡。俄而又引至食所，空無帷幕，廊廡廓然，河間乃肯入。先壁群惡少于北牖下，降簾，使女子爲秦聲，倨坐觀之。有頃，壁者出，宿選貌美陰大者主河間。乃便抱持河間，河間號且泣，婢夾持之。或諭以利，或罵且笑之。河間竊顧視，持己者甚美。左右爲不善者，已更得適意，鼻息然，意不能無動，力稍縱，主者幸一遂焉。因擁致之房。河間收泣甚適，自慶未始得也。至日仄食，其類呼之食，曰：「吾不食矣。」且暮，駕車相戒歸。河間曰：「吾不歸矣。必與是人俱死。」群戚反大悶，不得已俱宿焉。夫騎來迎，莫得見。左右力制，明日乃肯歸。持淫夫大泣，齧臂相與盟，而後就車。既歸，不忍視其夫，閉目曰：「吾病。」與之百物，卒不食，餌以善藥，揮去。心怦怦恒若危柱之弦。夫來輒大罵，終不一開目，愈益惡之，夫不勝其憂。數日，乃曰：「吾病且死，非藥餌能已。爲吾召鬼解除之，然必以夜。」其夫自河間病，言如狂人，思所以悅其心，度無不爲。時上惡夜祠，其夫無所避。既張具，河間命邑臣，告其夫召鬼祝詛上。下吏訊驗，笞殺之。將死猶曰：「吾負夫人，吾負夫人。」河間大喜，不爲服，開門召所與淫者，裸逐爲荒淫。居一歲，所淫者衰。益厭，乃出之。召長安無賴男子，晨夜交於門。猶不慊。又爲酒壚西南隅，己居樓上微觀之，鑿小門，以女侍餌焉。凡來飲酒大鼻者、少且壯者、美顏色者、善爲戲酒者，皆上與合。且合且窺，恐失一男子也。猶日呻呼懵懵，以爲不足。積十餘年，病髓竭而死。自是雖戚裡爲邪行者，聞河間之名，則掩鼻蹙頞，皆不欲道也。

柳先生曰：「天下之士爲修潔者，有女。河間之始爲妻婦者乎，天下之言朋友相慕望，有如河間與其夫之切密者乎？河間一自敗於強暴，誠服其利，歸敵其夫，猶盜賊仇讎，不忍一視其面，卒計以殺之，無須臾之戚。則凡以情愛相戀結者，得不有邪利之猾其中耶？亦足知恩之難恃矣。朋友固如此，況君臣之際，尤可畏哉！予故私自列雲。」

(二)

阿蕊最近在朋友圈白天晚上的洗版：

有就有……有就沒……沒就沒……有沒……沒有……赤裸的盡頭，隨波逐流。黃泉。可生活不在生活之中……這就是走神吧……曾經不走神……到底哪個是對的如此努力……依然……

只有死是唯一眞實恒定的

我想到我不能哭就很想哭卻不能哭

時間變慢……意味著心跳變快……現場直播

大腦在現實中製造出印象裡影感的性感……自大腿後側延自腳踝的黑色絲襪上一條粗壯的的縫合線性感極了

選擇生命體驗

心臟關閉……一層一層湧動……慢慢的心臟忘記跳動了……窒息的慢放全過程讓人著迷……

幸虧有癮得以存活……

迷戀並忠於自己的感覺就對了似乎夢的頻率的品質超過了我的腦容積

那頭無法馴服的野獸，如果連放風的機會都不再給她，只能殺了她，越來越虔誠。

我期待今天能夠實驗成功

昨天實驗只差一點……繼續實驗……

一定如意啊

媽媽的聲音走哪跟哪

睜開眼睛看到了小學圖書閱覽室外的陽光和樹，圖書館搜索著青春性教育圖書而津津樂道……

原來冰在酒裡滑潤開來的姿態那麼妖嬈……

全是假像……空落落的……不過眞實又有什麼意思呢……對假像充滿恐懼……對眞實感到無聊……因爲這是沒有愛的假像或眞實……不要再徒勞地找藉口騙自己……

記住可以信以爲眞只有一件事……

因爲無法建立核心……以一切基於此的幸福美好的想像創造力卻去自殺了……

最近日子過得又快又慢，健忘！安眠！酥酥的風你又開始挑逗我了！壞人！

23>60

滿臉的皮下出血腫脹。

在不濫用藥物和酒精的時候……安慰劑的效果還是可以清晰表現的……不錯。

突然意識到依然生活在第二十二條軍規中，可怎麼就玩不起了呢……

天都還沒黑……天還是白的……你的躁動是哪裡來的……你的躁動是哪裡來的……天都還沒黑……天還是白的……天都還沒黑……

黑夜裡，一次次白熾亮光頻閃驚醒了我的左眼球。

放鬆躺在黑暗中……全身肌肉震顫……速率是心臟跳躍的十倍……記錄一下

已經二十六個小時了！該怎麼辦啊……

三十個小時了，看看自己的極限該會是多少，哈哈

或許 37

執迷不悟

能量轉移……能量依然存在……能量轉移進入各個落點……無出口……依然存在……堆積

提心吊膽……漢字與身體……

思維在模式下……一個無線擴充的閉環……

太可悲了！

一種種音樂類型。疲倦……新鮮．迴圈交替進行……卻依然在存儲氣味……氣息……光影……情緒……在音樂面前不堪一擊……彼此之間的唯一配對屬性……

現實已一刻不停的跌宕起伏著還不夠，夢比現實還要讓人驚懼到實體心臟疼痛……醒來久久的疼痛與窒息……這該讓我逃往何處得以休息片刻呢……

海的邊界是弧線的……被湖面的金針致幻……

過了幾天，她在朋友圈發了一條資訊：新邊緣人涂家蕊實驗短片放映會。位址在一個叫「藝術倉庫」的地方，時間是本週六晚上。

「阿蕊原來在做實驗短片啊。」我說。

「看來是要涅槃自己，昇華人類文明。」安理說。

「漂泊性生存雖然看起來很自由，可我覺得她那麼小，靠什麼來支撐生活呢？聽說她有時會去酒吧唱歌賺錢，不過這種生活也很撕扯啊。」我說。

「其實大家都一樣，人都是好不容易才走到他目前的狀態的。人啊，沒有辦法無辜、清白正常和幸福，不管是誰。」安理一邊在電腦上填著學校發來的各種表格，一邊皺著眉說，他們學校每隔一段時間就要填很多亂七八糟的表格報告，每次填完他都像被剝過一層皮一樣，現在他表示肚子疼，翻著眼睛說：填表格什麼的，我就不相信有人能一次全填對、全都寫眞話，下個月又是一堆表格，填，填，填，填，好煩啊，中國人造假樂此不疲，害得我簡直要患上「填表格症候群。」工作壽命浪費在一張張應付差事的、千頭萬緒的表格裡，眞實法克血特 N 迴圈啊！

週五的晚上，阿蕊發了微信給我：「姐姐，明晚你一定要來捧場哦。好久不見，想你。」

我想約安理一起去，他說有事，讓我自己去，還說眞不知道阿蕊的朋友都是何方神仙。

阿蕊站在「藝術倉庫」的門口迎接各路朋友，她穿著一條灰褐色絲絨長裙，兩眼又黑又腫，手臂從上到下都是疤，看著特別奇怪。我說你怎麼了，她笑著說：「沒事，前幾天去參加了一個家庭系統排列工作坊的活動，中間有個學員互相打臉的步驟，沒關係，我挺好的。」我又問起她的傷疤，她說過會就知道了。

阿蕊的朋友來了很多，男人們大多很帥氣，女人們的品味則很詭異，大多畫著被尤金形容爲「萬聖節小孩子化的妝」。

阿蕊給我介紹了一個戴著綠色美瞳的女孩說：「COCO，本名不詳，對感興趣的東西都有虐待傾向。」

那個女孩兩根手指在臉上抖了抖，遞了一杯酒給我，她眼睛大得有點不科學。

我接住酒杯，說：「阿蕊的朋友果然都不一般，你的大眼睛能看到大問題，我只能羨慕了。」

阿蕊和那女孩都笑起來。

阿蕊端著酒杯和幾個外國帥哥談笑著，平靜得像杯溫開水。

「阿蕊就是個不可思議的劇本。」大眼睛女孩坐在我旁邊說。

短片陸續開始放映。

「你覺得我拍的自殺的過程怎麼樣？」放映結束後阿蕊問我。

「你是不是覺得自殺和音樂、旅行、攝影以及和朋友喝酒沒什麼差別呀？」我問她。

「我只是覺得那些渙散的日夜，像伊卡洛斯的翅膀一樣異想天開，比折磨我的失眠還要更粗魯一萬倍。」阿蕊說。

在昏暗的燈光下，阿蕊青青的眼眶像打了黑色的眼影，那樣子跟一隻有毒癮的浣熊差不多，那個晚上的後來，我感覺阿蕊體內充滿了腎上腺素，舉止越來越像一隻小公雞了。她說最近晚上常帶不同的男人回家，又說我其實害怕早晨以後的愛情，像滿天柳絮渾身癢，蜂擁而至的模模糊糊的輕漫，也會撞壞屋門的。

進了八月，立秋將至，風像鰻魚一樣在與意味深長之炎熱的對峙中完美脫身。這時候的北京開始是一個眞正的城市了，狡猾而性感。讓人想起柳公權的字，端勁中有溫恭之敬，神清氣健，結構與內容都在和諧地迴圈著。不需要更難的構思來供人消遣，意識開始去除氟化物，也沒有邏各斯綁定在它的眼睛上，既不捲繞，也不滴下新的蜜糖，我伏案抄錄吳文英的一首《解連環・暮簷涼薄》：

暮簷涼薄，疑清風動竹，故人來邈。

漸夜入，閑引流螢。

弄微照素懷，暗呈纖白。

夢遠雙成，鳳笙杳、玉繩西落。
掩練帷捲入，又惹舊愁，汗香闌角。
銀瓶恨沉斷索。
歎梧桐未秋，露井先覺，
抱素影，明月空閒。
早塵損丹青，楚山依約。
翠冷紅衰，怕驚起，西池魚躍。
記湘娥，絳綃暗解，褪花墜萼。

這個我嘗試《Earned it》。那個節奏一鞭一鞭地抽打著神經，這個鳳梨頭唱歌還是很好的，連假聲都銷魂，像聽覺的慢性痲藥。

「水逆會容易受傷嗎？手掌磨破膝蓋都磕得青一塊紫一塊的就不說了，手臂上也過敏了都是紅色的道道，好幾個小時都不褪。」漢佳在電話裡說。「那怕什麼？水逆多好玩啊，說不定鄧不利多就是水逆，擊敗了黑巫師，發現了龍血的十二種用途，會講了人魚的語言，能聽懂了蛇佬腔，連左腿上的疤痕都是倫敦地鐵圖呢。」我邊往眉毛上抹著剛榨好的薑汁邊說。

「唉，我都快被他的怨恨迷住了。」漢佳說。

「怎麼了？」我問。

「齊頌現在每天都希望和我見面，否則就微信不斷。」漢佳說。

「你們的生子大業進行得怎樣了？」

她說：「我覺得現在還不行，他太認眞了，投入得太深，我反而不敢和他生孩子了，我現在才明白，在感情上保持『淺』確實需要足夠的洞察與克制。而且他和我說過好幾次了，想讓我離開我老公，可這怎麼可能呢？我還是一個不懂事的小女孩的時候，我就相信我們每一個人都是被命運早早安排好的人，沒有人可以擺脫，後來遇到了莊子，他無疑就是我的宿命。莊子說如果眞的懷孕了就給齊頌一筆錢，不過以後大家就不可以再見面了，不過還不知道齊頌同意不同意呢。」

「不過」，她又接著說：「我也不想再換人了，齊頌不光長得帥，基因好，還很有個性。他覺得自己是個大男人，其實不過是個帶著男孩性格的大男人，我行我素又帶點孤獨。那副自信又不相信人的樣子還是很可愛的。」

我說：「他現在股票做得怎樣？」

她說：「現在股市大勢不好，他常爲這個苦惱，有時我眞想幫幫他。」

「你能怎麼幫？你又不會炒股。」我說。

「對呀。」她說：「我想給他一些錢讓他做本錢，就算我和他共同在股市上的投資，贏了就按比例分成，虧了就算了。你說咱們現在這是怎麼了？眞沒用，總是不由自主地會給男人花錢，一直還想問你呢，安理現在生意做得怎麼樣了？」

「能怎麼樣？顆粒無收唄。」我懶洋洋地答了一句。「他教經濟學，可是抽象概念裡的邏輯不適用於現實。或者說，人家課本上寫的才是經濟的現實，世界該有的面貌，咱們這社會則是夢境、幻境。他總是在夢裡跌跤。就像孫悟空七十二變，無限神通，可是在西遊補裡，鑽進鯖魚精的一個夢境，也同樣鑽不出來。

漢佳笑了笑說：「我發現其實咱們的情商，不，是愛商，都挺低的，愛商低的表現是什麼呢？就是總要在言語上勝過別人，這樣我們的自尊心才覺得滿足，可爲了這份滿足，我們就得付出很多。」

「是啊，就好像一直在取悅一個影子。可是，不這樣我們就眞的能更開心嗎？」我說。

我們都沉默了。

吵贏自己之前，除了與世無爭還有什麼好辦法呢？

窗外的人潮裡獨自逛街還吃著霜淇淋一臉茫然的男人眼裡都是英雄之光。

若是我一無所有呢？

我想起了科幻動畫《攻殼機動隊》主題曲《傀儡謠》現場版，都是川井憲次自己作詞，那些身穿黑衣的女歌者一字排開，每次聽完都讓人起雞皮疙瘩。

安理最近放棄了很多校外的講座和電視臺的固定節目，除了每週一次的校內授課，全部精力都放在我們新成立的文化公司上。不過對於他總是出差甚至會去很偏遠的地方尋找商機，我有點不以爲然。

我會和他講我這些年的一些體會，諸如「鞭長莫及」之類的話，甚至勸他可以和他所在的大學合作一些項目。他每次都長歎一聲，仿佛獨自一人擔著人類的悲傷：「你現在給我配備了保時捷車，還有司機，我在學校已經顯得很特殊了，別人看我的目光都有點怪怪的。」

安理有一雙溫和的眼睛，他從不咬牙切齒，也不嫉妒，不矯飾。他體內似乎有一片海，可以把所有不好的事無聲吞沒，和他在一起，像躺在柔軟舒適的床上聽著旋律舒緩的音樂，陽光灑進來恰好暖著我的手，與君初相識，猶如故人歸……有時我會逗他：「你的平靜我喜歡，有里爾克一樣的氣質，『你的手白色的睡在腹部』，這證明你是個不平常的男人，不僅是雌雄同體，還可以單性繁殖。」

他用酷似 Gérard philippe 的聲音繼續著剛才的話題：「我同事的神情最近總讓我想起老年歌德的一句詩：他們都向我致敬，卻把我恨得要死。」

我說：「只有我們自己心裡才清楚自己的經歷，雖然掙扎得很疲憊，但好在他人豔羨我們的時候，我們也還在拼命生長。這是一種蛻變的徵兆。嫉妒，像是黑塑膠的蹦蹦床，當人就要走近它時又把人拉回來。它總是與愛和厭惡發生在同一時間。你還想身邊的人都能像邪教教徒一樣喜歡你，而且互相之間毫無嫉妒嗎？我也常常嫉妒，比如田詩人把垃圾詩寫到極致，王詩人把下半身寫到極致，趙詩人把口水詩寫到極致，我在這三方面都無法逾越他們，它們像三棵病樹組成的樹林，不過我已經決定不去做這樣的樹而要做一匹母狼走到曠野。」

我把最近寫的一首詩給他看：

……你的詩／是那間酒吧裡的雞尾酒／摻著六十度的二鍋頭和匯源果汁／卻取名作那一年在巴別爾的奧德薩……

安理看完笑起來。

我看著他的眼睛說：「不管怎樣，我只想和你幽會一樣地愛著。」

安理輕輕地吻著我，我起身給他倒了一些紅酒說：「最近有篇文章說喝酒會讓人的舌頭變軟，這才是人酒後吐眞言的原因。」

安理說：「誰知道呢，反正做這個公司以來，我在外面喝的酒比我的洗澡水都多。還不是無功而返？讓客戶說眞話簡直難乎其難，他們的心眞是神鬼都難測啊。」

「可能對你們這樣的經濟學家來說，平時想得更多的是怎樣揭露想像中的規則，至於瞭解和改變世界的事並非是你們所長吧。其實你已經比我當初白手起家創業的難度小多了。別著急，慢慢來，以前有人問日本導演北野武有很多錢以後想買什麼？他說：『買演技。』演技要多麼巧妙我不知道，但有時眞的是要面頰上露著舌頭才行，這對你來說簡直跟『基因突變』差不多，哈哈。不過你不覺得這也是一種精彩的痛苦嗎？」

我又幫他倒了一杯冰水說：「你喝點涼的，去去心火。心主神明，主明則下安。」

安理充滿歉疚地說：「我是不願意讓你虧錢才覺得壓力很大，公司每天都會產生好多費用，想到這個我就會不安。」

我邊和他碰杯邊笑著說：「放心吧，我還虧得起，只要你沒有騙我，我就會一直是好人。」

我在他的胳膊上狠狠擰了一下。

我真的想看看這個學界中人怎樣在商海裡慢慢地快轉，當然這時愛情似乎變得精良了一些，有效了一些，好像也狡猾了一些。我在選擇著自己，我不要我的愛完美到無趣，否則它會出現營養性死亡。

安理是這樣想嗎？他又一次把這裡變成了最粗暴的房間，唯一的屏障是我白白的光腿。

乙澄把頭髮紮成馬尾形，還挑染了幾縷紫色，裙子也比平常短了好多。

「你換風格了？」我說。

「小水瓶喜歡我這樣，他都留起鬍子了。」乙澄邊說邊給我看手機裡小水瓶的照片。他靠在車上，手裡還拿了本書，低頭看著，感覺看了十年。不過他留鬍子的感覺並不像乙澄說的很像三毛的荷西，倒更像李奧納多一些。（小李留了鬍子之後怎麼就一直在忙碌環保？）

「他說現在要轉換到成熟模式，戴普和彼特們都留起了鬍子，直接把歲月這把殺豬刀改成增毛膏了。」乙澄說。

我從包裡掏出一疊光碟遞給乙澄，告訴她我那天去買碟的時候，看到這個封套的宣傳詞就買來送她。

乙澄邊看邊念：「這部劇是一部華麗麗的姐弟戀修成指南，有荷爾蒙爆棚的弟弟教你耍寶；有可愛風騷的姐姐教你撒嬌；有戀愛時節的通關演示；還有婚後階段的打怪升級；有情歌對唱一百首；有肉麻情話三百句；有吻技壁咚十八式；還有近身肉搏附光碟。想談姐弟戀嗎？還等什麼！超值大禮包現已加入豪華套餐！」

乙澄笑著把碟收起來，說：「聽說看八卦搞笑片能治經前症候群，我試試。」

我說：「其實我覺得這世界上本沒有什麼同性戀、異性戀、雙性戀、姐弟戀、師生戀之類的，只是兩個人剛好相愛了，就這麼簡單。要說超級姐弟戀那數得上的要說明朝明憲宗，他與一個叫萬貞兒的姑娘有一段年齡差距十九歲的戀情。這位女子也是手段了得，從憲宗十歲還是太子時就與其曖昧，到最後五十八歲去世時足足擺佈了憲宗二十幾年。萬貴妃去世，同年八月，憲宗竟過於悲痛而駕崩。人家就是自己感覺好就可以，那些不屬於自己的東西，哪怕是笑容和笑聲也亂我朝政啊。」

乙澄說：「可惜小水瓶只是一介平民子弟，比不得啊。而且他又是個好人，常常分不清愛情和友情，好像他和班裡的女生關係都不錯，他隨時鼓脹，像患了扁桃腺炎的遠方。而且他從不讓我見他的朋友和家裡人，我能說什麼呢？我的預感變得不立體甚至已經不能獨立成形，看見什麼就依附什麼，我擔心這種感覺會長久的。若無其事地玩弄我的血液。」

我說：「『莫因心病損年華』啊，人要想保持年輕就得沒心沒肺，不回首。最近你們的西班牙計畫怎麼樣了？」

乙澄說：「小水瓶家裡不同意，他是獨子，家裡希望他在國內考研。」

「你家裡人怎麼想？談過嗎？」我問。

「我很少回家，從小就和父母關係疏遠，我媽膽子小，我爸又愛酗酒。我小時候他每次喝完酒就會對我和我媽訓話，有時一訓就幾個小時甚至通宵，長大後我很少和他講話。我有時覺得我一直喜歡小男生，可能和這種童年經歷有關。我的同齡人或比我年齡大的人總喜歡教導我，我一聽就很反感，而比我年齡小很多的都會聽我的，也不會勾起我那些不愉快的回憶。」乙澄說。

我們都沉默了一會。

我說：「有時我想，一個人年輕的標誌之一，就是無論男女總會被更成熟的異性吸引，一個人老去的標誌之一，是只能從更年輕的面孔和軀體上找回青春。從這點來說，女人老的開始，就是能接受姐弟戀了；男人老的開始，就是完全不能接受姐弟戀了。以我對現在中國男人的瞭解，如果愛情這個圓有三百六十度，他們卻偏偏要在三百六十一度上找到愛，他們年輕時要的女人要像媽媽，年老的時候要的女人要像女兒，而且是從外表到內心。這簡直還不如古人風騷呢，當年白素貞強吻了許仙，他比許仙大幾百歲呢，哈哈。」

我倆都笑起來。

乙澄說：「我準備去學駕照，然後買個小車和小水瓶去兜風。」乙澄把馬尾散開，準備重新梳起來。

我說：「其實你長髮盤起的樣子比起紮馬尾更好看，活脫脫就是個『夢二式美女』啊。」

我又來到郊區的工作室。這幾年，商海波湧，卻淹沒不了我一點淘氣的心理，還想做些禮物送給自己，安慰不甘的靈肉。

工作室就在老董他們藝術村附近，但我不參加藝術村的活動，只把這當成螺絲殼裡的道場。

房間裡飄起了《重重褶皺——馬拉美的肖像》。是布列茲根據馬拉美的詩歌創作的樂曲，曲名來自馬拉美的一首詩名。我又把一張六八年法國五月風暴的精英人物居伊・德波在巴黎街頭手寫的口號「絕不工作，ne travaillez jamais!」原始手跡的照片掛在了牆上。

每次來到這裡，我就像包法利夫人一樣，會花很多時間對自己講故事。

當年薩德侯爵死于沙朗東精神病院，後來安葬於該院，數年後因爲墓地遷移，遺骸被掘出，臨終時刻伴隨薩德的拉蒙醫生，是顱相學之父的弟子，借用該顱骨製造了模型。薩德顱骨曾被帶去很多國家做學術交流，後在斯皮澤醫生去世後消失。我根據網上的薩德顱骨模型做了一個石膏體模型，又買了各種顏色的毛線，用首飾膠一點一點往頭顱上粘。

很多年以前，我希望我父母最好一個字都不認識，那我就可以堂而皇之地在客廳裡讀薩德了。他的「春藥糖果事件」以及後來每天早晨開設的「手淫課」，這些想法蘊藏在他大腦的哪個溝回裡面？他大腦溝回的發育時間和速度是怎樣的？男性的大腦溝回眞的比女性多嗎？

以前我問安理這些問題時，他說我應該去參加「大腦無溝回小組」。我說你大概是溝回太深，才相信愛是由液體組成的，據說杜尚的名作《不完美的風景》由噴射的精液組成，不過不知道比例是不是像俄羅斯小說一樣，名字就要占掉五十％的內容？

我把毛線一點點覆蓋在那個頭顱上，按之前預想的顏色分佈，就像傅立葉那樣可以心平氣和地給快感分類。

天色一直很亮，似乎在做著自虐式地拖延。頭顱一點點變得肥大了一些、溫暖了一些，像晚年的薩德。他的身體變得龐大、鬆垮，他拒絕減肥，還說脂肪的消耗對他來說只不過是從圖書館抽掉幾個冊子。

薩德侯爵與同治皇帝？

同治會這樣說嗎：我看著我，一時也糊塗了。試想這朝廷，兩宮同治，那我又在什麼位置？安太后和我愛阿魯特，慈禧太后卻中意鳳女。鳳女妖嬈，勝於阿魯特，但我聯想起慈禧太后便不想與她親密；阿魯特又持重，玩耍每不盡興，只好自去前門冶遊。當然城裡護國寺一帶本來也有得玩，卻是旗人較多，撞著了臉面不妥，還是前門外好些。八大胡同的南國妖麗，與宮中女人大不相同。近來還有洋妞，雖說膻野，倒也別樣有趣，花色新奇。有時做完，聊起她們歐羅巴一些伯爵王侯的淫情，亦令我有惺惺相惜之感。

……

不知過了多久，天色越來越暗，我點起一個燭臺，在燭光中仔細端詳、拼貼，又用毛線做了一些褶皺粘在那個頭顱上，這讓我想到我們的現狀與可能性之間的鴻溝，也讓我想起最近新認識的一個客戶那張充滿褶皺的臉。

下次見面，我會把這個頭顱送給他，「嘿，送你個人頭。」

安理說我喜歡賭運氣，剛好一直賭一直中。

然而，世事難料，就此時此地或者彼時彼地的市場狀況來說，不賭博的人比賭博的人會輸得更慘，直至血本無歸。

北京每到九月，秋雨便至。雨像紡織機上的絲線，細而長、長而綿，似針、似霧、似煙、似露。舊題斑駁城牆，畫眉依偎高窗，又到了北京亂穿衣的季節。依舊短褲、T恤的是想抓住夏天尾巴的瘦型人；穿長褲、毛衣的，是興奮得終於能把肉藏起來的體胖者。

秋雨後的北京，就像過了水的麵條，一下子涼了。映襯得北京的性格有些冷峻，像一個斬釘截鐵又通情達理的人。天空像一張高銳度照片般通透，用「爬山虎」包裹的城市風景就像喝醉了一樣面紅耳赤，沉默地伏在牆上。仿佛是個年輕的醉漢沉默地伏在女人膝頭，像小狗一樣，等著女人憐惜地撫摸他的頭髮。迎面撲來的陽光，正從白雲四周擠破頭式地往外鑽。北京的秋天是極有節操的，一層秋雨一層寒地推進。人、車、馬都從容了一些，像認識卻又不遠不近的朋友。

我來到一座小小的四合院落，秋雨初霽，院中幾畦菊花初綻，廊下幾株紅透的石榴。室內有盆栽的「漢宮春曉」和「柳線垂金」，比我辦公室的多肉盆栽「夢露」和「羅密歐」更顯清雅。我的小助理是個多肉植物控，所以公司裡到處是這種小魔爪似的東西。我喜歡來這個小地方喝茶，發呆。泡上一壺菊花茶，配上北京稻香村的迷你京八件，是我的京式下午茶。

這個「京八件」是指八種形狀、口味不同的京味糕點，由清宮廷御膳房始創，後流傳至民間。有象徵幸福如意的福字餅，象徵高官厚祿的太師餅，象徵長壽的壽桃餅，象徵財富的銀錠餅，是椒鹽鹹酥餡的，有方形帶有雙「喜」字的喜字餅，有像一卷書的卷酥餅，有諧音「吉慶有餘」的雞油餅，還有棗花餅，寓意早生貴子，而且要有男有女搭配著生。

色澤潔白，口感酥鬆綿軟，口味純正甜、鹹。此外，還分別有酒香、奶香、棗香、豆香以及子仁香和天然鮮花香。外形有扁圓、如意、桃、杏、腰子、棗花、荷葉、卵圓八種形狀。餡有玫瑰、香蕉、青梅、白糖、棗泥、豆沙、豆蓉、椒鹽八樣。

每一種都做得極小，清甜不膩。雖然我在日本也吃過他們的四種傳統點心，分別代表四季：春天的櫻團，夏天的水羊羹，秋天的銀杏和熟柿餡糕，冬天的雪白乾點；但和「京八件」比起來，還差著那片海的味道。

「京八件」也是近年才恢復的，它的包裝好像小時候的床單，百花齊放。北京是個若隱若現的精靈，如果你想在這個詞中取暖，有時反而全身會變得冰冷，可是當你把它打發到幻覺領域，它又會在這一絲絲的涼意中產生一點值得脆弱的希望。

羅蘭巴特喜歡把普魯斯特和俳句放在一起談論，是因爲這樣他就可以在一瞬間睜開眼時像個初生的嬰兒？

小池突然打來電話問我在哪，要送點東西給我。我就讓她來找我喝茶。

她坐下來說：「最近又陸陸續續認識了幾個員警，每天都和不同的人約會。我想看看員警裡面還有沒有比小馬更好的，反正人家現在不都在說什麼與多個人戀愛我可以不受傷，與一個人戀愛我可以不孤獨嗎？我媽媽總問我幹點正事行不行，可對我來說，只有我感興趣的，才是正事。」

她才從香港回來，這次去做了手臂收緊、面部蛋白拉提埋線，還打了童顏針。她送了一包「八分飽習慣丸」給我。說這個可以幫助抑制食欲，飯吃到八分就自然飽，小小兩粒就有六千億個乳酸菌分子，一個月可以瘦三斤哦。又打開一盒「神奇酵素」，遞給我一支，說：「這是排毒代謝專業戶，用的是福島核電站專業處理污水淨水劑技術，就算飲食不定時，宵夜又狂吃，用了它肚子也不會亂長肉哦。」她摸著微腫的還沒完全復原的臉說：「等我的臉消腫了，我就去韓國做『水光肌』。」

然後她接了個電話，就匆匆忙忙的走了。

晚上我回來後看了一部法國紀錄片《沙灘上的安妮》，是法國「新浪潮之母」安妮．華達的一部自畫像式法語電影，她重回影響其一生的海灘：「當我們翻開一個人，會發現風景。而如果翻開我，就會發現海灘。」這個俏皮、可愛的老太太用這場心靈旅行作爲給自己八十歲大壽的賀禮，更爲自傳影片創造了一種嶄新的呈現方式。

她曾來過中國，「一九五七年，中國還沒有被聯合國承認，對外國人關閉。我被一切所吸引，包括集體行爲：每個人身穿藍色，男人，女人，完全擺脫任何時尚的主宰。上百萬的自行車和兒童就像小貓一樣美麗。」

電影是她的家，她一直住在裡面。這部電影裡面那些海鷗、三三兩兩的稀疏的人群、老式沙灘蓬椅。一片片大鏡子，搞怪、卡通，時而敘事、時而詩意、時而紀實、時而超現實，清新又合乎常理。用電影記錄電影，在那個誕生鄉愁的海邊，我聞到的那股味道像北京秋天的雲。

不過她竟多次向馬格利特致敬，她不是說只要記住波特萊爾和里爾克就行了？「什麼是電影？這個回答眞漂亮。就是或明或暗停留下來的時光啊。」

我撥通了助理的電話，請她幫我報名。

這個短期電影學校在郊區，我要在這裡學一個月。

我報到時，已經有人在沙發上玩著「殺人遊戲」，一個老師模樣的人接待了我。「就叫我王老師吧。」

然後他笑著問我爲什麼來學電影，我說從小就特別害怕看恐怖片，看一眼就魂飛魄散，後來聽到一個朋友說她居然可以一邊看恐怖片一邊吃飯時，我毫不猶豫地和她絕交了。

王老師笑著說：「恐怖片不恐怖，紀錄片才恐怖呢，現實多可怕呀，咱們這裡主要是學習做獨立電影、紀錄片什麼的。」

我又問了王老師一些關於「恐怖片」的小問題，還說我看了之後不敢睡覺，得用被子把身體緊緊包住，頭根本不敢露出來，越想越怕。我曾經自己分析過是因爲我的南交點是處女座的緣故，他說：「星座我可不懂，不過我倒是聽過『負無窮拖不跨零』的說法，哈哈，習慣了就好。」

之後他介紹了那幾個在玩「殺人遊戲」的同學給我，都是一副大學生的模樣。我故意說我現在剛從一家公司辭職，一直喜歡電影剛好來換換腦子。有兩個女同學誇了我的皮膚又誇了我的裙子。我說你們年輕得像威化餅乾一樣乾脆，春風標緻，太好了。

天快黑了，王老師帶我們去看宿舍。走在路上，他說這個地方沒有酒店，只有一些當地農家自己蓋的房子用來出租，學校已經幫你們租好了，兩人一間。我說我不習慣兩人住，可不可以自己住一間？王老師說可以，不過你需要付兩人的錢。我又問白天在哪裡吃飯，他說就在剛才的那間房子，每天有盒飯。大家互相吐了一下舌頭。

一個同學說：「沒關係，能每天都看電影就行，這是我們的開心魔法。」

王老師說：「每天上午學習電影理論，下午看電影，晚上聽講座，你們會覺得每天都過得很快。」

腳下的路坑坑窪窪，走了差不多二十多分鐘，王老師說前面就是了。我們看到的是一個農村招待所，沒有名字，窗戶上寫著「住宿」倆字。

我的房間有一張床，一個椅子，一個小電視。我把東西放好，準備先沖個澡，可水放了好一會，還是涼水。我在樓道喊了一聲「服務員」。隔壁同學探出頭來說，這裡沒有服務員，有事要去問前臺。我跑去前臺，那個粉塗得很厚蘋果肌很紅的女孩回答說，洗澡水是要靠太陽能加熱的，今天陰天，所以沒有熱水。我悻悻然回到房間，用冷水沖了一下，就坐在床上，打開手機重新研究起我的星盤裡面的南交點北交點來了，這是屬於我自己的「心經」：

我的北交點雙魚座，南交點處女座。

應擺脫的特質：

1.過度焦慮。

2.誇大細節。

3.挑剔別人的錯誤。

4.持續處於不愉快的情況。

5.不具彈性。

應發展的特質：

1.同情。

2.將焦慮交給更高層的力量。

3.透過冥想釋放心靈。

4.相信正面的結果。

5.肯定與宇宙的連結。

電話突然響起，安理說他明晚來看我。我說剛才還看了十二星座分別代表的妖怪，水瓶座居然是無臉怪，想想好可怕！星座研究多了可能會無病呻吟啊，看來得像防曬一樣認眞對待。

之後我開始擺弄帶來的各種助眠神器。我擔心換了住處會失眠，這次是有備而來的：我先在房間打開 MUJI 香薰機，超聲波產生霧氣，配合助眠的精油。房間裡開始彌漫著淡淡的香氣，像雨後的花，纖細的蕊裡流淌著一絲一絲的晶瑩，是安房直子的童話。又喝了 Dream Water 舒眠水，幫助管理人體生物鐘，調整睡眠時間。再做個花王蒸汽肩頸貼，它可以促進肩頸的血液循環，緩解肌肉酸病，減輕疲勞感。然後用 this works 助眠噴霧噴在枕頭上，可促進深度睡眠。隨後在舌頭上滴了幾下 sleepdrops 助眠滴劑，用來鬆弛神經，還在太陽穴抹了兩下 badger 睡眠膏，翻了幾頁我每次出差必帶的催眠書《伯里曼人體結構繪畫教學》就開始有了睡意，放下書，又打開 RAINY MOOD 網站，一個有很舒服的雨聲的網站，

我戴上了 mary green 眞絲眼罩沉沉地睡去了。

夢裡我可能去了川端康成的雪國，極致的清虛簡直到了於心不忍的地步，像高處葉尖的露珠恰巧滴在我的眉心。一覺醒來，連指尖都彷彿泛出了好看的顏色。

上午的課是由一個國外電影節選片人 Stanley 先生來和大家交流。

他說：「獨立電影意味著什麼？第一、不要讓政府干涉你，第二、小成本製作，第三、要與主流商業電影有所不同。你選擇了獨立電影就是選擇了一條艱難的道路，到最後可能身無分文還要被追打，你們準備好了嗎？」

幾天之後，我瞭解到這個學校的老師都是一些獨立電影製作人及導演，生活清貧，工作報酬很低。他們覺得自己對這片土地最愛、最恨，因此也應該最瞭解。喜歡別人看到他們的思考。但由於不能確定想像力是不是一種實體能量，常會讓人想到「指著月亮的手並不是月亮」的說法云云。不過我倒是喜歡那個講劇本創作的老師把羅伯特、奧特曼和卡佛一同給我們品嚐，這是一種奶油的不改種做法。

只是每天下午的放映並不能掛保證，這些電影都是不能公映的，有點像在街邊擺攤，隨時可能面臨風險。有時突然被拉閘停電，情形很像小販們被沒收了秤桿和三輪車。不過顯然老師們已經習慣了。

晚上座談的時候，討論到「個體及社會苦難與紀錄片的關係」時，一個老師說你們發現了嗎？每次放映時坐在第一排的有個光頭的胖子，他是有權力請人喝茶的人，只是他前一天晚上如果打麻將太晚可能看電影時會睡著。不過老師接著說，當然我們也可以理解爲他正是用這種方式傾聽無聲者的聲音。

晚上安理常過來看我，還帶來各種水果，我們就一起討論我白天的上課內容。我說拍獨立電影的確很刺激，不過就要做到「不在乎」。後來我又問他，和那些人相比，我們是不是活得太快樂了一些，這快樂是眞實的嗎？

安理說：在波特萊爾看來，詩人之姿即是「厭倦」。這還不是它的英文同義詞「無聊」。因爲詩人其實是浪子（flaneur），要信步閒庭，觀看街上川流的人群，是「充滿激情的旁觀者」。偉大而抽象的城市、在其中卻又摸不著邊界的國家，人在裡面，仿佛被擠進了個大漩渦，漩在其中，可又似乎只在漩渦邊緣，永遠漩不進中心。時間、空間、現實、虛幻又匆促的影像，構成了獨立電影，獨立於官方之外，也獨立於現象之外，只是從事者心影的投射。」

然後他又給我看了一篇微信上三島由紀夫的一段話：「想著袒露眞實的自己，並因此得到對方的認可，剛好又能以眞實的姿態得到對方的愛，這是天眞的想法，是蔑視人生的想法。」

我沒有說話，走到窗邊，我知道他看著我，我喜歡我望向別處時他落在我身上的目光。

我又說：「最近看了很多紀錄片，才感覺到現在的中國並非電影中的中國，而是獨立電影中的中國。我以後也想拍一些這樣的片子，以前的生活還是關注自己太多了，下一步的修煉是希望可以做到儘量少用『我』，『我的』這樣的詞，要改變一下不管什麼時候、什麼事情都與『我』同化的邏輯。」

安理微笑著說：「你這是要做宋朝以前的中國人嗎？宋以前的中國人和宋以後的中國人，其實是兩個物種啊。美女，我得告訴你這些天你入戲太深了，其實自由思想者已經是瀕於滅絕的物種，在不同制度的國家他們衰亡的速度是一樣的，這種人的命運不是像風一樣，而是像大地，走到哪裡他都在這個命裡。」

「可我的痛苦就是得和所有背道而馳的人裝作是同類呀」。我說。

安理說：「你，眞是一個能把狂熱和漠不關心混合得很奇妙的人。《釋量論》裡說：悲心成熟的界限是，一邊有人用兵器砍割你的身體，一邊有人用檀香供養你，你應該對兩邊的人一視同仁。」

我削了個鳳梨餵安理吃，我欣賞他隨手拋散的思想小碎片，就像格林童話中的漢賽爾和葛麗特在森林小徑上留下的麵包屑一樣。

如雪可吞。

北京的九月，天藍成了一部情色小說，有一種古老的天眞，暖中透涼，讓人想張開雙臂，甚至在十字架上鯤鵬展翅。商場裡放著歌，一個大舌頭少女有著一份介乎法國與旺角的詩意，有一股淡淡的巧克力香薰的味道。我有時喜歡一個人逛街，漫無目的走走停停，想起櫻桃小丸子裡有一集也是這樣，小丸子買了一大堆東西沒一件給自己的，但還是好滿足啊……

一個人逛街，路過很多張與我無關的臉。

這些年，每次和重要客戶談完事情，我都會沖進一個商場緩解一下，才能遂了這顆本應無因無果的心。突然想起來一件事，不知哪家店能買到道袍啊，穿上這個之後會感覺自帶十點攻擊力，二點五攻速，十五點護甲，十五點魔抗，一管玉笛，三尺清風，逐水草而居。不像在生意場上，有時要向自己開槍，而且用的是誠信那顆子彈。客戶畢竟不是衣服，可以任人直視，相看厭了便分開。他們可能是春天，用綠色就能把人激怒，這時我唯一允許眼睛做的是——瀰漫近視。

繼前年的祖母綠、去年的蘭花紫之後，今年全球色彩權威機構 Pantone 正式選出了本年度的流行色是「瑪薩拉紅 Marsala」，這種顏色其實中國早在大明朝就開始流行了。我的幾個「資訊員」則直接告訴我今年流行「姨媽紅」，而且已經紅得讓女人的眼睛快滴血了，它像男人一樣成爲了女人的災難，所以女人都愛上了它。這種酒紅色像一款好葡萄酒一樣會讓人兩腮膨脹，好多家店的模特都穿這個色系的衣服，看得人「一波未平一波又起。」時尚顯然已經成爲一種故意，和孩子一樣都是甜蜜的負擔。

超模凱特・摩斯，我從來沒見過誰的眼睛比她分得更開。

仙女座是肉眼能看到的最遠的星雲。

我挺了挺胸，提醒自己要注意吸腹。據說瑪麗蓮夢露對肢體的掌握可是下了苦工夫的，她曾專門研究過人體的骨骼肌肉構造，還經常練習走路和手勢的起落。我在一家店裡的鏡子前仔細端詳自己的體態，想著我前一段因爲在電影培訓班吃速食而略胖了一些，心情也更莫名其妙了一些，最近是不是該採取斷食了？聽說日本有八千多家斷食寮，以前蘇俄的醫科大學和精神病院把斷食視爲精神疾患的主要療法，認爲斷食比吃藥、打針或電療，更能收到立竿見影的治療效果。我正想著怎麼能從亦正亦邪中進步得快一點，無所不在的專櫃小姐已經把幾件衣服同時擺在了我眼前。

「錢是沒有氣味的。」瑞士人說。

手機響了，是安理打來的，我沒接，把手機調到了靜音，走到街上聽見路邊的一對情侶嘈雜而有愛地爭吵著。後來我去了冰雪大世界滑冰，這裡一年四季都可以滑，滑梯很長，最後三百米加速度下來整個身體直接撞雪，好刺激，這讓我想起最近的新聞說加拿大火車撞雪之後「盲開」，勢如破竹猶如魔幻大片。

晚上回來，我自製了一盅冰糖雪梨。給安理髮了個短信說，我剛剛吃了「冰撞雪」。他已經習慣了我的神出鬼沒，發了個「紅心」給我。

沒有人期待我的到來，

一切又都在期待我。

再見小池，她的皮膚越發光潤。

「我去韓國打了水光肌，那是個全民微調的國家。韓星們都在做這個，是明星上鏡前的秘密武器。注射一次相當於敷四千片面膜。哦，對了，最近咱們去做『像素染』吧，這是最近風靡全球的染髮新趨勢。」她說。

她從手機翻出幾張「像素染」的照片，這個染髮技術是把幾種不同顏色在頭髮上混搭，猛的一看頭髮會有一種馬賽克的感覺。

「咱們把頭髮染成這樣，絕對招桃花。」小池說。

我說：「這種染法確實有趣，照這個趨勢發展下去，相信過不了多久二維條碼就可以印到頭髮上了吧？咱們設想一下，在頭髮上印上二維條碼名片，以後出門的時候就再也不需要在包裡翻找紙名片，直接讓對方掃頭髮上的二維條碼就可以了。嘖嘖，未來的美髮界也是有無限可能啊。」

小池預約了美髮師的時間，收起電話說：「咱們去找我媽媽吧，昨天我不是跟你說她又報了一個大師班嘛，學費可貴了，不過這次更絕，居然專門學擰勺子！走，咱們去看看她那邊有什麼好玩的。」我給助理打了個電話，交待了點事情就出了門。

車子開進了長城腳下的一個度假村，有草場，有湖水，如世外桃源般靜靜的，陽光通過樹林映紅了整片天空，長城也像偷喝了酒——「臉因紅處轉風流」，青磚灰瓦的建築，起承轉合。

前臺小姐很熟練地爲我們介紹著：「咱們這裡是『青磚、灰瓦、馬頭牆、肥梁、胖柱、小閨房』，特別舒服。這裡有山景別墅房間＋健康有機飲食＋中醫推拿＋瑜伽＋長城野餐＋有機美食課程，可以讓你們的身體回歸純淨，度過一個健康無污染的週末。」眼看她還要背誦下去，小池連忙告訴她我們是來聽大師課的。

前臺小姐說：「哦！大師課啊，他已經在我們這裡辦過好幾期了。」於是殷勤地帶著我們往二樓走，還說這裡就坐落在長城出口，最特別的是這裡有一條秘密小徑可以直接通往古長城，爬上去就能來場野餐。

教室在二樓的多功能廳，面積很大。一進門，就看見小池的媽媽沖我們招手，我們在她身邊坐下，大概看了一下，這裡差不多三四十個學員。她說老師過會才到，示意我們別講話，說如果講話會被老師的助理罰款。

這時主持人站起來引導學員反覆、大聲誦念：「好，很好，非常好，越來越好。」他還聲稱這樣可以讓能量系統爆發，一系列熱場活動之後，播放了大師的宣傳片，半小時後，主持人領著大家跳健康舞。

大師終於出現在門口，有老學員引路，工作人員和其他一些學員站在兩側拍手迎接，伴有尖叫和歡呼。

課程開始，課程上涉及了一些概念，比如意念力、主意識、正能量、還有很多佛教用語，「我執」，「回向」，「相由心生」，「起心動念都是業」，「福報」之類的。課上學員不允許交流，座位也是固定的，不許輪換，禁止錄音錄影。

講了一會兒，大師要求全體起立，一起跟他念誦各種口號，時而高亢，時而低沉，甚至變成默讀，直至最後把會場的燈光關掉，讓大家跟他念誦經文。燈再亮時，大師宣佈在三天的課程期間，不許吃飯，集體辟穀。

然後他拿著一個勺子開始晃動，動作的幅度很小，一副若無其事的樣子，晃著晃著勺子就彎了，大家看得目瞪口呆。

他說通過意念力的課程，幾天後你們都能做到這些，人活著，就是要挑戰自我、挑戰生命、挑戰極限。還說自己能量巨大，性情所至，可以同時發出三種以上的聲音。他宣稱自己很富有，學員交的學費根本就是小錢，他講課根本不是爲了錢，而是爲了「度人」。

課堂不可思議的安靜。

我和小池悄悄地溜了出來，小池說聽她媽媽講，來聽課的人大部分都很有錢。很多企業家都加入了這個團隊，她媽媽又可以如魚得水地和新朋友傾心暢談、大杯痛飲了。「她的眼袋都要掉到下巴了，也不保養。」小池一臉不屑地說。

我們按照前臺小姐的指引登上了長城，夜中徒步，別有味道，斷磚碎石，月光下輾轉。「有流星哦，我們可以許願啊。」小池雀躍起來，口中喃喃。

我突然想起，在苗語裡，流星就是星星拉肚子的意思。

天初亮，我就醒來了。沖了一杯咖啡，在全麥麵包上抹了一些泰國產的芝麻醬，再滴上幾滴蘆薈蜜，聽著 Juliette Greco 唱的 Sous le ciel cle paris，薩特說她的嗓音裡有「一百首待寫的詩行」，讓人的血液風致萬千。重重的年代感，至今聽來卻仍有萌態，聽說當年她把巴黎一分爲二，一半聽披頭四，一半看她。她的聲音會把光陰永遠定格在午夜，這種理性的慵懶是可以喝的。

我開始慢慢咀嚼這兩天的一些政論文章。最近的閱讀越來越雜亂，各種資訊劈頭砸面，「世上只有一本書/就是你/別的書/都是它的注釋。」可以替代這樣的書何其難尋？不過我倒常想起老子的一句話：「天地不仁，以萬物爲芻狗。」狗在古代是普通百姓做祭祀用的牲畜，隨著社會風氣的演變，人們漸漸不再用眞的狗，而是用草紮一隻狗形來代替。芻狗做好以後，在還沒有用來祭祀之前，大家對它都很重視，碰都不敢隨便碰；等到舉行祭祀以後，就把它扔下不管了，車轢火燒。用時顯貴，用後廢棄，天地萬物，莫非如此。當然，這句話也背負了哲學的任務，它摧毀了樂觀主義或悲觀主義，把悲觀的往樂觀這邊推一點。

愛與自愛與愛我們。

我一個人呆在房間裡，整個人好像被懸置了起來，像佩內洛碧那樣把一篇篇政論家精心紡織的花毯拆骨揚線，不知這樣會不會增加一點原諒別人的能力？儘管我的心和腦需要這種間接但重要的對話。而且儘量不要到離題萬丈的枝節上去尋找，哪怕大多都是對各種思潮的生吞活剝。堆砌起高牆的石頭常會粉身碎骨，但以卵擊石的卵卻是蠕動的生命。

卵……

看到今天的新聞說，英國下議院通過一項修正案：允許體外受精時使用三個人的生殖細胞。怎麼操作呢？使用一枚健康女性的去核卵細胞作爲粒腺體供體，再加上孩子父母雙方的細胞核。這樣做是爲了避免新生兒患上線粒體疾病，不過怎麼感覺像一夫二妻啊，正房用細胞核，妾室用細胞質……

我給乙澄發了短信，想問問她生物學上的一些知識，她就回了我那句話：「我活過來了。」

她說前一段時間，「小水瓶」堅定地失蹤著。偶然見面，也面無表情。她仔細分析了《與水瓶座相處的七個階段》的那篇文章，確認小水瓶已進入第六階段——「來自地獄的天使。」他瞬間跳電，視乙澄如空氣，不理，不理，總之就是不理，連用餘光掃射的眼神都冷漠得像西伯利亞的堅冰。

「你們水瓶座什麼都有，就是沒有定性。」乙澄說。

有一次「小水瓶」問她可不可以像《馬丁的早晨》一樣每天都能有一個不同的造型，乙澄說，在讓水瓶座愛上她的蒼茫大道上已心力交瘁。

「小水瓶把我的精氣神快榨幹了，害得我好像跟過了保固期一樣。」乙澄說。

「後來我一直失眠。白天腦子一片空白，每天給學生上課前不停的靠咖啡提神，最後一直喝咖啡喝到想吐，動不動就想大哭一場。心裡像有小蟲噬咬，密密麻麻，深深淺淺的，心情壞得像長了芽的土豆，瘦得嘴都快比臉大了，枯萎成一個稻草人。

更可怕的是，我發現自己的靈魂不知道哪裡去了，就像達文西解剖了三十多具屍體後卻說：「奇怪，我沒有找到靈魂。人類一直說存在的靈魂到底在哪裡？我為什麼沒有找到它？我該解剖的全部解剖了啊！」我感到自己正在衰老，死去……

晚上，我把蠟燭點上、吹滅、點上、然後哭泣。朋友都說我的魂沒了，有個朋友還專門跑到廣西與越南交界的地區，那裡有巫婆行道場來治病驅邪，算命卜卦，政府視之爲封建迷信，然而屢禁不止，民間仍有秘密道場，甚至於越南境內的巫婆，也常被邀至那裡行巫。朋友把巫婆在行法事時的說唱錄回來給我聽，想幫我把魂叫回來。」她皺著眉一直在說。

我說：「好神秘呀，你放給我聽聽。」

乙澄打開電腦，過了一會有一些清晰又複雜的話語傳出來，然後又唱起，發音有些魯鱶，接著有一種銅片和銅鏈子的敲擊和摩擦，讓人聯想起那種衣袂飄飄，環珮颯颯，也就是所謂「芳菲菲兮滿堂」「燦昭昭兮未央」的原始樂風，我好奇地問：「巫婆都怎麼行巫啊？」

乙澄說：「我聽朋友說，因爲這些道場沒有固定地點，行蹤詭秘，行巫者不分男女，但都著女裝，披頭圍裙，非常豔麗。行巫的時候都是一幅靈魂附體的樣子，結束後卻對所行之事記憶全無。她的朋友這次採錄的這段巫術道場，行巫者爲男性，三十五歲。據說他十五歲時，突然患疾風顛，後經師傅指點，說行巫便能好轉，於是就做了巫師。現在果然如此，除行道場外，一切都和常人一樣。」

她捋了捋頭髮，眼裡有了一點光，接著說：「後來我又拼命鍛鍊，下班就泡在健身房，現在連馬甲線都練出來了。」

我說：「健身房是著名的豔遇地，你這回可以見色起意了。哈哈。」

乙澄說：「別說，健身房裡帥哥確實不少。有一個身材特別好的，大家都叫他『肌哥』，他不光有『人魚線』，還有『愛的把手』呢。」

我打斷乙澄的話，問：「什麼叫『愛的把手』？」

乙澄說：「這個我得給你科普一下，『愛的把手』是人魚線外側單獨的那塊肌肉。」她邊用手示意邊說：「這塊肌肉，兩邊都有，之所以叫『愛的把手』意思是當一對情侶在一起時，男人騎車載女朋友而她的手正好可以握住這兩邊的肌肉，這就叫『愛的把手』。那天練完以後，我正準備打車，「肌哥」問我願不願意坐他的自行車，我說好。」

我似是而非地點頭說道：「我明白了，於是你就『迴光返照』了。」

乙澄笑起來，我說她笑得像貓一樣，暖暖的，久違了。她說怎麼覺得自己笑得像老鼠，偷吃了乳酪似的，傻傻的。

我說能做個臉上會發光的老鼠也好呀。

乙澄說：「反正我就是喜歡和比自己小一些的男孩在一起，『肌哥』也比我小五歲呢。我一想到他，就覺得他好像永遠年輕，永遠一腦門汗。還有他和小水瓶一樣都早就選擇了最痛快的活法，不怕在任何場合展現自己的天眞，這點對我很有吸引力。」

我說：「唉，現在的女人，都有點性別不明了，以陰陽人占多數。眞的，又要主外，又要持家，雙重責任，雙重身份，雙重包袱，處理不好，神經衰弱，心理一變態，立刻就成了陰陽人。如果見到長生不老的「小鮮肉」，就算頂著狂風，中分被吹成梅超風，也會把自己綁在他身上，三百六十度無死角吸乾，直到把他舔變形。唉，你們這種人就不能心狠得恰到好處一點嗎？」

我歪著頭看著乙澄，乙澄一副氣急敗壞的樣子說：「瞧你說的，早知我不去看心理醫生，直接來找你就好了。」

我說：「你經常讓我想起蒙克的油畫作品《吸血鬼》，女人在跪下向她求愛的男人脖子上親吻，就像吸血鬼一樣在吸取那個男人的靈魂。喂，你說你是不是很可怕？」

乙澄說：「拜託，我都快從嬌嫩的水彩畫枯敗成貌似很有立體感的油畫了，不像你被安理滋潤得臉像打了蠟，一看到你，就感覺所有的光芒都照耀而來，連空氣都散發著淡淡的香味，我可是乾裂得快像爆米花了。」

我說：「那就找你的『肌哥』止渴吧。欠下的債，汗水來還。」我揮了下拳頭。

過了一會我問乙澄：「美女，咱們這不是『瑪麗蘇情節』吧？好像男人就該愛我們似的？」

最近，各種股市樓市的消息讓人應接不暇，我在北京投資的多處房產經歷暴漲之後，價格漸趨平穩。這些年，中國的房地產市場就像是一個剛剛學會做愛的男人和一個剛剛懂得舒服的女人，啪啪啪得越抽越上癮，越做越舒服，做完一次想兩次，做完兩次想一生。這裡，可能性與不可能性以一種令人不安的方式近似著。人們不喜歡市場的不確定性，所以政府盡力打造理性的夢，股市和樓市便成爲了希區考克的懸疑片。他告訴觀眾炸彈會爆炸，但不告訴他們何時爆炸，就喜歡慢條斯理地嚇人。

我站在公司寬闊的落地窗前，望遠、凝神，遙見隱約浮現在遠方的那一片起伏的山巒。此時，它是灰藍色的，一條迤邐而去的線條抹在了藍與白形成的蔚藍色天幕之中。高下、貧富、聚散，都是這片天空從來無須按捺的心事。

過去十年中賺錢最多的房地產行業，從某種意義上來說，比拼的主要是膽魄，我所在的這個裝修設計行業也風生水起。不過現在趨勢正在發生變化，以互聯網主導的經濟格局裡，房地產行業將日漸衰退，我們的盈利邏輯也要跟著變化，儘量去做一些趨勢性的機會的事情，儘量淡化個人能力的重要性。在大趨勢的格局裡，能力無法量化，很難確切的預測，而大趨勢的視野似乎應該還是有一定的邏輯可循，誰不想瞄準趨勢性的投資機會?但是問題來了，目前的經濟趨勢到底是什麼呢?

我突然就有了一點不耐煩，因爲我發現自己不能說出我內心那種模糊的衝動所暗示的東西，我的智力還不能完全適於表現我的精神，只是隱隱覺得趨勢留的時間視窗越來越小了。每個時代都有自己的王者，你剛好在適合的年代碰巧做對了一個行業的選擇，然後就可以長期堅持這種行業策略，可是如果時代改變，原先的作業方式變得不再被迫切地需要，這時候，你發現不是不努力，而是再努力也沒用，你是很好很好，只是我不需要了，這是個挺悲傷的愛情故事。

我開始減少一些應酬及社交活動，以便醞釀一些節氣。聽說最近國外有一個藝術家做了一雙鞋，自帶GPS，穿著的人不會迷路。

我和公司的人講了儲糧過冬的意思。現階段主要是「守成」，我們現在暫時不用在各種場合繼續假裝高潮，那會變成功能障礙的。他們的眼神都是那種「你所說的曙光究竟是什麼意思」的不解，不過我素來知道找合作者及事業前行夥伴一點也不比找老公容易的道理。

所謂緣分，不過寥寥。

如是如是變，彼彼分別生。

（當年，拿破崙曾不顧英國皇家海軍尼爾遜上將圍追堵截，雖時時面臨滅頂之災，但這位大軍統帥居然在艦艇上召開了三天學術研討會，討論的是盧梭的《論人類不平等的起源》以及荷馬史詩和《莪相集》。後來在開羅烽火連天之時，他居然要求手下的年輕數學家專心考試，解答微積分問題。）

助理跑來跟我說，最近總聽我說「過冬」、「抱團取暖」之類的話，她受了感染，上個週末和自己的幾個大學同學去了京西的龐潭古道旁的「娼妓橋」結義金蘭，守望相助。

我聽著詫異：「爲什麼要在『娼妓橋』呢？你們這是要紅顏薄命嗎？」

她說：「我們也是選了好久，才選中這裡。史書上說，明朝時戒台寺廟會期間，天下游僧都聚在那裡，旁邊有個地方叫秋坡，妓女都競相趕去，俗稱『趕秋坡』。後來這些妓女就集資修砌了一座漢白玉石拱橋，被後人稱爲『娼妓橋』。橋在佛教中有『渡化』之意，娼妓們在這裡集資建橋以防每年雨季爆發，山洪無法通過，既是對香客的『善舉』，方便香客進香，繁榮戒台寺香火，又是對自身的『救贖』。據說，在捐資的妓女當中，還包括『怒沉百寶箱』的杜十娘呢。」

我說：「哦，那些大學裡的官員，應該到這座橋參觀取經啊。當他們把教學樓命名爲某女性內衣品牌時，修建此橋的女人們，終於發現，有人比她們更需要拯救。」

助理給我泡好一杯薄荷茶，說：「那我今天繼續組織公司的人一起學習《世界藝術史》吧？」

我想起了一部一直想看的電影，奧地利導演米歇爾·格拉沃格執導的紀錄片《妓女的榮耀》，就在網上開始看了起來，它忠實地記錄了一些妓女的生活，泰國的「金魚缸」。孟加拉的貧民窟妓院以及墨西哥的紅燈區，沒有表演與做作，其中有一段孟加拉的貧民窟的一個妓女面對一個在她門前猶豫良久，怕對不起老婆的男人說：「該不該嫖這種問題你在來之前就該想清楚了，既然來到了這裡，還想別的幹什麼？」說完就把這個男人推進了門裡。

在下班的路上，我讓司機把車窗都打開，黃昏裡的暖色流灌了進來，那光積成網路，準備著夜晚的搖籃，有著一點漫不經心的味道。看著秋光慢慢生長，一半婉媚一半憂傷，「映在多少人的額頭上，還在他們的額頭上塗了一半金」。我喜歡金橘色的光到了戀物癖的程度，甚至覺得連親吻都只是在落日餘暉或夜晚的街燈下才溫雅而滄桑——那時天褪去了沁入每個分子中的藍，無能為力，卻很安心。

回到酒店的房間，我點上了香草味道的蠟燭，聽著琵琶藍調，開始饒有興致地用安理特意買給我的迷你電燉鍋做起我的膠原蛋白粥。秋季乾燥，肌膚水分流失的同時膠原蛋白也跟著跑掉了，要為肌膚加餐才行。

我把早晨就泡上的桃膠、皂角米、蓮子、銀耳，再加上魔芋米、紅棗、枸杞放進鍋裡，加好水，啓動強力功能二十分鐘，慢慢空氣中開始有了一點溫甜的氣息。這次我選了上好的桃膠，這是一種很有養生功效的植脂，是桃樹結了太多果子，自身承受不了負荷，樹皮自然裂開流出的膠質。也就是人們所說的淚，「桃花淚」，很嬌憨的名字。

我小時候愛吃街邊大樹上分泌的膠狀物，帶點糯米味，那時候總被同學當笑話說給別人聽。長大後才知道這是可以吃的膠原蛋白，現在只能買乾的泡發了再燉……原來，我小時候的皮膚好到自帶聖光是有原因的……我把電鍋的功能調到弱項，又熬了四十分鐘，這一絲絲細微的水汽好像已經可以養心通脈，提升一個美度了……

我倒了一杯日本青梅酒，滴入幾滴西柚汁，瞥了一眼電視。我的習慣是房間裡開著電視，但永遠沒有聲音，可以不知所云。這樣也該算收視率吧？

電視裡正放著臺灣議會鬥毆的畫面，很有十六世紀現實主義畫家卡拉瓦喬作品的效果。生動的衝突感，線條豐富，色彩細膩，構圖考究，每張都像古典油畫，布光不知是攝影師做的，還是原本室內裝潢的時候燈光設計得就質感爆燈，很多條胳膊交錯的構圖顯示著模特的敬業。

我來到陽臺，夜風清涼，遠處的廣場上有人在放夜光風箏，風箏就像天空的項鍊一般，一圈一圈飄曳著，放風箏的人在秋夜星空佈置了一些仰望，怎麼沒人到星星上裝個夜光燈呢？安理從上海打來電話，問我在做什麼，我說「靜守天臺望華彩」呀。

阿蕊說最近每晚都和朋友聚會，喝酒。她想喝多少就喝多少，她喝的比她該喝的還多。同時聽著九九・六六六%純度的工業死亡金屬，可以給她持續不斷的耳療添加幾味猛藥。她新交的男朋友小丁隨時會打電話問她的行蹤。小丁是個小提琴手，長得像「十字路口的美少年」，好像隨時在等別人弄亂他的頭髮。阿蕊覺得他看起來就是被溺愛過的，所以很迷人。

當他摟著阿蕊說：「你是我的骨中骨，肉中肉」時，阿蕊覺得他們是一百度的開水，燒開了一壺加糖的咖啡。她想起一部很久以前看過的電影，男女主角第一次見面時，就對上了暗號：

「你從來沒有放鬆過嗎？」

「我不知道。」

毫不挑逗，卻好不挑逗，被保佑和被著魔一樣。

阿蕊喝了一口法國的阿爾薩斯白葡萄酒，又吃了一口香辣烤魚。我說這種搭配很新鮮啊，她說已經實驗過幾次了，算是絕配：瓊瑤漿的酸度能減輕烤魚的辛辣感，而烤魚的香能讓瓊瑤漿更甜更圓潤，酒本身散發的荔枝玫瑰蜜糖香氣，與烤魚的香辣氣息融爲一體，讓人根本停不下來也根本不捨得停下來，整個餐廳都昇華了。

阿蕊抿了抿嘴，她抿嘴的時候很有特點，好像是隨時準備接吻似的，此刻她的笑容像子宮一樣安穩。

我說：「你不是說喜歡獨處嗎？最近社交怎麼這麼頻繁啊？」

她說：「誰知道呢？其實我還是不知道孤獨太久之後再混入人群算不算一種儀式呀？在人堆裡滾動怎麼才能不像展示品呢？我怎麼老覺得自己就像快倒閉的商店裡被人精心打扮過的聖誕樹似的？我受不了他們對我太溫柔了，真的，人們都太溫柔了，這樣那樣的，嗯，可詳細的事都不對我說。」

我說：「你那麼年輕，大家都還把你當小孩子呢。不過談戀愛很好啊，你的提琴君還好吧？聽說男女搭訕時，女人最容易給出電話號碼的物件是看起來有錢的男人和背著吉他的男人，你的小提琴手也是熱門人選啊。音樂男常有一種又羞恥又入戲的氣質。哈哈。」

阿蕊說：「他就是太黏人了，連選睡衣都要情侶裝喔⋯可我喜歡和各種有感覺的男人去我自己的小房子，裡面有煙、有酒、有背對著放的洗衣機和噴成黑色的鐵櫃子。他們喜歡我的小蠻腰和大長腿，他們掏出玩具，結果有人沒帶電池，哈哈。我喜新厭舊得厲害，可是又討厭剛認識時的拘束。人如果只看野蠻的事物，可以像它們一樣過日子該多好。不過愛真是一件難事，要麼生下來就會，要麼永遠都不會，我不知道我屬於哪種。我愛一個人也並不影響我和其他人在一起，可我又不能接受他找別的女人。

小丁說我這是以十指彈琴的辦法分配愛情。他愛我，也蔑視我，這是世界上最大的折磨之一。他說我愛他，就該放棄別人，可我覺得放棄了一些不確定性，不就放棄了自由嗎？昨天我們吵架時我對他說，也許有一天我會放棄，但我不會用你要求的方式放棄。他說，最後所有男人都會離我而去的，我說那又怎樣，有一天我終將像煙一樣，嫋然而盡，活著，不就是以什麼樣的方式結束生命的問題嗎？」

我說：「感受力過剩的副作用就是會產生你這種溫暖高貴的消極。」

她說：「我只是像禁慾者那樣去做，去愛，不過顯然我和別人不在同一波長上。小丁經常會用尖叫的聲音說我在以折磨的名義愛他，可誰知道呢？不過他這種聲音會讓我覺得他呼吸的是氦氣，而我呼吸的是氧氣，因爲氦氣傳播聲音的速度差不多是空氣的三倍，所以吸收氦氣的人說話的聲音會變高頻率，尖聲尖氣的，就好像卡通人物一樣。」

她說完就哈哈大笑起來，竟然笑得眼淚都出來了。之後她就一直喝酒，不再說話。這是阿蕊的習慣，她每次和人見面，上半場嬉笑怒罵，下半場一言不發。這種欠缺因果邏輯的必然，是不能被定時和計算的，就像烏鴉有時會突然俯衝啄掉母羊的眼睛。垂下的頭髮遮住她一半的臉，像海藻包圍著白色的岩石。我想起了一個叫雙月灣的地方，它共分兩灣，由於風向原因，左灣水準如鏡，水色不清；右灣波濤洶湧，水清見底，沙灘綿長，幾乎見不到人爲開發的痕跡。在兩條沙隴中，人會感覺自己是從未來走來的，蹤跡杳然，野蠻的事物如果不能知其所以然，就知其所當然吧。

我端著酒杯，又想起屢次因偷竊入獄的法國劇作家讓・熱內每次拿到稿費就會一分爲二，放在褲子的兩個口袋裡。薩特不解，問他爲什麼。他說：「一般小偷在一個口袋裡掏到錢就不會去打另一個口袋的主意了。」這是他的職業經驗，一次次很好的兜風和恩典，他總是有計劃的入獄及寫作。在他身上最能體現薩特關於「自由選擇」的哲學命題。

餐廳的燈光柔和，像加了暗黃的濾鏡，給阿蕊的身上披上一層薄紗，加熱烤魚用的酒精燈撲騰著羸弱的火苗。如同奢望般存在，把一點嫵媚緊緊包裹，就像塞爾努達的詩與米羅的畫相搭配。塞爾努達的詩句裡不斷出現的「一半和一半」的詞句，「被禁止的」而非「受詛咒」的歡愉，米羅飛翔和變形的構思，是他所冥想的鳥兒遷徙、蝴蝶群季節性的更替以及星座和銀河的流動變體畫。他認爲，情縱是最自然、最合乎本性和情理的現象，是生命的原動力。他對女性的魅力十分著迷，可以說他終生探討最多的也是男女的天然情欲及男女性事。但在生活中，米羅不沾其他女色，他一生只愛過兩個女人：他的妻子和他的女兒。

據說第一屆當代非專偶制親密關係會議今年將在里斯本召開，參加形式不限，學術討論、行爲藝術、電影、裝置藝術、辯論均可。有沒有人會組一個中國小組前去？

抬眼看了一下不遠處的電視，義大利對法國，正是點球環節，太明智了！

和 Dina 認識是在一個『城市精英』香氛派對上，這期的主題是「聞香識女人」。這派對的組織者是一位留英女博士，她有感於國內社交活動的匱乏就定期組織各種派對活動。那天 Dina 穿著一身絢麗的阿拉伯風格的長裙，兩隻手和手臂上都有黑色的花紋，像細細的蜈蚣趴在上面，舉手投足風流睥睨。

我問她花紋是怎麼做上去的，她說：「我才從埃及回來，這是一種阿拉伯女人特殊的手飾：用天然植物做顏料，調成巧克力汁的樣子，在手臂上像擠牙膏式地作畫，這些留在手臂上的花紋能保持兩個星期左右，整個過程兩三分鐘就搞定啦。」

後面的活動，是在場的每位女士都在手上噴一款自己心儀的香水，男士則蒙住眼睛牽起女人的手一一聞過，把喜歡的香型記在心裡。之後女博士便請男士們仍然戴著眼罩站在那個香型的女士對面，取下眼罩，邀請對方跳一支舞。最後的自我介紹環節，大家基本會介紹自己的職業、公司，再說些希望以後可以多多交流之類的話，輪到 Dina 介紹時她說：「我以前曾經在開羅大學留學，現在在做一個阿拉伯藝術網站，不過，我上個月失戀了，現在是空窗期。每天就是孤獨寂寞和無數個爲什麼，你們說這世上還有比失戀的痛苦更嚴重的事嗎?單身求解放啊。」

女博士表揚了 Dina，說她一瞬間就製造了視覺硬恐怖和氛圍軟恐怖。Dina 說有願意去埃及旅行的，可隨時聯繫她。

我在網上沒查到 Dina 那個阿拉伯藝術網站，倒是在微信的朋友圈看到她發的一條資訊，準備組織去參加埃及一年一度的世界肚皮舞大會的。並說只要有八人報名，就可成行。

我報了名，給她留言：「同台吃飯，各自修行。」

她回給我笑臉、鮮花、三顆星和兩隻轉圈圈的小企鵝。

我跟安理說這回可要好好學學肚皮舞了，而且希望他和我一起去，別老過著拖時代後腿的老派生活。

他反問我：「你喜歡我每天衣著光鮮、吃喝玩樂的或是常做一些讓你的血液嚇得結冰的事嗎？」

我說：「別，每個人都有自己的走調方式。我就喜歡你們這種看起來特別正經的人。開你們玩笑能讓人選擇知識、忘記生命，哈哈，我的目的就是：打破你的規則，保留你的傳統。」

「用肚皮舞嗎？」

「可能還有鋼管舞。」

……

我會不會墜入了一種「客體性憧憬」？日本客體性憧憬會產生成熟抗拒導致戀童，歐美客體性憧憬會產生異性戀抗拒導致同性戀，會不會正是因爲地球上有這些特別之處，才會惹來外星人頻頻光顧啊？四海、九州、八荒、六合，我做出一副寂然凝慮、思接千載的樣子，每逢此時，安理都會笑嘻嘻地照例誇我像一曲難解的古琴曲，雖然別人聽不懂，可自己卻「吟猱綽注皆有法度。」

我接著想我是不是也要像蘇丹一些地區的人們那樣拒絕親吻，他們認爲嘴是靈魂的窗戶，所以害怕親了嘴，靈魂會被偷走。信了三世，就害怕此生，怎樣才能幫助矛盾成熟呢……安理的嘴唇已經壓在我的嘴唇上，他說他知道風從哪個方向來。

不過Dina那邊卻沒了消息，只偶爾給我發一些阿拉伯的服飾、鏡子、香料、銀器的圖片。我問起她，她總說快了快了，直到有一天，她沮喪地對我說計畫可能要取消了，幾個報名要去的人要不嫌貴，要不就嫌一個月時間太久，都不去了。我說，啊？胃口早就被你吊起來，都快得胃下垂了。在這個一切都不確定的世界裡，我希望你確定我和你能去。

第二天，Dina跟我說如果還想去，就要我把那幾個人連同她的費用一起出了，這樣她就可以專程陪我一個人去。

我同意了。

「未見過開羅，就等於沒有見過世界。」《一千零一夜》中如是說。我剛走出開羅機場的一瞬間就被熱浪的蠻力打中，它迫使我的尊嚴涼了下來。旋即卻又感覺不到熱浪了，因爲已然置身熱海，我知道這是到了一個需要拼內衣褲數量的世界了。

剛才在飛機上Dina告訴我，這次埃及之行我們主要是住在她以前留學時認識的中國同學以及朋友家裡。這樣可以節約成本，她不想讓我花太多錢。還說其實我覺得你平時住在五星級酒店裡的生活沒什麼意思，一點家的感覺都沒有，太冰冷了，我開玩笑說：「富人與動物最顯著的共同點不就是炫耀嗎？哈哈。」

她說：「咱們也不用去外邊的餐廳吃飯，做飯的任務就交給我吧，我還會做一個埃及很經典的湯呢，阿拉伯語叫『木路嘿呀』，味道非常特別。」

我說你阿拉伯語的水準應該很高吧？她說其實只是在開羅大學留學過一年，好久不來，忘得也差不多了。啊？我有點吃驚，那我們用英語和他們交流嗎？Dina 說當地人的英語水準可實在不敢恭維，他們號稱在學校學了十三年，但是連說 How do you do 都會出現語法錯誤。還有，他們當地人，即使連大學生都不大會說阿拉伯語標準語，平常都用方言交流。大學校園設施也很落後，咱們中國小學校都會有的投影儀至今埃及的大學都還沒有，只有一塊黑板而已。至於宿舍，更是沒空調、沒電扇、沒網線介面。

……

一個戴眼鏡的男生向我們走過來，Dina 對我說：「這是小顧，在開羅大學讀研究生，咦？小顧你怎麼越來越瘦了？」

又指著我說：「這是我郵件裡跟你說過的白富美。」

小顧拉著我的行李箱說：「你們可要注意防曬啊，開羅的太陽特別厲害，保你們一天就能曬黑五個色度。」

我說：「沒關係，曬黑了更顯瘦啊。」

我們上了一輛計程車，小顧說開羅的計程車十輛至少有七輛沒空調，而且司機開車都很瘋狂，外面塵土飛揚，車內也是一樣。二車道可以開成四車道，都是技術流。馬路上基本沒有什麼紅綠燈，大車、小車、馬車混行。好幾個路口被堵住，需要司機們和一些年輕人自己下車疏導。開羅的路造得坑坑窪窪而且很複雜，行人亂穿馬路，行駛中的顛簸讓車裡熱得快要爆裂了，我擔心這足以使打火機爆炸或自燃引起火災，小顧說，夏天，由於天氣太熱，除非必須出門上學、工作，其他人一般都在夜間才出門活動，我想像著他們在夕陽落下時才開始一天的生活，這種意境倒有一點頹廢派勵志的味道。

我問小顧路邊的房屋爲什麼大多沒有封頂。小顧說埃及的房屋建設完全沒有規劃，房子不封頂，當地人有錢有時間就蓋蓋房子，否則就一直放在那邊。兜兜轉轉終於到了。我們下車時，每個人的座位上都有一灘汗水。之後我們走進了一片樓房聚集的地方，周圍比較安靜，小顧說這個地方是開羅的中產階級聚集處，他的房子就在這後面，他說學校的留學生宿舍太擁擠，所以租了這個小房子，我們繞到了樓群後面，出現了一排低矮的簡易平房。我下意識地鼓起了一邊的腮，安理曾說，每次看到我這個神情時就知道我已經開始塑造自己的主觀性了。

在小顧用鑰匙開門時，我已經不想進去了。不過經過十幾個小時的飛行，我已經累得形神俱散，只想儘快睡一會。進門之後，發現房子比想像的還小，像個玩具。小顧說他把房子借給我們住，他住到朋友那邊去，又和 Dina 把行李安頓好，準備先做頓飯給我們接風。

房間太小，陽光一撇即過，狹窄得令人難受，本能地想往外逃。Dina 讓我先睡一會，她和小顧一起準備晚餐。我躺在床上，迷迷糊糊的，不知是不是睡著了，他們的談話聲、炒菜聲、外面的貓叫聲、不遠處機器的轟鳴聲……都是用來想像三聲部巴哈賦格的。房裡沒空調，開著個小電扇，可衣服濕得像被潑了盆水。小顧出去買啤酒了，我坐起來頭昏昏沉沉的，Dina 有點不好意思地解釋說，她也沒想到這個房間這麼小，我說住一兩天還可以，可咱們要在這邊差不多呆上一個月呢，我們會不會被迫轉變爲瀑布汗體質呢？我們住在這裡不是爲了驗證「眞正的旅行，其實就是實驗物理」這句話吧，美女？如果我們一直住在這麼憋悶的地方，大概只能採取達文西睡眠法了：每三、四個小時睡十五分鐘。

Dina 有些爲難地說：「其實我也可以聯繫到有大房子的朋友，不過房錢可比這裡貴多了。我眞的不想增加你的費用，這次你的旅遊成本已經不便宜了。」

我說：「沒關係，需要增加的部分我來付好了。」

「那麼好吧。」Dina 說完就開始打電話聯繫本地的中國朋友，有幾個電話已失聯，Dina 說好久不聯繫，看來有的人已經回國或不知去向。小顧買了啤酒回來，Dina 跟她說了一些「不好意思」之類的話，小顧說沒關係，再試試別的地方也好，我們開始邊吃邊聊，Dina 則一直不停地在打電話。我問小顧今年畢業後的去向，他說可能會去一家國內報社駐羅馬的分社。

「Dina 說如果你肯留在這裡，一定是因爲交了女朋友吧？」

小顧說：「是呀，我女朋友也在開羅大學上學。」

我問：「是阿拉伯人嗎？每天都戴面紗嗎？哇，異域風情情難自已啊。」

小顧喝了一口啤酒說：「哈哈，不是，是一個在這裡留學的中國女孩，非洲女人亞洲男人可對付不了，聽說她們在家裡隨時會發情，別看平時在外面一身黑衣，可裡面穿的內衣都特別豔麗性感，你們沒發現埃及大街上到處都是內衣店嗎？」

我說：「那你在這邊朋友多嗎？」

他說：「很少，平時沒什麼娛樂，天氣熱，白天出不了門，就在房間聽音樂。」

他隨手換了一張 CD，是柯本的《少年心氣》，就像在給這種天氣火上澆油。小顧說他喜歡聽這種聲效狂暴、鼓聲激烈的，人聲根本不是在唱而是在吼，吉他簡直是獸性大發，唉，涅槃，也許是地球上最後一支超級樂隊了。

Dina 在原地興奮地扭著身體，說這歌簡直是每一句都要死的節奏，還把食指豎起來說：「與其苟延殘喘，不如從容燃燒。」說完就拎起包對我說：「咱們走吧。」

我在路上一直在想以前聽過的柯本的電話錄音，回顧他的生活。他說自己最招蒼蠅，曾將滅蠅紙貼滿天花板，滿屋都是蒼蠅屍體，他成名後記者也像蒼蠅一樣對其私生活嗡嗡擾擾，啊，蒼蠅，蒼蠅，新的住處？

Dina 說姚明會給我們做導遊，他是一家中國公司在埃及聘請的翻譯，中文很好，明早會來接我們。這次我們的房子比較寬敞，有個很大的客廳，我和 Dina 各住一間臥室。由於埃及限制使用進口空調，到了晚上，那個不爭氣的本土空調的聲音又實在太大，我只好把它關了，躺在汗裡睡，Dina 則索性睡在客廳的地板上。早上我起床時，Dina 還在睡覺，我躡手躡腳地準備去倒點水喝，Dina 醒了，她慌慌張張地穿好衣服，滿臉歉意地說：「啊，我馬上去菜市場買菜。」

她圍上白色紗巾，匆忙地出去了。我在洗手間的鏡子上發現臉上出了幾個紅點，肯定是夜裡出汗太多導致了皮膚過敏，我把隨身帶來的活泉噴霧噴在化妝棉上，輕輕地敷臉。

安理正在新加坡參加一個學術會議，打來電話問我感覺怎麼樣，我說到目前為止基本還是在對某些場景致敬吧。他笑了起來，然後說所以新加坡是熱帶地區唯一的發達國家，我說，很好啊，那裡現在有安靜的空調，該出幾個哲學家了吧。電話信號不太好，斷斷續續，尤其是每次安理說「我好想你」的時候，電話就斷開，他再打來，反覆幾次後，他說這簡直像我們上次在福建聽的那個南音《走馬》裡面的「一紙相思寫不盡」，七個字唱了九分鐘啊。

Dina買了青菜和餅回來。我說和她一起做，她堅持要自己來，還說你可以看看電視，菜我很快可以做好。我打開電視，頻道不多，但幾乎每個頻道都能看見一個女歌手在唱歌，Dina說那是現在非洲正當紅的一位黎巴嫩女歌手，她的眼神靈活，聲音像氣態的黃金飄在炎熱的空中。

吃著飯，Dina的電話響了，她一看，突然很吃驚，「啊？姚明來了？」她在電話裡說完你在樓下等著我下來接你，就沮喪地對我說：「糟了糟了，他來早了，我可怎麼辦？我還沒化妝呢！天啊！」她沖到鏡子前捂住臉說：「我這兩年真的不該總熬夜，我怎麼變得這麼憔悴啊？」

她又走到我面前，急切地問我：「你說我的黑眼圈是不是太厲害了？他會不會覺得我變老了？」

我有點吃驚地看著她，她神色頹然，張著雙手，似乎竭力要耗盡室內的氧氣。過了一會，喃喃地說：「他以前是我男朋友，只是他太花心了。」

姚明是個高高帥帥的埃及男子，中文流利，甚至能說出「大氣保暖效應促成室溫與體感達到了黃金平衡點所以導致賴床」這麼複雜的中文。他說話的時候會偶爾狡黠地眨一下眼睛，像從視窗鑽進來的一縷陽光，隨時要變身似的。

我們白天去了金字塔，海利利市場，晚上在尼羅河坐遊船。回來後 Dina 對我說，她很喜歡非洲，也喜歡非洲男人。她第一個非洲男友是利比亞人，後來她又陸續交往過很多非洲男友。她說中國人在非洲很受歡迎，無論男女都希望能交上中國朋友可以到中國來。

這裡的治安很差，貧富懸殊導致這裡的富人可以有很多老婆，而窮人只能一輩子單身，所以這裡很多男人都像發情的惡狼一樣盯著街上的女人。女人上街必須要包裹嚴密，穿上長袖衣服。穿短袖或無袖會讓人以為是性工作者。以前她在這邊上學的時候，有一天晚上削水果不小心手指割傷了，她去當地診所包紮，一進去赫然看到牆上阿拉伯語的公益宣傳海報：「今晚你被強姦了嗎？」下面寫的是一些防護補救措施。

她又說你別看非洲男人好像很生猛，其實他們的「小弟弟」都很小。姚明長得高大，「小弟弟」也不過我食指那麼細小。不過他們個個口吐蓮花，特別會誇女人，不是有這種說法嗎？猶太人的腦，中國人的手，阿拉伯人的嘴。他們性欲很強，好像個個都是天蠍座一樣。

她既然這麼說，我又想起之前小顧說阿拉伯女人的話，讓我想起《眞臘風土記》寫柬埔寨女人的文字：「番婦產後，即作熱飯抹之，以鹽納于陰戶，凡一晝夜而除之。以此產中無病，且收斂常如室女。余初聞而詫之，深疑其不然，既而所泊之家有女育子，備知其事。且次日即抱嬰兒，同往河內澡洗，尤所怪見。又每見人言番婦多淫，產後一兩日即與夫合，若丈夫不中所欲，即有買臣見棄之事。若丈夫適有遠役，只可數夜。過十數夜，其婦必曰：「我非是鬼，如何孤眠？」淫蕩之心尤切。然亦聞有守志者。婦女最易老，蓋其婚嫁產育既早，二三十歲人已如中國四五十人矣。」

看來熱帶男女的運動頻率很高，那麼，愛斯基摩人呢？

第二天晚上，我們去參加肚皮舞大會。會址在開羅最高檔的酒店，有一百多年歷史的 MENA HOUSE，一九四三年開羅會議三巨頭聚會處，地理位置絕佳。酒店房間的陽臺上就能看見金字塔，想到可以邊吃早餐邊欣賞金字塔，我當即決定搬到這裡來住，也想給 Dina 再開一間房，但 Dina 謝絕了。到了二樓肚皮舞現場，Dina 打聽到一張入場券居然要三百多美金，滿臉愁雲，說太貴了，你去看吧，我在外面等你。我說那怎麼行，我買兩張票一起進去吧！最後 Dina 說那我回北京之後把錢還給你吧，我說眞的不用客氣，她搖著頭歎著氣地和我走進了會場。

第二天我跟姚明說想買一身阿拉伯女人的黑袍。姚明欣喜地帶我們去了一家又一家服裝店，最後我選中了一套 XS 號碼的。當我從試衣間出來，姚明看著我黑衣、黑面紗的裝扮後，竟然熱情地擁抱我，說：「你腰那麼細，太漂亮了。」

接下來的一整天他都像從沒見過我一樣，傻傻地一直對我笑。Dina 說看來他的「僵直性昏厥症」又犯了。姚明請我們吃過晚飯，又帶我們去了一個隱藏在小巷子裡的咖啡店，這是一九八八年埃及的諾貝爾文學獎得主納吉布．馬哈福茲靈感的源泉和最喜愛的創作地點，在這裡可享用到開羅最高級的水煙，他還幫我們找了個吉普賽女郎爲我們用咖啡占卜。咖啡占卜，是在喝完咖啡之後，以所剩下的殘渣、形狀或圖案，預言吉凶，有一點類似于心理學中的羅夏克墨漬測驗。Dina 很有興致的配合著，吉普賽女郎說Dina的咖啡殘渣呈現出好多獨角獸的圖案，代表被占卜的人心中有很多不爲人知的秘密，她預測Dina會有四段婚姻。

晚上我收拾東西，準備明早搬到酒店住，Dina一直默默地看著我，我的手機響了幾下，居然是姚明的短信：「美好的女神，我回到家裡還想著你美麗的身影。」

我愣了一下，放下手機。

Dina盯著我問：「是姚明發給你的吧？我能看看嗎？」

我把手機遞給她，Dina看完突然歇斯底里地喊起來：「你說我這種沒錢又不太漂亮的女人活在這個世界上是不是特別沒意思啊？我現在都快成恨嫁女了，而且我不明白，男人認識我之後就想上床，可上床之後又都不想娶我，這到底爲什麼？是因爲我胸小嗎？我交了十幾個男朋友，只有一個肯亞的男朋友摸著我的胸說：『enough。』我前一段在北京光忙著相親了，不過相親之後男方很快就都和別人結婚了，你說我這是有多旺夫啊？」她使勁地抖著剛從洗衣機裡拿出的衣服，滿臉通紅。

我說：「你想這些幹什麼？由它去唄，無視才是最有效的競爭，反正我就是看見比我更好的，一律都裝看不見，哈哈。」我想讓她放鬆下來，遞給她一杯水。

Dina說：「無視？說的輕巧，可你就在我眼前，我沒辦法啊？你知道你今天給我買肚皮舞入場劵的時候我有多羞愧嗎？你知道明天你從這裡搬走我有多難堪嗎？你知道今晚姚明請客我有多不舒服嗎？我和他好的時候他連一杯咖啡都沒給我買過！我小時候家裡也有保姆，也是嬌生慣養的，後來我爸爸做生意失敗了，我才知道再想過有錢人的生活有多難！我上大學的時候，我的初戀男友和我最好的閨蜜好了，還一直瞞著我，之後我再也不相信任何男人了。我後來交男朋友都會把他們帶到比我漂亮的女朋友面前，他只要表現得熱情一點，我就馬上和他分手。就這樣耗到現在，我都快年華老去了……不過現在說這些有什麼用？人還是要現實一點，連那麼刁鑽的魯迅不是說過麼？『夢是好的，否則，錢是要緊的。』這次我要帶一些阿拉伯的燈飾回去賣，明天你陪我去買燈吧。」

於是我們後來的行程基本變成了燈具主題遊：把燈放在桌子上，把燈放在地毯上，把燈放在床上，把燈放在車上。燈不過是個詞彙。

我回到北京後，姚明還是一直堅持發短信給我。

那天，我穿著一身黑袍戴著黑面紗在連卡佛挑選鞋子，我請導購拿鞋子給我，她吃了一驚說：「你會說漢語？我還以爲你是非洲人呢！」

我給姚明回了個短信說：「我以後不準備再穿那套衣服了。」

他從此便神奇地消失了。

北京的秋天，落葉一片一片像亞麻色的睫毛掉在地上，樹慢慢捂上了臉，一種小津安二郎式的哭泣。那是愛著的人，被風追趕著在這個城市左逃右竄，不肯做春泥，透著一點不甘心。路上一個女孩吵著對面前的中年男人說：「我要數著像落葉一樣多的錢。」她在請他密謀策劃她的幸福。

我踩著落葉，自從知道澤田研二的頭原來這麼大之後，心情就超級低落，好想趕快下場暴雨啊，下雨的時候我要抱著電風扇出去，把雨甩到所有路人的衣服裡，看他們一個個都趕快把鈕扣繫好的樣子。那紐扣很像張愛玲的字。

樹葉在路上各種形態，好像在做著交替疊手遊戲，惹得人總要故意踩在上面，嘎吱脆響，像吃薯片的聲音。All emotions are beautiful（所有的情緒都有它的魅力），是春天的蝴蝶翅膀輕輕摩擦著空氣，是夏天跳進湖水裡的一瞬間，輕鬆有力。有早晨的氣味，讓我想起以前我做小職員時遲到之前的打卡聲。我拍了一段小視頻，發到朋友圈，請大家收聽。

我邊走邊聽，秋天踩在落葉上的沙沙聲與冬天走在雪上的沙沙聲相似，不過也有不同。可能踩雪的沙沙聲主要是雪粒晶體受壓摩擦產生的，踩落葉的沙沙聲主要是落葉的乾枯脈絡斷裂產生的，前者爲緊致，後者爲散離。不過它們和它們的迫害者之間形成的對偶關係具有美學性這點是一致的。一種既柔弱又強韌的美感，用身體執行天馬行空，吸引著一些「缺乏自信，又看重自己」的人。有時候，這種踩踏是一種肉體的解放，這種解放並不是情緒的氾濫，而是一種恍惚感。

我用力抬腳踩著落葉，有的葉子碎裂，有的變形，有的面部扭曲，很像日本舞踏表演者。舞者周身敷抹白粉，弓腿折腰，蠕動徐行或滿地翻滾。舞踏宗師土方巽因為在一次表演中用大腿把一隻活雞活活夾死而被舞蹈協會除名，不知罪名會不會是「肉體的叛亂」？他曾經迷戀讓．熱內的作品，曾用過「土方熱內」這個藝名，他的《皰瘡譚》中著名的一幕——痲風病人的舞蹈，就是法蘭西斯．培根的畫作裡身體的神諭與謎團。他還會在舞臺上佈置「突擊一番」的橫幅，那是二戰日軍軍用保險套的名稱。

我在這條路上來來回回地走著，葉子被我碾壓著，路邊的樹呈現出一種戰略性的示弱，充滿風土性的身體在愛恨交加中木已將枯，升發與凋落是它們穩固並且靈活的自我，也是「天時地利的迷信。」也許所有可以感覺到生命的脆弱的事都是一種暴力，儘管更多時候，它只是解釋一件事時的某種獨特、狂躁的視角。我想起有一次在兩棲爬行館看到的夢幻角蛙，它頭上長角，英俊不凡，有股王子氣質。它的角是柔軟肉質狀的而且長在眼睛上方。為了讓自己可以安然地存在充滿落葉的環境中，它的背紋綠色中帶點咖啡色，像那種帶有巧克力塗層的抹茶霜淇淋，這種模擬成落葉的形狀是它們逐漸演化的成果。

我看著這些落葉……怎麼就像仿佛看見了一隻隻小怪獸?仿佛，好像，好似，讓我想起……對!不要放過腦子裡每一個小燈泡。我蹲在地上精心挑選一些有著特殊形狀的落葉，把它們放在包裡，回來之後，用剪刀稍加修剪，再用針在葉子上面紮些孔做眼睛，擺個Pose，就有了一隻隻可愛的小怪獸造型，《落葉跳舞+粉色小怪獸》，哦，這是上次我在一個繪本館看到的一本書，全書文字極少，大多是落葉組成的畫面。畫面上沒有絢麗的色彩，但充盈著大自然各種各樣的角色，有山雀、貓頭鷹、咕咕貓、小雪人、紅櫻桃、板栗……這些秋日裡的小精靈，在秋風裡，勾肩搭背，對著秋天嬉笑，和著風起舞。

我把一隻隻小怪獸放在窗戶透過的光線中仔細查看它們的脈絡，一絲一絲的，我想起法語「時間」(temps)這個詞中的「s」，說明時間永遠是複數。它們總是在過去、現在與未來之間的多重軌道上穿行、相撞、分叉、剪接、粘合，我很難把想法集中在一個點上，而是在有關聯的記憶中行走，眼前物、身邊事都在變化、流動，思緒和聯想也在游離，界限的消失正是在對過程的專注中達成的。現在人類的思考，已很難維護中心了，中心的意義只有和邊緣結合起來理解才有效，我感覺已不能把握住某個想法，那就只能任注意力不斷轉移，甚至遊移到毫不相干的事物上去，或許可以發現邊緣部分的可能的價值。

這些聯想與游離會把我引到世界上最難以捉摸的邊界，恰如普魯斯特的語言一般蕩漾。我對我自己提出的問題，並不需要一個合理的解釋，而是希望製造一個儘量寬廣邊緣的切面，再從這邊緣的某一面，遊弋到記憶中難以抹去的那一點。有時我也會陶醉在界限之間，感覺就像品嘗夏布利葡萄酒一樣，入口前永遠猜不出它的味道。

我把小怪獸當做一個個機械木偶一樣，伴隨著《魔笛詠歎調》在房間裡舞動著身體，小怪獸們像僕人等待他的薪水一樣靜由時光安排一切。說話吧，身體，話語有時，靜默有時，我變幻著各種姿態和動作，時而舒展，時而緊繃，不由自主地與這些同伴盡情互動，像小時候聽床頭故事一樣投入，動作和姿勢變成身體的文字，胸口、肩膀、呼吸、膝蓋、脊柱，節奏、反應、推力、懸浮、平衡、失衡、上升、墜落⋯⋯

印度苦行僧在最新金氏世界紀錄裡有了新成績：站立十七年，靜坐二十年，右手舉起數十年，匍匐前進一千四百公里，這是一種純粹體育式的紀錄。印度有五百萬苦行僧，他們不在乎身體和年齡，每天像在表演一場場靜態話劇，他們想讓人瞭解世界究竟是爲什麼樣的眼睛而存在：和所有的大國差不多，印度此刻有一百多枚核武器向各個方向瞄準，有百萬士兵鎮守著人類想像出來的邊界，她綿延的海岸線，色彩鮮豔地像童年一樣的城市與沙漠腹地間密佈著一千多個政黨和隨時隨地被念誦的神明。宗教在這片土地上像愛情一樣深深地紮根，印度的第一顆核彈被命名爲「微笑佛陀。」

誰來講述我們的故事？有人會講嗎？我們不可能知道，漢密爾頓也不知道。這個人如果活到今天，恐怕想不到在《漢密爾頓》的音樂劇裡，內閣會議是以說唱對戰的形式進行的，他和傑弗遜得用洋洋灑灑的押韻說唱詞句來爭論債務承擔和聯邦制之類的問題，但他會非常希望有人講述他的故事。所有敵人都比他活得久，接下來四位總統——傑弗遜、麥迪遜、門羅、約翰・昆西・亞當斯——全都討厭漢密爾頓，為此他們竭盡所能，甚至都不屑去詆毀他，而是直接把他的存在從歷史中隱去。

哦，我要在凌晨三點的時候在郵件裡和誰聊聊這個戲。

漢佳說齊頌已經一個星期沒有消息了，之前本來每天都會微信聯繫的，「我不相信他去廣州了，他這是欲擒故縱。」漢佳的新家佈置得很舒服，把兩套房子打通之後，還在中間做了個回廊，流水淙淙。

「我懶得住在城外了，過來一趟，路上堵得像被凍住了似的，想想小時候的北京，路上還能經常看見我喜歡的蜻蜓呢。蜻蜓是多幸運的物種啊，有個那麼好聽的名字，從嘴裡念出來就覺得像一個優雅從容的屈膝禮。它的英文名更浪漫，睡前故事，dragonfly，騎士和精靈在河岸花叢中粉墨登場，我覺得對咱們女人來說，抽象的感覺眞的重於具象的一切，否則身心都無法平衡。」

「你這是要說『一切景語皆情語嗎?』不過我是從小時候就失衡到現在了，哈哈，根本不知道身心平衡是什麼滋味。還有，從另外一個方面來說，比起讓男人保持平衡，我更願意擾亂他的心，安理經常說我狀況百出，讓他心亂如麻。可是對我來說，嘗試、失敗、再嘗試、再失敗直至更好地失敗才有意思啊。」我喝了一口傭人端過來的冰糖燕窩說。

「我現在都不知道該怎麼辦了，前幾天我老公突然說以前給我的自由太多了，以後不能太隨意。他好像有點後悔了。唉，有時我覺得我的生活就像一張課程表，我只負責聽課就行，在莊子的眼裡，大概我只是片葉子，聽見季節的吩咐，就得跳下自己喜歡的樹。」漢佳歎了口氣說。

「咦?那你們的計畫不就落空了?孩子的事怎麼辦?」我問。

漢佳說：「莊子說要不就找代孕吧，不過現在代孕機構都是地下組織，違法偷著幹的，我托人諮詢了幾家，情況挺複雜，不知該信哪家，那些女人的身體到底好不好?家族遺傳病怎麼才能瞭解?性格如何?而且聽說如果她懷孕後不管什麼原因流產了錢都得照付。」

傭人端了一碗中藥來，漢佳皺著眉喝完，又趕快吃了塊方糖，我說：「你怎麼了?不舒服?」

她說：「我和莊子常年都在吃中藥，各種名醫調理中。他是精子存活率低，我是已經快成習慣性流產了。說眞的，我現在不養好身體，根本不敢懷孕，擔心生出來的孩子不健康。不過久病成醫，我以後都可以開個養生機構了。可惜我這個人眞的不愛操心，女人操心會老得快，我還是喜歡命運能夠更精緻一些。」

「我有個朋友小池可是個美容養生達人，哪天你眞想做這方面的事情可以約你們見面談談。不過我記得科學家說過皮膚的先天基礎最重要，後天的保養只能起到百分之五的作用，心情好也很重要，細胞是會被快樂收買的。對了，那天我還看到一篇文章談人的性格，你猜人能改變多少？竟然不超過百分之十五。」我說。

漢佳帶我來到她的家庭健身房，遞給我一對啞鈴說：「咱們邊鍛煉邊聊吧。我覺得你說得有道理，不過如果肯爲自己愛的人努力去嘗試的話，這百分之十五也能起到很大的作用啊。我聽說在一段親密關係中，每個人要處理三千次左右的碎片之後，才有可能擁有眞正開心的親密關係。」

「三千次？」我歎了一口氣，說：「這也太難了吧？誰知道呢？有時我唯恐這輩子活得太成功，有時又唯恐活得太失敗（腦子裡閃了一下三島由紀夫和太宰治）。」

這時安理發了一條微信來：再也沒有比吃著雙層巨無霸漢堡看著飛機一架接一架地進

入空港更愜意的事情了。

我讓漢佳拍我伸著舌頭做鬼臉的照片給他發了過去，回了一句：「嗯，了然。」

我問漢佳最近她的個人文化動態如何，她說去看了幾個展覽還不錯，別的？濮存昕的話劇，閻維文的民歌，陳道明的電影，于魁智的京戲……還不都是一種味道？我媽媽喜歡，我就陪她去看了。她對著健身房裡的大鏡子扭著身體走起路來。甩胸扭臀，瀟脫又頗具挑逗性的步態，我說：「你這麼走路，男人看了連耳朵都會冒煙的。」

她說：「你說夢露走路的樣子怎麼就那麼誘惑呢？好像她有一百個身體部位分別向不同的方向移動，讓人都不知道該看哪個部位。」

我說：「哈哈，你看起來一副葉舒蕊靜之態，怎麼現在開始練這個了？」

漢佳拿過一張紙，我一看上面寫著「私人健身教練健體處方」，上面有各種表格和資料。漢佳說：「我最近對健身特別有興趣。你看，這些資料顯示了我這三個月的運動成績，體重下降〇．九公斤，體脂下降四．三，肌肉增加一．八，內臟脂肪下降〇．五，身體年齡從三十二歲減到二十八歲，教練說快趕上專業運動員了，但他那天也懷疑會不會是機器壞了呢，哈哈，不過我後背的線條莊子說確實開始明顯了。哈，我再跟你彙報一下，我現在在小餛飩和脫脂無糖優酪乳麥片裡，我選脫脂無糖優酪乳麥片；在三湯水和蘇打水裡，我選蘇打水；在冰巧克力和冰拿鐵裡，我選冰拿鐵，在酸梅湯和礦泉水裡，我選礦泉水；連吃火鍋都不配酸梅湯而配礦泉水，我這也眞是夠感動天地了……而且最近我練動感單車才忽然明白了，爲什麼變速運動會消耗更多體能？這道理就像開車一樣，老剎車重啓肯定最耗油啊。而且你知道我最愛的火鍋，一頓吃下來的卡路里需要跑步一百八十分鐘才能全部消滅，所以我現在只吃日本料理和清水涮鍋了。」

我說：「你應該每天只啃生菜葉子、吃白水煮雞胸。據說現在有『優越症候群』的人都這麼吃。不過如果連『要』和『不要』都那麼明確，人的自由是不是就少了？我有時也會健身，三天打魚兩天曬網那種，有時就很懶散，自在點吧，我還想上火星上看藍色夕陽呢。」

我倆運動完出了一身汗，開始在她的遠紅外線桑拿房裡繼續聊天。我說：「你這桑拿房外面要改造一下，用綠色植被環繞一下，再養幾隻動物。咱們就可以一邊蒸著桑拿一邊望著這些跳來跳去的動物，好像我們就是兩隻猴子一樣，哈哈……」

從漢佳那裡出來，我在街上隨意走著，聽到路上有人在議論什麼爆炸的事情，我打開手機，發現朋友圈已被刷屏，是的，天津濱海新區一個貨櫃碼頭爆炸了，發生爆炸的地點存著劇毒化學物。

接下來的幾天，各種新聞報導接踵而來：《我所親歷的天津港大爆炸》、《誰是神秘控制人？》、《緊急大撤離！氰化鈉危險證實！》、《我不喜歡天津大爆炸中的志願者》……天津濱海新區新聞人災後作詩：「第一聲炸響在渤海灣邊，第二聲回蕩在天安門前……」這些文字很容易讓人的情緒變成自己的「畢卡索版本」，扁平的悲傷逐漸變得奇形怪狀，忽而立體，忽而線狀。在目前的中國，只要有利可謀，就存在著經濟學所指的政府失效，故而，貧礦開採、水土流失、氰化、硫化、重金屬污染、潰壩、泥石流，都成了無力治理的頑疾。置身其中，就像一直在回看黑澤明的電影——盯著一雙雙夢裡的眼睛，令人坐立不安。

各種媒體則負責把問題換算成情緒，對人形成一種奇怪的生命治理技術：人如何被安排著活——過去的你，現在的你，甚至未來的你。眼花繚亂的爆炸性資訊，將人置於僞沉思和機械性精妙之中。就像在北京的街頭餐廳覓食，最大的感覺是，北京眞大。而這些災難報導，連篇累牘，最明顯的想法是，中國人眞多。

這反而會讓人在對待自己和別人的生命面前，成爲拖延症患者，血色讓自己漸漸成爲雪山，情緒被好奇心模糊了。那是一種隱藏在對命運的探知背後的衝動，也是對陌生感的聲名狼藉的渴望，如同在短時間內服用收縮肌肉和放鬆肌肉的藥物。讀者們則像得了一種病，病入膏肓的那種痛，治不好，但病人意態昂揚。人們貪婪地吸納各種災難的報導，以一個近視者白日夢般的凝視，自願依附在資訊之下，取悅一個又一個影子。

而在這些資訊之中，在空間相接的微觀網路中，很難確立一種公平尺度的原因正是由於始終無法知道誰在內、誰在外。人們總是只能從最初的情志蕩縱一步步跌落到猶猶豫豫地尋找新的批判基礎，這和每個人在人身依附鏈條中的資歷有關，最終也只能成爲新妥協熔爐。

災難，人爲的災難是義憤之源，它卻總能安然度過。

夜裡，我發了一條微信：「我什麼都不想知道，像天使一樣骯髒就好。」

週末，安理約了我去看他媽媽。他爸爸前幾年過世了，媽媽和保姆一起住。雖然他的兩個姐姐也常去看她，老太太卻獨喜歡安理這唯一的兒子。

據安理的姐姐說，小時候家裡每天只訂一瓶牛奶，是給弟弟喝的，吃飯的時候，肉也是給弟弟吃的，可安理每次都說不記得是這樣哦。他姐姐還提醒說到了安理十幾歲的時候，她們每天晚上都要按媽媽的吩咐給弟弟放好洗澡水，有一次她姐姐還笑著對我們說：「我前幾天才開始想這個問題，爲什麼他那麼大了還要讓我們伺候他呢？他自己又不是沒有手啊，可我們當時也都沒這樣想，以爲是理所當然的。」

安理聽了就會假裝向媽媽報告：「她們又在說我了。」還向我做了個鬼臉。他媽媽馬上就會把臉繃起來訓斥女兒：「你們怎麼回事？弟弟在外面做事那麼辛苦，你們不僅小時候照顧他是應該的，現在也應該照顧他。養你們就是爲了照顧弟弟，否則養你們都多餘。你們現在都只顧自己的小家，眼裡只有老公小孩，其實你們每月都應該從工資裡面拿些錢來給弟弟……」

安理攔住她的話：「我又不缺錢，幹嘛拿她們的錢？我現在過得很好，您就放心吧。」

兩個姐姐捂著嘴笑嘻嘻地對視，然後給老太太捶肩，陪她聊天。

我今年一直在忙，很久沒去看她。安理告訴我她媽媽常常會問起我們何時結婚，還說前段時間發現她媽媽常常忘記很多事情，記憶力減退得很厲害，去看了醫生，被告知她已經有了老年癡呆症的跡象。這兩天老太太打電話給他說想我們了，另外叮囑安理回來的時候，別忘了給她買兩副護膝。

我們推門進去的時候，正趕上老太太想出門散步，保姆小白正在勸她穿毛衣。現在北京已是深秋了，老太太卻執意只穿一件半袖上衣出門。

老太太見我們來了，滿臉笑意，讓小白從廚房拿水果來吃，小白邊給我們剝橘子邊說：「老太太現在好像有點不知道冷熱，剛才我讓她穿厚衣服時她說：『我才不穿呢，你說外面冷，可你爲什麼還穿短裙子呀？』我告訴她我裙子裡面穿的是保暖褲，所以不冷。她說反正她不要穿外衣，要不別人怎麼能看到她裡面穿的漂亮衣服呢？前幾天也嚷著要穿裙子。

還有，她前一段每天吃過午飯都要在外面曬太陽，可是她都是把褲子挽到膝蓋以上，天這麼冷，怎麼受得了呢？可她說，不是你們說曬太陽可以補鈣嗎？我的膝蓋常不舒服，最需要這樣補鈣。所以這幾天她總喊膝蓋疼，我勸她回來她又不聽，我都不知道該怎麼辦？」

我把新買的護膝拿出來給老太太看，小白說安理的姐姐已經給買了七八副了，老太太最近突然迷戀上護膝，每天都要換一副戴。安理搬了椅子坐在老太太的對面，告訴他要注意保暖之類，老太太則跟他說起了最近看的白娘子小月、花千骨、肖妃王爺之類的，聽得人雲裡霧裡，不知始終。對於我們這種很多年都不看電視劇的人來說，覺得她的視聽世界豐富而又緊張。她正說得眉飛色舞，卻突然咳嗽起來。我趕快幫她捶背，又遞了口水給她喝。

她平復之後繼續說起那些怪力亂神玄幻無敵的劇中人物，有時還配合手勢，很是興奮。突然她停了下來，很關切地問：「唉？你最近身體有什麼不舒服嗎？你剛才爲什麼咳嗽？」

我說：「我沒有咳嗽呀。」

她說：「可我剛才明明聽到有人咳嗽，你要不要吃點藥？」

我說：「那是你在咳嗽呀，喝點水不就好了嗎？」

她很吃驚地看了看我們：「眞的嗎？是我在咳嗽嗎？糟糕！」

然後她又對安理說：「你爸爸前幾天又回來看我了，他都沒有變老哦，還誇我會釀酒，會管小孩、會打扮呢。」

小白說：「老太太那天在電視上看到有人做實驗，如果說了讚美的話連水聽到都會快樂，花聽到也會開得更好看，她現在每天早上都在咱們社區的院子裡抱著樹說：『你好啊，你很漂亮啊，我們都很喜歡你啊。』路過的人可好奇了，連社區管理員那次見到我都問：『老人家沒什麼問題吧？』」

我們都笑了。

安理對他媽媽說：「姐姐前兩天還打電話來說起這個事，說你現在對樹、對天、對小鳥都和顏悅色的，好聽話一籮筐。可她們來看你時，你對她們說話還是凶巴巴的。老媽你這個人眞奇怪。」

老太太說：「哼，我讓她們每個月給你一些錢，她們都不肯，怪不得你大姐的女兒身體不好，整天要吃藥。」

我一口水笑噴，小白趕快遞了紙巾給我，她說：「老太太前幾天跟我說，年齡大了，旅行團都不接收了，每天窩在家裡眞慜悶，她讓我把她房間的門關上，她要在房裡大喊三聲，之後她眞的開始喊起來，後來我在外面又聽到她開始和神靈對話了：天上的玉皇大帝啊，謝謝你啊，我的兒子都靠你幫忙啊，菩薩啊，你保佑我的兒子一切順利，我的好東西都可以給你們，一定要讓我兒子平平安安……反正她嘰裡咕嚕念了好長時間。」

老太太還讓小白把所有電視裡播放的安理的節目都錄下來，每天看一會。

小白說：「她常說自己很可憐，兒子不在身邊，沒人講話。」

安理說：「我都跟她說過好多次了，讓她住到我學校那邊去，我上課近，還可以照顧她，可她就是不肯。」

老太太說：「我不去，我不想成爲你的負擔，你已經夠忙了，我又不是不能照顧自己。」

我對小白說：「那就辛苦你了，每天多和她說說話。」

小白說：「我倒是想和她聊天，可她不願和我聊還總說『我先生在世的時候常誇我，不愛和鄰居東家長西家短的聊天。』而且我有時候也眞不知道該和她說什麼，我說的好像她也不感興趣，她說的一些事我也聽不明白。」

安理對老太太說：「最近我們學校退休的一個老教授，把房子賣了，住進了老年公寓。環境很好，一日三餐也有服務員照顧，周圍都是老年人，還有老師來教書法、畫畫、彈琴之類的，大家可以一起聊天、運動，還可以一起上課，挺有意思的。」

她媽媽聽了說：「我才不去！我有兒有女，去到那裡別人一定會說閒話。再說我又不想和很多人在一起，是非多。我現在每天散步，看到社區的老人都躲著他們走，免得每天你找我我找你的，太麻煩。」

小白說：「她現在每天看各種古裝劇、宮廷劇，有時都陷在裡面出不來。那天她吃飯時突然問我：『如果你不高興了，會不會給我的飯下毒啊？』。她懷疑有人要害她，那些宮廷劇都是勾心鬥角的劇情，看完有時就會疑神疑鬼的，哈哈。」

吃完飯，老太太說臥室裡的按摩椅壞了，讓安理幫她修修，我和小白到附近的藥店幫她買了一些安神醒腦口服液之類的東西，小白說老太太未必肯喝這些，她只認人參是好東西，每天都會吃一點，其他東西一般她都不相信。

我和安理從她媽媽家裡出來的時候，安理捂著嘴笑了半天，我問他怎麼了？他說：「你知道我媽媽剛才神秘地跟我起來她總共有幾個存摺，其中一個還放在了冰箱裡。我打開冰箱一看，那個存摺已經和肉凍在一起了。」

安理大姐又過來拉著他說了一會兒，看來很煩惱。

她走後，我問安理怎麼回事。他說：「沒什麼！她有個閨蜜，小孩有自閉症，在學校上課，老是把衣服脫了，想像在游泳。同學跟家長意見很大，都要他轉學到特殊教育學校去，她們又不肯。」

「爲什麼呀？轉出去不是事情會好辦些嗎？」

「不，這本來就是個難題，醫學界和心理學界還沒共識，教育界就更不用說了。你也知道：瘋不瘋、正不正常，原本就是由人界定的。所以古代有故事說，某處有狂泉，村民喝狂泉水所以都瘋了。結果來了個外鄉人。村民看到他，都說：糟了，這是個瘋子。於是逼他喝狂泉水。那人喝完也瘋了，大家才歡呼起來，慶祝他正常了。我們現在認爲的正常，怎麼知道不是大家都瘋了的結果？像小孩子誰不喜歡玩，我們現在卻非把他們關進教室裡去不可；小孩都喜歡自己幻想、自己扮演，我們非逼他跟幾十個陌生人關在一起，強迫他們要交往、交談、交換物品或想法。這難道不瘋狂？人其實是需要獨處的，生活主要也是獨處。只有獨處久了，才會想要出去走走看看、跟人聊聊，否則就不會有那種需要。現在一切反著來，你說可不可怕？」

「所以，那自閉症小孩才是正常的？」

「也不能這樣說。但他至少比較眞實。你知道，人通常只有在跟別人相處時才會僞裝。就像面具都在舞會上、晚宴上戴，誰會在家裡戴面具呀？他活在自己的世界裡，所以想到了游泳，就把衣服脫了。脫衣服這事，本來也沒有攻擊或傷害別人，只是自己出醜而已。但學校不能忍受，因爲『學校』就是個用制服、校規、教室、訊懲建立起來的城堡。脫衣服這事，觸犯了學校的本質，讓人難堪。」

「你把學校講得跟監獄寺的。別忘了，你自己還在大學教書呢。」

「呀，你說對了，學校、監獄、感化站、訓誡所都是同類的，其實醫院也是。罪犯、腦袋錯亂者、痲瘋病患、流浪漢、乞丐、行爲失常者，我們將之分門別類收納到一處，以跟正常人隔離開來，其性質和作用是一致的。隔離的場所則各式各樣，像歐洲，十五世紀以後各地的救護院或性病治療醫院，其實都是痲瘋病院。後來痲瘋病少了，性病多了，場所也就改了名稱。後來更流行一種瘋人船，把瘋子都送上大帆船去，在萊茵河、佛蘭德爾運河上漂流。德國還有一種瘋人塔。」

「這船的創意很好玩，我喜歡。」

「那是對古希臘阿爾果號遠航隊的瘋意模仿，也出現過不少相關文學作品。事實上，後來我們看到的海盜船小說和電影，實質上就是瘋人船。船上的人都瘋瘋癲癲的，尤其是船長。他要主持一場又一場瘋狂的冒險旅行。」

「瘋子在海上、在河流裡，象徵了他們跟正常人正常社會的隔離。這是懲罰嗎？現在聽起來挺浪漫的。」

「當然是懲罰。我國古代也有啊，江浙閩廣一代，都有一種船戶，部分稱爲蜑民。因爲蜑字難寫，一般都稱他們爲蛋民。一生都在水上，不上岸的。船戶與岸上居民做的生意中，有些也包含性交易，所謂江山船、咸水妹，很有名。有的民族學家認爲他們是一個民族，但大部分考證說是獲罪流放于水上的，不准上岸。這不是跟瘋人船一樣嗎？」

「可是我覺得水也許是神聖的。瘋子住在水上，跟『以水滌除不祥』會不會有關呀？古典時代淋浴、沖洗、浸泡，都是用來治療瘋癲的主要方式。」

「是的，我的女王，你懂得太多了。像你這樣，沒被關進瘋人院，眞是奇跡。我們去泡溫泉，進行驅魔治療吧！」

北京的霧霾越來越以一種集中的、無等級的、無中心的、心不在焉的趣味出現。很多人都戴上了口罩，以一種英國式的矜持走進自然，在自然裡用移動和遲疑製造非自然的內爆，這種混沌讓人想起圖伊曼斯的作品，他以混沌療愈。藝術要生存下去，也只有向上和神和天使，向下和動物和土地連結爲一體時，才可能有出路。

而人又何嘗不是呢？在這裡，現實各因素的分離性變得異常清晰，霧霾描繪出一種讓人無法找到理性核心的繪畫世界：喝防霾湯，吃清肺丸，放幾個空氣淨化器，在朋友圈曬幾張空氣圖吐槽一下幻覺，放假、單雙號限行及北京人口外遷的傳聞讓這個城市的人的生活充滿了微觀的巨大戲劇性。霧霾建立了荒誕與現實的形式仲介，它是對現實的否定記憶，政府與民間集體猜測霧霾的成因，空氣裡彌漫著差異間的飄蕩，空間注視著時間，空間也注視著自己。科學理性的精神與中國道家自然觀遭遇了，必然誕生新空間的戲劇。霧霾的色彩與勞赫的畫作的色彩也有幾分神似，它們都有一定程度的故意的不透明性，阻擋著世界的通常方式的可理解性。這種顏色的名稱正在成爲遁詞，一種與世界形成存在性距離的劃分，在無可名狀的心路經歷之後測量我們的存在。

有更多的人開始考慮移民，空間的方式似乎已不是一種可有可無的認識論。中產階級經過前一段股市的洗禮，似乎開始消除文藝復興式的穩定性，替代以現代主義的瞬間性，「生活在別處」。如此山川氣候，顯然無法順承古人林泉高致的意境，有人還寫了一首歌《這個地方我待不下去了》。我不知道以後的情況怎樣，就好像羅蘭·巴特的散文中一樣，把「我」轉爲第三人稱了。

有點奇怪，我最近特別喜歡看童話：「老郵差托著腮幫想了一會兒，抽抽鼻子，噴出一個大火球，這樣回答我說：『要說爲什麼，那就是人類世界太有吸引力了，年輕人受不了那種誘惑。現在的年輕人，沒有一個願意留在深山老林裡，過祖祖輩輩那種一成不變的生活。要是我年輕五百歲，我也會移民，我也會去人類世界闖天下。你知道在人類所有的職業中，我最喜歡的是哪一個職業嗎？護士！給小孩屁股打針的兒童醫院的護士！哈，一針打下去，小孩立刻就會放聲大哭！唉呀那個痛快啊，比三伏天連吃三個冰棒還要痛快！」

我有時還會聽洛天依之類的虛擬歌姬的歌曲，這其實是一個唱歌軟體，使用了Yamaha的VOCALOID3語音合成，能夠將人類的聲源合成，酷似眞正的人聲。形象繪製是線條簡潔流暢的賽璐璐風，不過也是公認的千人一面，有時我會分不清洛天依與東方project中的霍青娥。霧色深沉的天氣，我就會聽《千年食譜頌》，將中華各地風味美食娓娓道來，以及後來加強版洗腦歌《投食歌》，可能除了她近似十五歲的少女聲線之外，一切都是狐言戲腔又充滿空白感。不過聽得久了，怎麼覺得和于魁智的聲音有點像呢？因爲她唱歌太字正腔圓的後果？她也唱《刹那煙火，落盡清涼》？她的調教師把換氣聲和京腔都能啓動，我開始想像著小花旦洛天依和小生言和同台，就像白雪仙和任劍輝。

不過安理總是說虛擬歌姬唱歌多彆扭啊……聲音像幼稚園小孩一樣大舌頭，我說這就是Miku light Rin power調整混合的效果，他覺得這種聲音不能打動人心，我說

「無情才敢深入戲」啊。

安理摸著我的頭說「你道出了天下男人的心聲。」

我歪著頭大笑著說：「明年春天我把你種在地裡，澆澆水，施施肥，秋天就會收穫一串老公啦。」

安理說這些歌曲倒是挺能搭配我的二次元人格的，他可消受不起這些作品，覺得菜肉無鹽，難以下嚥。就像現在的鑄劍師鑄的劍，都是些高仿品，沒有見過血。他說起這些，倒讓我想起普拉斯的一句詩：「我的嘴能嫁給那樣一個傷口就好了。」

安理說：「霧霾就像一個傷口，這個傷口的美學化正朝向激情政治的方向走去。」

我說：「親愛的安老師，又在憂國憂民啊？在第三世界的情況下，看來知識份子永遠是政治知識份子啊。」

安理摟著我說：「以前我更多的是在學校裡，現在幫你做這個新的公司之後，發現這幾乎是一個沒有喜悅的社會，除了擊垮他人的計畫，大多數人都沒有眞實自在的開心和輕鬆。」

他吻了我一下，說：「寶貝，我覺得只有你才是我的開心果和小蜜糖，我們是不是該結婚了？」

安理的眼神發亮，嘴唇半開著，讓我想起一封西方請柬上的話：熱情擁抱並期待你的答覆。

我捧著他的臉說：「你這是要把癡呆演出層次感嗎？哈哈，我明白你的心。不過我覺得好像還有很多想做的事情沒有做，我怕結婚以後就沒有心思再做事，老了以後我會抱憾終生啊。」

安理說：「你已經做得那麼好了，甚至好到好像是別人的女朋友了，哈哈。再說你一向都有你的走調方式，誰能限制住你的自由呢？」

我說：「雖然是這樣，可我想想就覺得還有好多龐雜的事情，家人啊，親戚啊，再加上逢年過節，我們兩個大家族的各種拜會，都要禮數周全。咱們現在沒結婚，他們也不會要求我們什麼，可婚後就不一樣了，那才是『人間月圓日，無所適從時』呢，哪個不去拜見都不行。咱們中國人沒辦法擺脫原始恩澤這條線，在血緣關係裡，不准虛無，也不准自我肯定——就跟不准革命一樣，哈哈。」

安理說：「其實我也怕這些事，可你不就喜歡把生活翻過來嗎？有點不同的內容也不錯啊。而且還有好多夫妻特別好客呢，若沒有客人來，他們就要吵嘴了。」

我說：「反正婚姻對女人眞是個『無我之境』啊，每天孩子啊老公啊各種事，到時連玩笑都懶得眷顧。現在好多女人都不肯結婚，是啊，誰願意變成人間惆悵客呢，沒事總問自己『我在這裡但是爲什麼』？。」

安理說：「其實好多事越想努力做好效果就越差，比如愛情、入睡和舉止自然，輕輕鬆松就好，再說，你和別的女人又不一樣，你不是說和我在一起就是以悲劇形式肯定人生嗎？那還怕什麼？哈哈」

我說：「你以前拒絕和你前女友結婚，不是還和人家說過愛情的未完成性讓愛情更浪漫這種話嗎？現在怎麼變現實了？再說，我也沒覺得我有什麼特別之處，可讓我躲過皮囊之下的忐忑。天才女詩人普拉斯不就是這樣被家常事折磨慧骨，最終心病損年華？不過，」我吐了一下舌頭，咧了一下嘴巴，對安理說：「我前幾天看到一篇文章說普拉斯有一種病和我一樣，你猜是什麼？」

安理說：「不會是智商優越症候群吧。」

我鼓起嘴吹了一口氣說，「才不是呢！告訴你，她和我一樣都有經，前，症，候，群。」

安理說：「眞的嗎？看來眞是眾生平等啊。」

我說：「眞的，而且最可惜的是，那時的人並不瞭解女人這種特殊時期的情緒問題，只覺得她易怒、歇斯底里。可是後來發現她的詩幾乎都是在這種時候寫的。精神也需要排卵，與身體一樣。而且更可惜的是後來發現並研究這個問題，寫了醫學論文專著的那位醫生竟和普拉斯住得並不遠。唉，如果有一些及時的治療，普拉斯也不會那麼年輕就走上絕路。所以我們祖國醫學果然也是不甘落後，常有奇招。我每次吃了從中藥店買回來的加味逍遙丸就會心平氣和一些，沒那麼焦慮了。唉，可憐的普拉斯，和生活的關係就像她和語言的關係一樣緊張。丈夫，孩子，家庭瑣事讓她疲憊不堪，就像琴弦越擰越緊，最後這根弦一斷，她就崩潰了。一個在天上飛的女人，怎能做著在地上爬的事情呢？」

安理說：「我只知道普拉斯有個花心的丈夫，情人遍地。恐怕這才是她最大的精神困擾吧，她丈夫後來的妻子不是也自殺了嗎？西方哲學的核心問題就是解決一和多的關係，看來普拉斯的這位詩人先生對西方哲學的研究還有很大的提升空間啊。」

我說：「那你以後會不會也有一和多的問題呀，準備怎麼處理呢？」

安理撩了一下頭髮，兩隻手背在後面慢條斯理地說：「我們東方哲學對一是這樣理解的：形而上學嘛，叫一多相即，一即是多，多即是一，一中有多，多中見一。比方說《華嚴經》啦，《莊子》啦，大概都屬於這個路數，一滴水見大千世界，一月又印千江水，蔥蔥綠竹，盡是法身，但一花一葉又各是一菩提。《老子》、《易經》之類的，則是一多相生。比如道生一，一生二，二生三，三生萬物，那不就多了嗎？可是萬化歸一，天得一以清，地得一以寧，萬化芸芸，亦歸於一。但這些都是玄理，用在人事上，只能做打啞謎看。因爲一男一女就不是道生一，一生二。兩個人即便是你中有我，我中有你，你儂我儂，也很難說就是一多相即，一即是多，多即是一。因爲老公代表不了老婆，女人也都會以貌似聽男人的方式指揮男人，二不可能一。男人想來想去，要打破這雙峰對峙的結局，就只好去納妾。可是納了妾固然由二變成了一與多，但另一個一又怎麼辦？結果竟然變成了一與一與一堆 -1、-2、-3 等等。妾是負數，是因妾不是妻，妻只能有一個，其他一堆侍妾，無論多少，都無法律地位和身分，是養在家中的妓女或女侍。若嫌養著費勁，男人自會出外宿娼。但娼也是負數，支出了精與錢。古人形容那叫「虛牝」，所以非正數，只能是負數。1 扣掉這些負數，他就跟另一個 1，也就是他的老婆無法匹敵了。因爲他欠她的，所以就男人來講是負數。可是對老婆來說這又是正數，因爲她加了分，結果仍是一對一，兩人大眼對小眼。所以，唉，男女問題頭痛，賬永遠算不清楚。」

我伸出兩臂，瞪大眼睛，做出萬歲大眼蟹的樣子，說了一句「banzai」，是日文「萬歲」的意思。這種螃蟹是日本學者命名的，它喜歡斜伸雙螯，特別像日本人高喊「天皇萬歲」時的手勢。

我喜歡聽安理的獨白，像太極一樣「渾身是手手非手」。我幫他揉了揉肩膀，又捶了一會大椎穴，說：「我不想控制別人，也不想讓別人控制我，既懶得做主，又不想都聽別人的。我不想爲任何人犧牲自己太多，別人呢，也別爲我做太多，否則我都會心生不安。不過你要是外星人就好了。」

安理疑惑著，我說：「有一個電影裡不是說外星人來地球尋找毒品，卻發現人類在高潮時體內產生的生物資訊毒素比毒品更爲優越，就改作吸食高潮後的大腦。我就挺想讓你也吃吃看，算是別尋幽勝吧。」

安理笑著說：「你也太有襟懷了吧。前幾天我還看了一個視頻，國外有個歌劇演員得了腦腫瘤，需要做開顱手術，但是爲了防止手術破壞他控制唱歌的腦神經，主刀醫生建議他做清醒開顱手術，一邊做手術，一邊唱歌劇，好讓醫生觀測。這位演員唱的舒伯特的《冬之旅．晚安》視頻播到二分多鐘的時候，可以清楚地看到神經是怎麼控制走音的。」

我說：「這簡直就是古典龐克啊，所以我們以後該像盧梭一樣，把生下的孩子都寄養到孤兒院去！」

安理說：「寶貝，你什麼時候才會同意生個孩子呢？在你的桃花源裡，我早已屍骨累累了。」

我對安理說：「我就是不知道怎麼才能找到一個極樂又日常的狀態，如果能做一隻神獸裡的羔羔羊倒也挺好的，隨時都濕漉漉的，哈哈。」

安理問我那他是什麼，我說原來以爲你是無變鹿，後來才知道是刻苦驢。安理說他覺得自己是一條雄性琵琶魚，在和雌性琵琶魚交配時會咬住對方，並融入她的皮膚之中，一段時間以後，雄魚便會解體得只剩下生殖腺了……（此處文字青春烈火）。

後來我拉著他到附近的商城玩。不過我是有備而去的，我用完全不同的服裝、化妝、表情、裝扮成幾十種不同的「自己」，在商城的自動證件照相機上，完成一組組肖像攝影。

安理看著我的「光頭照」「綠髮照」「女僕照」「癡呆照」「骷髏照」，邊看邊笑，還拿起筆在我的「光頭照」後面寫了「靜觀般若修一念，或與菩提共天眞。」這時，身邊有一對情侶經過，女孩對男孩說：「我想要一個陽臺曬內褲。」

我拿過安理的筆在幾張照片上塗抹了一些藍色墨水，它們加入了由各種紅色和黃色所表現出來的光的顫動，照片更有了一些空氣感。想起前幾天看的大衛·霍克尼的畫展。我不知他怎麼會被推選爲「最具影響力英國藝術家」，一看他的畫就覺得是設計師改行畫畫的。他的畫水粉色很濃，分明很美國，很加州，很匠氣，很豔俗，是在用做數學題的方法衡量一個星球的文明。有沒有人對他說，對自己也要公平，那可是一種難得的美德啊。

商城裡的人明顯比以前少了很多。安理說，目前中國的GDP不再保持百分之八至百分之九的高速增長了，回到了百分之七以下，進入所謂的「新常態」。國內經濟由通貨膨脹變成了通貨緊縮，滿街都是商品，老百姓不願意花錢，大規模的週期增長結束了。」

消費是新的愛國主義嗎？也許這種愛的行爲毫不重要，因爲它可以無限重複，就像某些中國當代藝術作品一樣廉價。對每個人來說，被叫醒的眼圈總是比自己醒的眼圈要重。如果心情憂鬱，連做夢都是憂鬱的。再嚴重的話，可能連夢都做不了，只好且聽風吟了。

我又拉著安理跑到商城的超市，買了雞蛋、麵包、燈泡、蠟燭和刀子。他問買這些做什麼，我說佈置現場。

晚上我和安理玩了一次女刺客柯黛的遊戲。安理像馬拉一樣倒在浴缸裡，手裡拿著一本日記，地上散落著《聖經》，還有一張我做的北京東城區的綠地圖。我換上黑絲襪，喝著香檳，接著看《刺客聯盟》，這部片子裡有很多好玩的設定。比如可以控制的子彈彈道，還有准到可以用子彈來打子彈的槍法，比如SPA療傷大法。但我最喜歡的還是片子裡對上帝的設定，上帝是一台織布機！他通過一台織布機來傳達他的旨意。

這是怎麼回事？織布機織布的過程，其實就是梭子帶動一根橫向的絲線高速穿過很多縱向絲線的過程，如果把橫向線在上記爲0，縱向線在上記爲1，那麼它們就可以排列成0、1代碼。而上帝傳達給人類的資訊，居然就藏在這樣的代碼裡。

我看過一些影評說這樣的設定有些胡扯，而我卻很喜歡，它不但很有趣，還很「科學」啊！如果《刺客聯盟》裡的人像《天使之城》裡的尼可拉斯凱吉那樣站在海邊聆聽上帝的聲音，那才是胡扯呢，黑暗裡怎能容得下愚蠢的猶豫？

安理歪著頭睡著了，像一個精神的物質享樂主義者，不過等他醒來時，他會讓風在風暴中顫抖欲息。

傳道書一章九至十節「已有的事，後必再有；已行的事，後必再行。」

（約翰福音十三5）「把水倒在盆裡，就洗門徒的腳……洗腳能叫你有生命的新鮮，洗腳能叫你有新的能力，洗腳能給你屬靈的復興，洗腳不只叫人乾淨，洗腳並且叫人暢快，洗腳之後，人就舒服了，人就精神振作了。弟兄姊妹們，洗腳是要緊的事，生命的恢復，屬靈精神的恢復，是要緊的事。」

（利未記—3,10,14）獻燔祭有一件事是很有意思的，就是你如果是有力量的人，你可以獻一隻牛作祭；你如果沒有力量獻牛，就可以獻上一隻羊；你如果沒有力量獻羊，就可以獻上斑鳩或是雛鴿。但是無論你什麼，總要把全只獻上。神所要的都是整個的，神不要一半的奉獻，神不要不完全的奉獻。

聖經有很多種讀法（我想怎麼讀呢），每天讀四十章，三十天讀完；每天讀三十章，四十五天讀完；每天讀二十章，六十天讀完；每天讀十章，四個月讀完；每天讀五章，八個月讀完；每天讀四章，十個月讀完；每天讀三章，十三個月讀完；每天讀二章，二十個月讀完；每天一章，四十個月讀完；每天都不讀……永遠讀不完。

我約了乙澄來畫室畫肖像，她說：「你以前給我畫的肖像感覺都不怎麼像我，為什麼？」

我說：「是啊，可你沒發現你長得越來越像那些肖像嗎？說明你一直在做追隨肖像的努力啊。」

乙澄說：「給你做模特還不錯，可以走來走去的，幹什麼都可以，以前有個畫家畫我，兩三個小時都不能動，真受不了。」

我說：「不能動？你又不是蘋果。再說你又不是不知道我喜歡有流浪癖的人。」

乙澄說：「我最近腦子很亂，生活基本上都快成天亮說晚安那種了。前幾天門羅獲了諾貝爾文學獎，我這幾天晚上都在看她的小說，發現她小說裡的女性人物都在試圖理解自己的生活，理解自己和世界的關係，而門羅大概為了追求真實，又不肯給這些人物提供廉價的希望。可人沒希望多可怕啊，不適合生活的人可怎麼辦啊？人要總能吃什麼都像吃到了天鵝肉該多好啊。」

我說：「你怎麼了，你不是一直宣導素食嗎？連全球化你不都說是局部返祖現象嗎？」

乙澄說：「是啊，我覺得我是個素心人，可為什麼總遇到不可思議的過動者呢？他們是不是生下來就是過動兒啊？就像如果看著一個人一直坐立不安，你會感到不適，直到你也開始坐立不安。我隱隱約約好像知道會失去什麼，可又不知道會得到什麼，你說，人如果無法安之若素總是在選擇自己，這種生活是不是有點累啊？」

我說：「可能累極了就平靜了。」

乙澄說：「我的愛都被累得四分五裂了。先是小水瓶的習慣性不知所蹤，現在又是這個V先生。你知道嗎？他是個牛郎。」

我有點吃驚，遞給乙澄一杯紅茶，她接著說：「我也是後來才知道的，他給我看了他的日記。」

我說：「他還寫日記？這倒挺有意思，國外有個脫衣舞娘拿相機幫自己和脫衣舞女朋友拍照，還寫了自己的回憶錄《Anything But awasted life》，這本書裡有好多露骨的描寫，包括她跳舞都能跳出高潮，她知道那些男人來找她是因爲老婆不再有高潮。」

乙澄說：問題是V先生還男女通吃啊？他長得高大俊猛，每天都去健身房練搏擊，他說他在看到年輕瘦弱清秀的小男生時，內心會產生一種天然的佔有欲和保護欲，這時他就會變成一名柔情鐵漢——在做這個之前，他還做過幾年的服裝打版師。他是服裝學院學出來的，還有各種設計專業的證書。

不過他說對中國的時裝界特別失望，所謂的本土設計師基本上是騙人的，沒有幾個是眞正在做設計，全是你抄我我抄你，然後找各種打版師來做。做打版師太辛苦了，而且掙錢太少。我後來問他爲什麼會喜歡男孩，他倒是挺坦率的，直接告訴我說：「跟男孩在一起感覺挺好的，可能因爲我以前老找小姐，覺得她們都特別敷衍。」

後來他還說，中國的小姐其實都不夠專業和敬業，和日本簡直不是一個檔次。日本小姐服務時很守規矩，比如服務時眼睛必須要對著客人的眼睛說話，不管客人多無聊都要主動找話題，未經客人允許不會觸碰客人的任何東西，而且收費也更細緻化。如果去女僕店，跟女僕一起拍照一千五百日元，隔著紙巾跟女僕接吻五百日元，擁抱五百日元……外出散步大概需要一萬二千日元，去 hotel 則再加一萬五千日元就行。

還有像新宿的牛郎區，每個店一般十~十五個牛郎，服務風格就是把來光顧的女孩都捧成大小姐，每小時八千日元左右。因爲女孩更加注重整體浪漫氛圍，所以裝修都特別豪華。牛郎見到女孩一般單膝跪地，遞上濕紙巾，並自我介紹，一般會叫女孩大小姐或公主陛下，陪聊陪唱歌陪跳舞。

我覺得他們比前蘇聯的男特工強多了，那些人整天都要周旋在有錢有勢的老女人身邊，伺候老女人久了，時間一長估計都得有性功能障礙。V先生說自己在那個行業已經做得小有名氣了，還說每個行業都有做得精彩的，皮肉生涯也有讓人佩服的。以前的名妓胡寶玉豔傾上海灘，當紅於世，以至有滬上三胡之說：一、實業家胡雪巖，二、書畫家胡公壽，三、就是胡寶玉，她的房子被當時人稱爲「水晶宮」。胡寶玉在上海灘做出了好多第一：第一個接待洋人的妓女、第一個雇傭會說英文的廣東咸水妹的妓女、第一個穿男裝的妓女、第一個姘頭是名戲子的妓女。雖然姘戲子的妓女有好幾個，但像胡寶玉這樣，能集齊這麼多款著名戲子的，絕對是絕無僅有：黃月山、楊月樓、十三旦、汪桂芬，估計現在的戲迷知道都會張大嘴巴吧？

過去每個印度國王都會把他將來繼位的兒子們送到偉大的妓女那裡呆上幾年，學習禮儀，學習溫柔，學習音樂，學習舞蹈的美妙之處——因爲一個國王應當眞正的博學多聞。」

乙澄吐了口氣，喝了一口香檳接著說：「V先生的直白常常讓我受過的高等教育顯得不堪一擊。我一開始根本就傻掉了，完全不知道該怎麼辦。可我又總是那麼渴望他，他好像能腐化到我最後一根纖維。他太強壯了，和我做的時候，還會說：『我恨不得把前面的鏡子幹翻了。』他是個對客人挑剔的人——和很多攻受皆可的牛郎不一樣，他不允許任何人進入他的身體，而且不接受任何高大粗壯的客人。他鍾愛瘦小年輕的男孩，似乎那樣才能發洩出他過剩的男性荷爾蒙。

他說，他是為了自己的樂趣才從事這份工作的。他甚至還跟我說在地鐵上調戲俊美小男生的事：『那個小男孩，一看就是小妖精，我就一路直勾勾地盯著他看。他氣壞了，隔一會就瞪我一眼，後來我都不忍心再逗他了，就不看了。』他得意地笑著，語氣裡有一些溫柔。

不過稱心如意的客人畢竟是少之又少的，他又挑剔，每個月也就四五個客人。他說在那行裡他算賺得少的，因為性子太直了。他根本不想結婚生子。我問他老了怎麼辦，他說年紀大了就去老人公寓唄。現在就是存錢，只要有了錢，老了就不會苦。所以他還有另外一些工作，每天都很忙。」

我說：「看來他還是個挺振振有詞的人，如果他有更多時間讀書，我猜也許他會喜歡卡繆。不過誰知道呢，據說一個人一天平均產生四萬到五萬個想法，有時我都不知道我們除了去愛這流動的一切，還能怎樣？」

乙澄發現我工作室牆邊的幾個大甕，問是幹什麼用的。我說等到臘月準備嘗試做東北大醬。她不懂為什麼要等到臘月，我說我問過一個東北朋友，她說做東北大醬很講究時間的，一般一年中有兩次做醬的時間，一次是臘月，一次是二月。下醬的時間也是要十八或廿八這兩個時間。到時醬做好了，你可以過來吃蘸醬菜、雞蛋醬、醬鯽魚。我請那個朋友過來給我們做，味道會很正，現在市面上的醬都不行，不夠香。」

乙澄說：「你這甕上怎麼還寫了字啊？」她走近看了看，上面寫著「姜子牙在此」。問：「你這又是哪一出啊？」

我說：「哦，這個我是聽安理說的。姜子牙呢，是個帥才，不善於領兵，但是善於管『將』。然後那些擅長在諧音上做文章的古人們，就覺得姜子牙既然鎮得住『將』，那肯定也鎮得住『醬』。後來民間製醬時，就會在甕上寫『姜子牙在此』。」

乙澄瞪著我，學著話劇演員的腔調說：「美女，你知不知道你這麼充實新鮮的人生有多無聊啊，鳥呢？快鬆開爪子上沉重的寶石飛走吧。」

我送了乙澄幾條我從法國帶回來的裙子，還有幾件配飾。

乙澄興奮地一件件試穿試戴，她說：「金錢眞是一支強心劑啊，你快帶著我掙點錢吧，我眞的是不懂怎麼才能多掙些錢，有時我也試著炒點股票，但本金太少，不敢玩啊。你能不能也領著我致富啊？就像領個盲人一樣吧。最近聽說加拿大一所大學研究發現，缺錢會使智商和大腦反應速度下降，口袋裡錢的多少不僅影響生活，還影響智商呢，因爲經濟壓力會使大腦反應遲鈍。看來我以後得對我的學生們說聽課的時候多帶點錢，考試的時候更要多帶點錢才行，如果帶上房地產權證，估計能秒殺全校了，哈哈。」

我說：「要眞是這樣，那像安理的媽媽那種老年癡呆症的人，要帶多少錢才合適呀？」

乙澄大笑著說：「反正看來大概任何東西都是錢堆出來的，智商也不例外。」

我說：「這麼說那還得多資助朝鮮啊，不然金三胖腦子不靈光，氫彈綁著鞭炮飛啊。」

乙澄說：「其實我覺得缺錢影響智商是必然的，你想想，生活中遇到一個問題，當你的口袋裡有一千塊錢的時候，你只有一個解決辦法，當你有十萬的時候就會有十種方法，如果要上億呢，你就會有成百上千的解決辦法和選擇空間。影響智商大概沒有說影響反應速度更準確，腦袋裡有一千種想法的人肯定看起來比只有十種想法的人機靈，久而久之成習慣。」

我說：「智商只是一個方面，其實情商也重要，智商太高甚至過剩，人就會心活心軟，胡思亂想，結果，不是自己不得安生，就是妨礙別人安生。」

乙澄說：「情商當然重要了，其實有時候大家也都知道情商高的人怎麼說話辦事，但很多時候就是懶得那樣做。不過身邊還是有很多人爲了爭奪喜愛的東西，努力地抛棄尊嚴。唉，不過又說回V先生了，我覺得跟她在一起我就得把自尊降到塵埃。毛姆不是常用故事說，連不堪和羞恥都無法動搖的愛情才是愛情嘛？說不清，腦子亂轟轟的。也許人並不需要那麼多的東西，有錢花，有謎猜就夠了，何必總是要把不好意思說出來的話打上雙引號呢。」

我說：「咱們這裡，不好意思的事情太多了，最近不是把泰戈爾《飛鳥集》的新譯本下架了嗎，覺得新譯本性意味強烈。其實，文字的事「你之瓊漿，我之砒霜」，各解其味。何況翻譯就像女人，太精確就不漂亮，漂亮的又不夠忠誠。」

乙澄說：「現在我覺得詩歌已經離我越來越遠了，讀詩，人就容易成爲有靈魂的人，可是在一個沒有靈魂的社會裡，口味比靈魂更重要。每個領域都有一套口味，每種口味就是一個勢力範圍。」

我能說什麼呢，不知道，我的預感一望到底。

乙澄穿著我送她的衣服，陪V先生去逛法國老佛爺百貨公司了，我盯著那幅未完成的乙澄的肖像畫開始發呆。不知怎麼，就是覺得這幅畫的畫面效果沒有我希望的那種濕度與溫度，就像椅子上那條乾毛巾無法再擰出一滴水來，拒絕一切理解。那麼乾燥的空氣，那麼乾燥的毛巾，畫像裡那麼乾燥的乙澄，我覺得房裡到處都是靜電，甚至能聽到劈劈啪啪的聲響，而且伴有藍光。

靜電並不是靜止的電，只是宏觀上暫時停留在我房裡的電。想起西晉時張華撰寫的《博物志》中有這樣的記載：「今人梳頭，脫著衣時，有隨梳，解結有光者，亦有咤聲。」此時我的頭髮似乎眞的要飄起來，摩擦起電，亂理越亂。

熱內曾經看了賈科梅蒂的肖像作品說，這幅肖像可以不費力氣地滋養一百幅別的肖像。熱內不怎麼嘮叨，還好，我愛嘮叨，這很法國新浪潮。這種靜電感應有時會讓我全身不舒服，可是又似乎沒有原由，是深秋的不見雨水的天氣對我的情緒的竊取？還是隱逸的人性細胞在分裂和膨脹？每次這種情況出現時，我就預感到要放棄什麼，但又知道不可能放棄，那恰恰就是緊張的來源。

安理說因爲我在生意場上遇到過太多把欲望擺在道理前面的人，有時反而更容易把商界之外的人美化。

我說，是啊，我想能有一些相對不糟糕的地方。

安理說，以他對目前學界及其他商界以外的領域觀察，哪裡有缺失的環節，哪裡就有實現它的緊迫性。先知爲什麼回歸了孤獨？他意識到他來的太早了。現在這個社會，人和人之間濕度缺乏，連靈感都是有階級的。大家都會頻頻受到靜電的騷擾，如果你在商界感覺到的靜電電壓有二千伏特，這時手指會有感覺，超過三千伏特，就有火花出現，手指會出現針刺的痛感。但是有一天你會遇到那些商界以外的人，靜電直接就超過七千伏特，你會有電擊感。

我理解他的意思，我想防止這種人間靜電危害的基本辦法，是儘快把產生的電荷導走，避免靜電的積累。有時候這令人不知所措的靜電與荒疏，就像數碼相機一樣，它會使暗度變得明亮，把濕度擰乾。人情淡薄的年代，再淡一淡就沒了，每個人都餘額不多。

我怎麼就想起那次乙澄說她要把葛飾北齋的浪花紋在腳踝，這樣就可以永遠站在大海邊了。我給安理髮了一條微信：

汽車上用的靜電貼是怎麼回事？

然後我去洗了洗手，看著手泡在水裡，對著鏡子，我想是不是所有的女人都是包法利夫人？要花很多時間向自己訴說故事。我找了一首「Entering the Unknown」的電子樂來聽，打擊樂伴隨著催眠般的旋律，接著琶音合成器奏響的旋律又牢牢控制住整段音樂。叮叮咚咚之聲清脆美妙，仿佛指尖在鍵盤上歡快地跳動，整段音樂就這樣保持簡約和諧的模式平穩行進，直到節奏淡出，幾聲清脆的鳥鳴把我帶入一個充滿童趣的野生園林。

這個世界與世無爭，時光機把人的心緒帶回到童年，美麗的花草、飛舞的昆蟲、好玩的動物、旋轉的木馬吸引著小孩的目光。作曲者以童心未泯的姿態，用「Dragonfly 蜻蜓」中可愛的卡通旋律模擬孩子們追逐蜻蜓嬉戲玩耍的場景，而「Monkeys 猴子」則更形象地用模擬合成器修飾出叢林裡各種蟲鳴鳥叫還有動物的古怪叫聲。「Paloma 白蘭鴿」略帶古典的曲調，讓人好像看見白蘭鴿在空中無比自由地跳起優雅的倫巴之舞，能聽見聖潔的天使們扇動翅膀的聲音。

(三)

機器、音樂、童年，這感覺是眞的嗎？

哈代《黛絲姑娘》，以擠奶女工黛絲的故事，描述了人在機器時代如小草般被拔起、扔掉。他也寫詩，《二者的交會》講泰坦尼克號，是今天風靡世界，浪漫愛情經典電影的藍本。但他講的，其實是把泰坦尼克號當成二十世紀最偉大的工業成就，它是世上最大的船、大西洋裡的鋼鐵橋樑象徵。可是一九一二年首航時就撞上了冰山。

「人們把泰坦尼克號建得

更宏大、更優雅、更美麗時

在那寂靜朦朧的遠處，冰山亦在變大」。

康拉德帶領一艘蒸汽船去剛果時，他發現比利時建立的剛果自由都，所謂的「自由」，意味著可以任由別人自由掠奪這片土地上的資源。歐洲人當時進入這「黑暗之心」時，主要是殺大象、取象牙。歐美兩大洲，從檯球到鋼琴鍵，都是象牙做的。殺象的槍枝，也是現代詩人小說家最熟悉的機械。反思一戰、二戰、韓戰、大麻、神經毒、梅毒、玫瑰、墳場、荒原、死亡、性與愛，似乎總與它有關。

這些，是我不願意提起，也怕記憶的吧？我與機器，已習慣一起生活了。

我打開攝影機，開始對著鏡頭說話。鏡頭裡的我，面容從流飄蕩，眼神也是一種全模式啓動：視覺迷幻＋視覺激發＋視覺美感＋視覺刺激。我的眼睛各種旋轉，各種心動神馳，既然今天我的心思沉不下來，不如讓它完全浮起，什麼時候可以練就一種功力，通過眼神就可以把有用的東西變成沒用的？

我做了一個堅毅的眼神，代表根，又做了一個眼神配合上揚的嘴角代表「果」，我想演示一下「移民症候群」。要「根」還是要「果」。聯合國的資料顯示，有兩億多國際移民選擇了「果」，他們覺得只有選擇追尋他們的「果」，才能去擴展他們的「根」。

可是，效果會怎樣呢？周圍那麼多人移民了，但是以我對他們的觀察來說，就像在《土星環》裡W．G．塞巴爾德說的：「我理智的頭腦，還是無法放下那些越來越頻繁糾纏我的重複之魔鬼。」在人類事物中，如果有一樣東西是可以依賴的，那就是意外了。可是黑色會跳出來說：「我不煩你，請你也不要煩我。」

我繼續在鏡頭前做各種表情，我經常對安理說，要想多獲取靈感，可能就得做些無聊的事，包括在無話可說的時候，還要繼續說話之類。把一根琴弦，一次日落，都當做友情客串什麼的。還要將它們逐漸轉向唯一性——雖然有些看似是風馬牛不相及甚至是對立的——有助於良好的生活方式，這是對自己某種客觀性的關切。

在胡思亂想的時候，要誰也不服才行，生活激動人心之處在於我們能夠塑造它。我迷戀所有變化，所有不可思議，雖然所有迷戀的終點都是無情的自輕自賤，但迷戀是我所知道地對待消失的唯一緩衝器。

安理每次出差回來後的第一個清晨，經常會很委屈地對我說：昨晚我非常克制地只做了兩次，這麼快天就亮了。我聽了常會有一種衝動，對他說我應該寫一篇關於他的文章，然後發給他的學生們看，題目就叫《你所知道的名師你不知道的人》。不過，我喜歡可以如其所是的人，這滿足了我奢侈的深度。

就像在時尚界，好的衣服不是讓你看起來有多『貴』，而是讓你看起來有足夠的仙氣。三不五時，要偷一次閃電，像馬克蘭的鋼一樣讓每個人身上都有點搏鬥的煙味，把時光的廢品也做成生物，成爲一件件蒸汽龐克式的作品。最近我在床上的熱情高漲，我會喊著：「那是海洋，匹配太陽！」，但是後來我告訴安理：因爲我最近特別想編一套《性愛防霾體操》，編好以後再把它推廣出去。安理說，你這不就是像老子說的「慈故能勇」嗎？

我開始在鏡頭前想念我自己，我要忘了這世界以及所有人和所有標準。

我無法想像，如果我對自己沒有思念了，那就像時鐘只是兜著圈子愚蠢地報時一樣。如果我對自己沒有思念了，就像觀眾在搖滾演唱會上沒有尖叫一樣喪失了義務。如果我對自己沒有思念了，就像連現實主義都已經不再被允許表現現實了。眞的嗎！如果我對自己沒有思念了，就不能像班雅明那樣將迷失當做一門練習的藝術。

以前我常會在生意上遇到困難的時候，在鏡頭下，在一個人的房間裡，喋喋不休地誇獎自己，像個一無所有的王后那樣誇獎自己。我想像著這種無節制地自我思念，就是一部可以傳世的小說的氣息。那樣的作品，它能表現出一種高度的無視，是馬奎斯式的以偏見轉動地球，同時又在傳導著人之爲人是何種滋味。

我喜歡我在工作之餘是一個忙著跟自己打交道的人。當然，這種時候也不能太多，就像自慰一樣，太多了就不能每次都心神合一，造成經驗與符號的斷裂。而且對自己的誇獎和性高潮的相通之處是常會喜極而泣，靈之對肉，和肉之對靈在互相模仿中有對抗有逆轉，戲份十足。又美又狠的事總難相逢，每次如果我誇到自己可以流淚，就覺得特別輕鬆，這就成了我靈魂換馬的驛站。

當然，這並不是說我不會厭倦誇獎自己，也有速戰速決的時候。就像一位每年都會去坎城影展的記者說的那樣，「掙扎著進場，再掙扎著出場。總之，不能讓自己睡著。」這個世界不文明的瘋狂已經越來越少了，遙遠的聖彼德堡有著上海所有的優點，北京也有莫斯科所有的缺點，可是爲什麼？

沒有爲什麼，生活也就沒意思了。

我對著鏡頭放縱聲笑。那個時段的我已經放棄了一些比較，在平凡的世情之中，人的喜怒哀樂常被與別人的比較控制著，而比較都是一種對自己的野蠻侮辱。它會產生一種類似英國藝術一樣的「潔癖」，是對於難度，並且也是對於極端和偏執的尋找。當代都市就是在各種各樣的比較中成爲了人造經驗的工廠。時間的物質感沖淡了我們東方式的空觀意識，人們的表情的敵人不是同一性，而是多元的同一性。

可是人能擺脫比較嗎？如果詮釋者沒有了用武之處，我們還怎麼爲聖經、佛經、道德經挑錯呢？如同當年研究量子的科學家們對於波動論和粒子論的爭論一樣，既然量子有波粒二象性，那麼比較就會一直存在——就像遍地可見的婚外情一樣，眞愛還是過癮，兼而有之。通常我會邊說邊喝著酒，有神論和酒精，會不會是我僅有的兩項在鏡頭內外同樣堅持的事物？

流淚，不是動詞，是名詞，是一種自然而然的反應。管他什麼體制，反正我遊牧。常有淚流，可以保持五官端正，還能緊致皮膚。聽蕭邦的時候，也不必老害怕自己不夠憂傷。我和鏡頭裡流淚的自己唯一爭論的話題就是誰更愛對方。有時我中間還會休息一下，交叉著看看社會學的論文和日本 SM 的 AV，想著我該像個藝術家一樣只對自己負責就好了。

這個房間就像電影院一樣成了一所世俗的教堂，也是最廉價的王宮，它仍然遵循著社會的規矩：過分的投入和眞誠將被當作背叛者宣判，如同球場上都是一些轉基因球迷，收穫與脫身都已不可能。我對鏡頭裡的我，如此思念，又如此傲慢，傲慢得像唐宋繪畫——以覺醒的姿態傲慢。這些都是我的作品，每當我完成一次作品，我將之視爲下一件的起點，但僅僅是一個起點而已，我也許會去往截然不同的方向。

哇，我對自己說，好了，你別像艾倫・索金的劇本好不好：絮叨、說教、滔滔不絕、滿紙金句、聰敏緊湊卻也難免自戀和炫耀。

但是現在，我對著鏡頭想，人類的遊戲之一就是每個人都可以用想像力來糟蹋一遍自己的世界。在這個過程中，喜歡哲學的人提問多一些，喜歡科學的人試著解決問題多一些，喜歡宗教的人總結多一些。想像力對人的影響是如此徹底，就像土壤對植物的影響。我想起昨天看到道元的《正法眼藏洗淨卷》，裡面強調了潔淨身體的重要性，對如廁方式有詳細規定並記錄，進門左手將門關上，隨即左手握拳掐腰，人保持站姿鳴指三次才可以繼續，好則好，只是在想像力上略遜一籌。而日本的一個瀑布下的水潭邊有不動明王的石像，命名爲「不動瀑布」，那裡是祈禱和施咒的修驗道場，周圍一帶幽森冷寂，瀑布中段安置有不動明王石雕，落差十五米的瀑布垂直瀉下，揚起白色的飛沫，仿佛四周寂靜的空氣也爲之震動。前面不遠處還有一紅色小橋，整個畫面有種「美則美矣，了則未了」的想像空間。

更多時候我會聽純音樂。如果翻譯全世界所有的歌詞，會發現他們幾乎都在唱同樣的事情——我的寶貝離開了我。這些詞像鈔票一樣沒有氣味。歌詞裡如果沒有從異鄉到異鄉，那就只是對習慣的吟唱而已，而習慣這種東西如果你不想一步一步引它下樓，那就索性將它扔出窗外吧，否則它就會像展覽一樣侵犯你的個人時間。

習慣，像拍電影一樣非常自私，非常。

電影裡福柯正對他的朋友說，他小時候被漂亮的姑媽打過，所以一輩子習慣被漂亮的女人打。

在時間的黑夜裡，你也曾經是個吉普賽人嗎？有人曾說吉普賽人每秒鐘有二十四次謊言。可能他們很早就活在「朋友圈」裡了，展示吃飯比吃飯本身更重要。他們具備豐富的在野的知識，會做催情事物，想法都是那些共感巫術、鑽石項鍊以及貨幣化的愛意符號，他們會不會就是最早患有「學者症候群」的學者？

什麼是知識，就是減去瑣碎後的生活，什麼是知識，知識就是生活的瑣碎。

無，以萬有之態呈現。在《奇妙的生物超感》中說，「荷爾蒙」是從「轉移」和「興奮」這兩個希臘語而來的合成詞，常年隱居於妓院卻畫著純美芭蕾舞娘的竇加，是失去性潛能的旁觀者，純粹其純粹。他有著怎樣的童年？什麼時候讀的尼采思想／魏晉文章？他比尼采還早出生十年呢，所以可以早點做一些成人的事業，腦子轉動出全面感覺，動作上卻可以退後一步，表現出一副禁欲主義的倨傲，輕輕鬆鬆地讓痛苦退回到了痛苦之中，像一條訓練有素的狗。

而且對著鏡頭，能跟一個人從王陽明到高達無所不談，這流程的即時性正合我意。不管怎樣，我對我說：「我們還是我們。」我晃了晃頭，輕輕地轉動著肩部，心想做個演員也不是件容易的事，當演員和當兵差不多，你必須爲更高的利益犧牲自己，你必須相信這個事業，而且不能以「我的想法、我的意志爲主」，還要身段柔軟，就像蔡邕說：「惟筆軟則奇怪生焉」，因爲筆軟，所以能寫出千姿百態的字來，身體成爲了玩具。

對一個成人來說，玩具並不多，或者是事業、朋友，或者是自己，而孩子是把玩具當朋友的。據說小孩子會混淆有生命和無生命的東西，不過我相信他們分得清。好的，我今天特別想在鏡頭裡說說童年：

沈復《浮生六記・童趣》

余憶童稚時，能張目對日，明察秋毫，見藐小微物必細察其紋理，故時有物外之趣。夏蚊成雷，私擬作群鶴舞空，心之所向，則或千或百，果然鶴也；昂首觀之，項爲之強。又留蚊於素帳中，徐噴以煙，使其沖煙飛鳴，作青雲白鶴觀，果如鶴唳雲端，爲之怡然稱快。

余常於土牆凹凸處，花台小草叢雜處，蹲其身，使與臺齊；定神細視，以叢草爲林，以蟲蟻爲獸，以土礫凸者爲丘，凹者爲壑，神遊其中，怡然自得。一日，見二蟲鬥草間，觀之，興正濃，忽有龐然大物，拔山倒樹而來，蓋一癩蛤蟆，舌一吐而二蟲盡爲所吞。余年幼，方出神，不覺呀然恐驚。神定，捉蛤蟆，鞭數十，驅之別院。

我那時候很喜歡和很多小朋友做各種遊戲，造意無法。我翻看著小時候的照片，有和小男孩一起去捉魚蟲的，有和小女孩一起學習織毛衣的，還有各種在學校操場上交頭接耳的，我們每天唧唧咕咕說個不停，小孩子口無遮攔是個多圓滿的事情啊，人年齡增長之後，會有很多可說可不說的東西，欲說還休。所以作家晚年常常寫不出東西，「表達，我的尷尬」。

不過，我的情況很快發生了變化。這和我父母有關。他們喜歡安排我的情緒，而且是按學習成績來安排。現在想想，我對他們當初確立的快樂載體佩服得七竅生煙，他們對我的前途寄予比天還高的期望，當然也可以說沒有任何期望，只要完美就行。我的髮型與穿著要儘量按他們的審美來，如果我自己選擇，他們就會一起懷著悲傷的眼光，看著不知悲傷的我，直到我悲傷的換下自己喜歡的衣服。

他們認爲我每次考試成績都應該是最好的。我也確實做到過，那時他們整個人都會容光煥發，家裡一派祥和，笑聲覆蓋到每件傢俱的紋理。我則可以除了看書，其他一切事都不必動手，他們殷勤地服侍我；我也可以任性地亂說話發脾氣之類的，他們都可以百般容忍。而如果我的考試成績下降了，那一切就都反過來了，我在他們眼裡就變成一個不可能更糟的人，他們要麼批評我，要麼根本不和我說話。這種天差地別的態度帶給我巨大的壓力，最直接的反應就是我後來每次考試幾乎都是在高燒中度過。後來，我覺得我的性格裡面聚焦了兩種東西，一種，讓我想把一切都保持得井井有條，但另一種卻讓我時刻有搞破壞的衝動。我好像成了一個德國小孩和愛爾蘭小孩的混合體。

直到長大後我看了瑪麗・桑多茲寫的《瘋馬：沃格拉拉族的怪人》：「瘋馬」相信他會在戰鬥中取勝，但如果他停下腳步從戰場上拿走戰利品，他就將被擊敗。他在他坐騎的耳朵上紋了閃電的圖形，這樣當他騎在馬上時，看到它就能提醒自己。我一直都不敢放鬆自己，甚至覺得我每天睡覺的時候，也只能做到像太極拳那樣：「全身皆鬆，只有無名指緊。」在很長的時間裡，我都是縱欲般地讀書、工作。

天知道，我有多害怕比裸體還一絲不掛的失望的眼神。有一次我和一位占星師聊天，說起我星盤中的凱龍星，凱龍星是指一個人曾經經歷過的傷害或最容易得到的傷害來源，她說，我的凱龍星顯示在原生家庭，即父母。我有些吃驚，說我覺得他們還是很愛我的，而且爲我付出很多。

占星師說：「但這並不代表他們愛你的方式是你樂於接受的，凱龍星寓示一個人靈魂的傷口，他們的愛讓你覺得只有你是優秀的、傑出的，別人才會愛你。如果你很平凡或很失敗，你就覺得你會失去所有人的愛。反過來，你也很容易用這個標準去衡量別人。」

我必須承認她這麼說的時候我才明白我爲什麼對生活如此瘋狂，以及在深夜我會讓安理一次次發誓永遠不會離開我。白天，我把一切置於陽光之下；可是夜晚，我的心，我的身體需要陰影來躲避瘋狂。我常常致力於去找出那些噬咬著我的困擾，而且會把階段性的答案奉若至寶，直到我認爲它失效。

安理說，別總去分析事情了，所有的情緒都有它的魅力，而且很多事的眞相也不是只有一個，可能有上千個，區別只是視角問題。我說，眞相是哪個倒也沒關係，可以濫用歷史的就當作眞相用唄。

我的想法和偉大的羅丹先生一樣，認可思想是借來的，是思想銀行的貸款，區別是誰的技術更熟練。

阿蕊在電話裡說男人們完全有能力跟夏娃上床，但他們渴望的都是莉莉絲。我想到她飄逸的紅發，圓潤的嘴唇和半露胸部的開領裙，眞的像極了那個總是在夜晚降臨人間的女魔莉莉絲，唯獨缺少一條蛇尾。

難得無霾天氣晴好，我和阿蕊約在萬春亭見面，萬春亭位於景山的中峰，是北京城南北中軸線的最高點，也是俯瞰北京最好的地方。暮秋初冬，落日餘暉中，阿蕊的頭髮紅得像八爪魚。

她說：「我來北京後第一次到這裡，從這裡看故宮眞是壯美啊，怪不得來之前我在百度上看到介紹說這裡是『京華覽勝第一處』呢。赫達．莫里遜的那本《洋鏡頭裡的老北京》也拍過這裡，今天我可要多拍點照片。」

阿蕊拿著相機不停地拍了起來，我則隨意地在亭子附近走走。現在這裡已沒有「百果園」了，當年康熙帝登景山眺望京師，見晨霧繚繞，霞光流雲，一派春色，即作詩一首，其中有「雲霄千尺倚丹丘，輦下山河一望收」之句。當時這裡還有殿台，供皇帝登高、賞花、飲宴、射箭。山下養了成群的鶴和鹿，以寓長壽。每到重陽節皇帝必到此登高遠眺，以求長生。

阿蕊拍得興奮，大叫著說：「啊，太美了，我現在最想做的就是挖出一隻眼睛，在亭子裡放進一首詩！」把周圍的幾個人嚇了一跳，紛紛側目。她說要在這表演吸血鬼派黑金屬肯定絕了，尖高音的黑腔搭配弦樂和陰暗氣氛的背景，太魔性了，

我說那會把不遠處的崇禎皇帝的魂招來的。

阿蕊說：「來了又怎樣？我就告訴他『我眞誠地請您看看我。』說不定他還想讓我給他拍照呢。對呀，然後我們就拿他的照片做唱片封面。這個唱片得是限量宇宙版的，裡面要撒一些星際塵埃金進去，這些塵埃還得是來自十六世紀撞擊地球的一顆小行星隕石。」

我說那倒挺有意思的，估計崇禎皇帝見了你可能會說：「你，是被耽誤了千年光陰才出生。」

這時我有種感覺，就是存在與事物在此都僅供藝術來吞噬，世界的存在是爲了創作一本漂亮的書並在一首詩或音樂中實現眞身，甚至有時我們都能清楚地看見如何逃向藝術。一個如此明確地通向全然的野蠻的地方，它是比煙和古柯鹼更提神的毒品，所以必須被推遲，推遲到你已經成爲一個很難受傷害的人。

阿蕊還在喋喋不休地說她的「聖化構想」，我說，希望這種唱片能有銷路。阿蕊說：「這也是我頭疼的事，我正想給我們那個小樂隊起個名字就叫『不疼』呢。現在願意爲表演者的個性買單的人還是少啊，不是每個人都有馬奈的運氣。他第一個把繪畫做成了農家樂卻還能獲得左拉的肯定。」她扶了一下墨鏡，說有一次好奇地去查馬奈的名字，原來馬奈這個名字出自拉丁文，意思是：「他活著並將活下去。」

阿蕊說她一直想嘗試做一些實驗藝術，雖然有人告訴她，在一個並不完全發達的社會裡，最流行的一般就是色情、心靈雞湯和毒品。可她是「燈光籠罩下睡不醒的年輕人」啊，在夢裡都會爲藝術去偷鉛筆和削鉛筆機。有很多人欣賞她的音樂、她的想法，不過她最怕沉溺於小小的滿足裡，心滿意足地對著由想法相同的聽眾構成的鏡子而梳妝打扮。因爲眞東西厲害的地方是一聲不響的大規模淘汰啊！

「做爲一個獅子座女生，一個早產的處女座，我怎麼也得有點意識形態對抗症才行。不是爲什麼而做，而是非這樣做不可。不過吧，這些問題也不好說，我喜歡實驗性的東西，但是又不能太喜歡，就像愛情一樣，不是誰認眞誰輸的問題，而是誰認眞了誰的血液就被榨乾了。」乙澄一邊走一邊踢著路邊的石子說。

我們邊走邊聊，天色越來越暗了，我問她最近還在構思什麼作品嗎？

她說：「還沒想好，大概想做一個關於人和動物的關係的。前幾天看了個新聞，法國的一個奶牛場，通過機器人給奶牛餵草，這種機器人售價高達十四萬歐元，可是每頭奶牛每天的產奶量竟然平均提高了三十五公斤，這是有多麼討厭人類啊。」我說這還挺好玩的，矯揉造作到極致，也能渾然天成啊。

Lay me Down.

我們走到護城河邊的一家西餐廳吃晚餐，這裡景致天然，坐在椅子上就能看到綠水，暗紅色的宮牆，街角的燈光。它的二樓是畫廊，三樓是雪茄房。

看著菜單，阿蕊說：「這種地方就是賣情調啊，菜夠貴的。」

我說：「這個老闆是個海歸的律師，回國後和文藝界來往很多，他在北京開了這家西餐廳，明星都愛來。這個餐廳是他自己親自設計的，還入選了美國評選的『中國十個最值得推薦的餐廳』名單。他挺會開發自己的。」

阿蕊說：「是啊，只有缺少天分的人才會浪費天分呢，我一直想為本世紀的所有人舉辦一場二十一世紀沙龍，那是我的宏偉目標，每個人都是個行為裝置啊。不過，唉，現在中國幾乎所有的評判標準好像已經都被國外控制了，人家覺得好，中國人才敢說好，要不就沒底氣。藝術圈更是這樣，現在國內走紅的這幾位，都是在紐約 Fuck 過的，其中一位回來組建的藝術公司的中文名字不就叫「發克」嗎？所以我也想出去。不過我媽媽反對，她說不會給我錢，讓我要麼去她的朋友開的公司打工，要麼就和她一起靈修。上班族的工作我敬而遠之，那是我唯一不想探索的領域。靈修嘛，也不是不可以，有那麼多先知都在等著原諒我，可是我還沒準備後悔呢。

不過我上星期開始在酒吧駐唱，能養活自己了。我媽媽卻說千萬別和親戚朋友說，人家會對我的這種工作有好多想像的，只是不說出來而已。可我不管，那他們就別和我來往吧，我只對那些別人不想面對或承認的事情才有興趣。先從實驗音樂開始嘗試吧，只是怎麼把這種東西市場化誰也不知道。不過我從來都是根據想像而不是根據力量估計任務的，哈哈。」

我說：「有時候想想，那些不平凡的人也還眞是有過人之處啊。你說沙特就能用小說和劇本零售他的存在主義，再以商業的方式在劇院裡經營他的存在主義。孫中山當年能籌到鉅款推翻清政府，給他捐錢的人可是要冒著殺頭的危險的，而我有個朋友前一段做了幾個產品想搞搞眾籌都顆粒無收啊。」

我喝了一口茶接著說：「而且我覺得做實驗性的東西可能還不僅僅是經費問題。人類文明中最早的表現藝術家是古希臘的第歐根尼，他在雅典市場裡公然手淫，每天白天他都會打著燈籠在街上『尋找誠實的人』。搞藝術就得把所有私事都當成公事辦，挺難的。」

阿蕊被我的話逗得前仰後合，說：「私事當公事辦，這倒是挺適合我的，我天生就分不清隱私和曝露隱私的區別之處。我只知道我是個好人，好到所有面朝大海的人我都叫他們尤利西斯。」

我們邊吃邊聊，外面漸黑，遠處街上的燈光愈亮。光線恍惚間會讓人連想到剛剛炸裂的雪，想想北京去年下的那幾場似是而非的雪，我常懷疑我家到底在不在北京？爲什麼每次都只能在朋友圈或微博才能看到北京的雪。

我和阿蕊都習慣性地看了一會手機，我問她是不是也進了很多微信群。

她說退了好多，我說怎麼了？

「怎麼說呢，我覺得微信群適合分享，不太適合討論，但是有好多人就喜歡討論。不過我覺得像宗教信仰、性取向什麼的不適合公開討論，得罪人，或者說，你跟他不同就已經得罪他了。可是我跟他不同，這是多麼寶貴的自由啊。前幾天我給酒吧老闆看了 C.C.C.C. 的視頻。他們是做噪音的，主唱日野繭子的現場自虐表演，前面的表演是她赤身裸體身捧紅色蠟燭，讓鮮紅的蠟滴在自己身上，完成一種特有的極端又古典的效果，後面的表演還有上繩化妝，緊縛拷問，她邊自慰邊嚎叫現場排尿……特別容易刺激腎上腺素。不過老闆看完以後說，如果你在咱們這裡表演這些，酒吧馬上就會被封掉，還會被罰重款。他可害怕了。而且後來沒過幾天那些視頻就被網上刪除了，現在已經看不到了。」

我把食指擋在嘴上說：「雙唇懸於夜中，它們不說夜。」

阿蕊說：「然！」

她們說著說著話，阿赫瑪托娃會突然抓起一張紙和鉛筆，然後又大聲說一句上流社會常說的話：「喝茶嗎？」或是：「您曬得可真黑呀。」然後，疾速在那張紙上寫上剛構思的詩句，把紙遞給丘斯科夫斯卡婭。

「我把那紙上的詩句默讀了一遍又一遍，直到背會了，才默默地還給她，『今年秋天來得早。』——安娜安德列耶芙娜大聲說著，劃了根火柴，湊著煙灰缸把紙燒掉。」這都成了一種模式：手、火柴、煙灰缸。丘科夫斯卡婭感歎說：「全都是一套美好而又可悲的程式。」（《阿赫瑪托娃札記（一）》詩的隱居，第七頁）

週末我去了一個拼布教室學習。我從小就很喜歡做手工編織類的小東西，還用塑膠編織過小青蛙、小蜘蛛什麼的，掛在鑰匙串和書包上面。最耗時的是有一次我用毛氈紮出各種花、樹、小房子……在我的房間裡佈置了一個小花園，毛茸茸的小花園，暖茸茸，綠茸茸。我覺得動手做一些東西時，看著材料從自己手裡慢慢地一點一點變爲成品，做著做著就眞的能把心清空了。

前一段時間我自己設計了一個充氣娃娃的抱枕，一點一點往布裡塞棉花的感覺讓我想起以前上學時長智齒的那些天。喝粥時才有趣呢，得找一個扁扁的像把小鏟子那樣的調羹，舀一小口吞下去才行。

我很早就開始買一些進口的拼布書來看。這方面，國產書的內容眞沒法和進口的比，內容不詳細，作品也沒看頭，後來我就以看日文的圖冊爲主，文字看不懂沒關係，看圖就行。每個步驟都是彩圖，很詳細，就算一般的步驟圖也都畫得很清楚，我常抱著那堆書看了又看，看不懂就再看，多看，慢慢發現很多東西做法都大同小異，我看了以後基本知道大概做法，除非特別複雜的，在腦子裡先做一遍，不明白就找資料，繼續研究。後來電子書大熱，我就下載了好多電子書，看著裡面漂亮的作品，手癢心癢。

歐洲和日本的拼布風格有差異，一、在顏色方面，歐洲的對比強烈，日本的素雅。二、在圖譜方面，歐洲的搭配更自由，而日本的重複多一些。三、日本對細節更注重，歐洲的則講究效率及整體風格。我還在一本書上看到了當年風華正好的女明星山口百惠嫁人隱退之後精心做的拼布作品，像她一樣秀明靜逸，她拜日本著名拼布大師鷲澤鈴子爲師，作品還參加了國際拼布展。

拼布的魅力之一就是能夠充分利用一些閒散的時間，哪怕只有十幾分鐘。不僅是爲了完成一件作品，更可以恬靜地度過片刻時光。最初我做過一些杯墊、小餐桌布之類的，參考了書裡的色調明暗、深淺及布樣的大小，初期針腳不夠細密，後來發現只要保持針腳之間的距離相等就可以。後來，在不知不覺間，對布塊的花樣組合越來越有興趣，再一針一針地縫合這些布塊。

前幾天看了日本拼布通信一八六期，一下子就喜歡上了古澤惠美子的刺繡拼布，加上壓線組合的小壁掛，這幾天有空的時候一直在臨摹。不過，後來聽說隨著日本拼布通信社的結業，這可能也將是最後一期雜誌了。消息有點突然，原來以爲在日本拼布算是常青類行業，令人有點始終沒有躲過此劫的感覺，突然覺得愛惜手藝是很孤獨的一件事，讓人有點空落落的，手工藝的傳承會怎麼走下去呢？昨天我平時用的日本線沒了，去商場時意外買到一卷希臘手縫線，也可做拼布壓線，感覺品質還不錯，線也是漿過的，還沒試過不知道縫起來怎樣。不知上面爲什麼印上了德文，害我一開始還以爲是德國線哩。

拼布教室的老師是一對在日本生活多年的夫妻，所有布料和工具都來自日本。教室裡到處堆積著各種好看的花布和拼布作品，牆上的掛毯也是拼布做成的，那一隻隻蝴蝶是如此立體，有欲飛之感。還有一塊桌布是用毛氈和拼布結合出來的向日葵，最有意思的是他們還給自己的那輛汽車用拼布做了罩子，實用又可愛。

女老師還讓我們看了她平時用的那個私物小包，全部手工縫製，雅致的外表與內裡的絢爛形成強烈對比，織帶是日本OCT新出的花色，旁邊的蕾絲小花點綴了七彩小珠子做出露珠的效果，內裡是美國VB專用手工拼布面料，用嫩綠色DMC繡線包邊，扣子是不規則金屬造型，讓人愛不釋手。

老師說她做這個小小的拼布包用了差不多二十多天的時間。確實，拼布太費功夫了，全手工壓線就是這麼耗時間。她說，在日本人們都知道，沒有救命之恩的話就不要問朋友要全手工的拼布毯，一米大的拼布毯一般要花上兩三年的時間。除非對方對我有救命之恩，否則誰都捨不得送人的。

她還說日本北海道的農產之鄉美瑛，那裡的馬鈴薯和小麥品質很好，農田如波浪般展開，被稱爲日本最美的農田，一般的旅行團只能經過，不能停車，遼闊的田野丘陵上各種花草綿延著有如拼布圖案一般，是著名的「拼布之路」，景色動人。大家都聽得很開心。

她接著說，耶誕節快到了，我們今天教大家做一些聖誕禮物。在美國有一首古老的童謠，叫做「耶誕節的十二天」。整首童謠列了一個長長的聖誕禮物清單，從一棵梨樹，到三隻法國母雞，到五個金戒指，再到八個擠奶女工，還有十二個擊鼓的鼓手，所有都是聖誕願望，也是節日期間表達愛的方式。我們這期課程就來用拼布做聖誕樹、聖誕果、聖誕帽、聖誕風包包、聖誕烤箱手套、聖誕襪……我們拿出了各自的拼布工具包。我的工具包有七個空格，有三個帶拉鍊的，把小的東西放進去也不擔心會丟掉，可以放拆線器，還有手工割線器的工具。打開後線軸、剪刀、針插、頂針一應俱全，看著就已經開心甜蜜如陌上花開。

女老師說，一個好的拼布作品首先基本功一定要過關，即使針距達不到一公分三針，也要儘量讓它均勻。另外，特別重要的一點就是還要試著在做的過程中給你的作品加上你的體溫，讓看到它的人都怦然心動，就像是冬天在一片雪白裡突然瞥見一點剛萌發的綠一樣。每個人做這件事的時候，要平靜得像曼殊院的庭園。庭院裡某個角落梵音繚繞，我們靜靜地跪坐著，看著眼前的景致，聽著這些讓人身心安靜的聲音，內心平靜得像清晨的湖水一樣毫無一絲欲望的波紋，感覺日子過得像朵花一樣。

初冬的陽光，明媚得恰到好處，透過玻璃照到指甲上，指甲成了透明的粉色，像上等的芙蓉石。陽光像羽毛慢慢劃過，爲一雙雙手雕琢心情，此處彌漫著莫札特的第四十號交響曲的歡愉。光影在我們的臉上躍動，像我們追逐著它似的。我們一針一線，一點點，一點點，像蝸牛一樣，慢慢的，慢慢的度過這說快也快說慢也慢的時光。它像水一般從身上流過，我們身在水中，不覺水流。

一位老和尚與小和尚走到溪邊，老和尚問：「要如何知道這水有多深？」小和尚百思不得其解。於是老和尚把小和尚丟到溪裡，讓他用自己的身高去量。

遠處出現了一個舞臺，一段《低吹沙》的舞蹈浮光掠影而來。「低吹沙」這靈感來自氣象學名詞 Drifting sand，是指風將沙粒吹揚到水平視線以下的高度，但對水平能見度沒有什麼明顯影響的一種天氣現象。不同于沙塵暴的強勢，「低吹沙」像埋伏在自然界裡的暗流，用最柔軟的身段改變了大自然的地貌。白沙漫流，男女共舞，共融出「沙畫」般的感覺。沒有攻擊的姿態，卻時時刻刻緩慢前進，沙隨風舞，彼此共生，人類的本能將熱情轉化爲創造，用緩慢如「低吹沙」的步伐，靈活而和悅的身姿，輕輕述說，改變了生存的環境。而世界也總是在遠景清澈的情境中，被漂沙的暗流緩緩地溢向大地，再飄向天際的四方。

有些日子丟失了，那也是融化在人群裡的美好女子，白沙目送她沿途美麗下去，嫁給別人。

小池告訴我她和小馬結婚的消息時他們已經分居一個多月了。

我說：「啊？」

她說：「那段時間天天和各種富豪相親，我已經痲木了，都快患上『輕度交流障礙症』了。而且我發現這些人基本上就這幾類，單身藏獒型，就是忠誠專一但是脾氣暴躁；單身金毛型，殺馬特造型怪異神經質；單身拉布拉多型，看上去老實聽話毫無個性，有時蔫壞砸砸傢俱；單身阿拉斯加型，過於黏人，老得讓人陪著的；還有最多的一種是單身哈士奇型，過分放縱不計後果，凡事以他高興爲原則的。我媽媽說有錢的單身男士都這樣，還說他們的性格問題至少有一半是可以通過冷水擦身、器械體操、規律的生活糾正的。可我覺得要是有那麼多事情來煩擾婚姻的話，心太累了，而且根本不想被治好的病人也沒資格當眞正的病人啊。我擔心最後著火的人是我，撲火的人還是我。他們身邊的人都臣服於他們的光芒，我可以任性的機會簡直少得可憐。富豪的富有程度超過了他們的理智和品位以後，他身邊人的日子就不好過了。我媽媽現在的生意做得還不錯，她心情還好。再說，我又不是沒見過錢的人。

這時，我腦子裡爲小池準備的臺詞是這樣：我覺得我本來也還是可以忍受一些小小的黑暗的，因爲我發現那些富豪的陽光會讓我變得荒涼起來。我那天看布列松的攝影集，他說他偏愛黑白攝影，喜愛萊卡、135 相機和 50mm 標準鏡頭，他反對使用閃光燈，認爲干涉現場光線是愚蠢的，我也想把這些光從生活裡一點點抽去。

「小馬凡事依我，而且他還很愛讀書。那次他還買了《數學之美》給我，比《啊哈，靈機一動》更生動，那些天過得挺『煞有介事』的。」

我剛想說話，小池繼續說：「後來有一天，他說送我一件禮物，我打開一看，是個毛筆，他說這叫『結髮筆』，原來，他把我平時掉在枕頭上的、梳粧檯上的頭髮一根根收集起來，又混合上他的頭髮製成了這支筆，在筆桿上還刻上了古詩的句子：「結髮爲夫婦，恩愛兩不疑。」他說這支筆的天生靈性會讓青絲伴紅線，相愛的人兩不離分。

他的眼神憨直熾烈，請我嫁給他，我得說我當時又感動又矛盾，不知怎麼辦。我覺得我本來已經想好要過平靜安詳的生活，和我的愛人過平凡夫妻的日子，可是當這一刻就到眼前的時候，我站在梳妝檯前手像個帕金森患者一樣眞的沒辦法畫眼線，這個人眞的是他嗎？我們眞的合適嗎？……

可還能有誰呢？有時我覺得我精神層面的東西太過豐富，但又是俗世裡的俗人，我總不能成爲精神病人吧？有多少人根本不關心世界，還不是很接地氣的活著？就不能做一個水汪汪的現實主義者嗎？日出日落，一心一意？

我把眼線筆往桌子上一扔，大喊了一聲：「沒什麼大不了的。好吧。」我撲向他，小馬像網球運動員接住回彈的球一樣接住了我。那天天氣很熱，我眞希望那一刻突然降溫，能把那一刻凍住就好了。」

我說：「你終於告一段落了，你這麼說來，太陽笑眯眯的，時光靜好啊，後來又是怎麼回事呢？好長一段時間都沒你消息，打你手機可也都是關機狀態哦。」

小池說：「我們結婚的時候沒舉辦婚宴，就和親戚們說去旅行結婚了，免得他們打電話東問西問的，再說我也想過過安靜的二人生活，手機那段時間就沒開。小馬搬到了我家來住，我們把房子佈置成花房一樣，色彩可豐富了，暖得讓每個日子都能飽滿起來，走在房裡腳步都飄飄然。

本來這日子也挺平靜的，只是那天不是快到十一假期了嗎，我媽媽跟我說，既然你已經嫁給了小馬，我也不再說什麼了。不過以後我可幫不了你們，你現在有老公了，他就是你的依靠，我以後每月不再給你零用錢了，你自己該去找份工作。另外你要學會培養自己的老公，指望他掙很多錢不太可能了，但他可以在仕途上發展啊。你們去買些東西，趁過節讓他給領導家裡送點禮，和領導關係好了才有提拔的機會啊。我覺得我媽媽說得有道理，而且我確實也不想在經濟上總依賴她，她做生意不容易，喝酒把胃都喝壞了，今年身體一直不好。

那些天我投了好多份簡歷，白天忙著去面試。「十一」前一天晚上，我把買好的東西交給小馬，讓他送過去，他說，我還眞沒給領導送過什麼禮，去了都不知道該說什麼，再說人家要不收怎麼辦呢？多不好意思啊。我跟他說我媽媽說領導哪有不收禮的啊？再說這只不過是一些酒啊吃的什麼的，一點薄禮，表明心意而已，你表現得自然一點，寒暄寒暄就回來吧。」

小馬拿著東西走了，我一個人在家繼續在網上投簡歷，到很晚了，小丁還沒回來，我打電話過去，他說正和一個大學同學在喝茶，過會就回來。快十二點的時候，小馬才到家。我問他怎麼這麼晚？他說回來的路上一個大學同學正好給他打電話，約見面，他就去了，聊了一會才知道這個同學前幾天失業了，心情沮喪，不想回家，還請小馬幫忙介紹工作。我說那你去送禮，和領導聊得怎麼樣？他說，哦，我沒進去，把東西放在他家門口我就走了，路上給領導發了短信，請他把東西拿進去。

我一聽當時就氣得從床上跳起，一個飛踢踹碎燈管那種！恨不得在他頭上啃一口，我像恐龍一樣鼻子冒煙嘴巴噴火：「你這個人怎麼回事？這麼簡單的事都辦不好，你見到比你混得好的人就緊張，你是不是只能和比你差的人才能來往啊？可他們有什麼用啊？能幫你什麼呢？……」

我開始除了煩躁還是煩躁，喋喋不休地數落他，說話快得像 rap 一樣，我自己也不知道說了多久，小馬一直一言不發地站著，我看了更生氣，問他爲什麼不說話，是不是想消極抵抗啊？他說，我說話太快了，他感覺就像坐在超速電梯裡，快得像自由落體似的讓人耳鳴不敢說話。後來我都不知道自己說了多久，天都快亮了，我說累了就開始哭，哭得像個野貓，他就不斷地給我遞紙、遞水。

小池停了一下，對我說：「你說人和人之間互相理解怎麼那麼難啊，科學家不是都得出結論了嗎，他們對心靈感知的距離進行了分類，一般人在公共空間裡三・六米就可以感知彼此，素未謀面的陌生人之間是在一・二—三・六公尺，親人之間是〇・五—一・二公尺，眞正有默契的男女心理感應距離是〇・五公尺以內，可我當時怎麼感覺我和他隔著千山萬水啊？」

我說：「這個只能慢慢來吧，馴夫，那可是任重道遠的事。昨天我還在網上看到一篇帖子叫《如何成功營造怕老婆的假像》，你看那麼多漂亮的女明星嫁給了長得像影迷似的男人，他們可比那些女明星的演技更到位啊。要讓老公心服口服地按你的劇本念臺詞，需要連續性的微調。不過道理都明白，我其實也是紙上談兵，所以對應那個網上的帖子，我現在倒是想起一本書咱們該看看《難以捉摸的革命：學生造反剖析》，學習點逆向思維，知己知彼吧。」

小池說：「你過得多好啊，安理那麼寵著你，你還不知足啊？」

我說：「是挺好的，不過如果他可以再怪些、再不可思議一些、再帕索里尼一些，可能更好吧。」

小池說：「你這叫身在福中不知福，帕索里尼這種人，像野獸一樣，還是個同性戀，你怎麼會這樣想呢？」

我說：「這與性向無關，我只是覺得很多可靠的事其實都是由不可靠的人做出來的，那種人身上會有一種力求抹去痕跡的痕跡，安理的皺褶的走向太過平穩，很難形成『不系統的思想』啊。」

小池說：「我懂你的意思，但對我來說，這恰恰是安全的，怎麼說呢，重劍無鋒吧，不像小馬還總是那麼孩子氣。那天後來我就是被他的孩子氣搞得歇斯底里了。」

我說：「哈哈，後面的情節你怎麼設置的啊？」

小池說：「後來小馬說，你說累了，就好好休息吧，別氣壞了身體，再說對皮膚也不好啊。他說，他從小就特怕老師，在學校見到老師都繞著走。前幾天他和領導一起出差，在飛機上，他本來和領導坐同一排飛機，其實他也想借機和領導聊聊天聯絡感情，可是枯坐了半天也沒想出來該和領導聊點什麼。覺得好像說什麼都是廢話，都是明知故問似的。可一直不說話又覺得特尷尬，後來他看到後面還有一些空位，就找了個藉口去後面睡覺了。我聽完簡直是無言以對，不過比剛才平靜多了，說：我懶得再聽你說了，我要休息了。」

結果小馬倒突然興奮起來，他說：「最近銀行推出了公務員信用貸款業務，咱們可以貸款做好多事，買房，買車，連生孩子的事也不用太擔心了，反正可以先在銀行抵押，咱們還可以貸款去旅遊呢。」

我一聽剛消下去的氣又舊火重燃：「你沒有腦子啊，你比兩頭豬還笨！一頭豬已經不能形容你的笨了！難道貸款不要還的嗎？你還貸款旅遊？真夠新鮮的，我還怕住在外邊的酒店做噩夢呢。」

小馬反過來倒開始教訓我：「你這個人怎麼說話這麼刻薄呀，原來的浪漫都跑哪去了？」

我一聽，下床就開始收拾東西，拿了幾件衣服和護膚品就往外走。他一直攔著我，但我下定決心一定要走，他知道攔也沒用。

這些天我一直住在我媽媽家裡呢，他每次打來電話我都不接，後來就老發短信讓我回去，我要麼不回信，要麼就回兩個字「面壁」。我現在每天都出去玩，然後在朋友圈曬美食、美酒、美景，昨晚我還發了一張我的朋友吳總的太太的圖，昨晚我們開party時，她仰著頭，張著嘴坐在那裡打鼾，我發完圖還寫了一句：「那可是上流社會的自信啊。」故意氣小馬。過了一會他果然在下麵評了一條：「那裡充滿了『僞大人物』，嘿嘿。」

我給他回了個「豬頭」的表情！不過，不知怎麼我發現我現在對那些人確實好像也有點說不清的感覺。昨晚還來了個香港二線女明星，不知是不是因爲外面天冷把她臉上的填充物都凍住了，進來的時候，覺得她的臉好像不能有效控制，總在假笑似的。其實我發現好多香港女明星的氣質都是那種在猥瑣的富豪男人間遊蕩出來後重返人間松了口氣的那種。不過大陸的富豪就更別說了，除了吃吃飯喝喝酒再沒有別的生活。聽個爵士樂就以爲自己高雅得不行了，一跳舞連個節奏都踩不上，甚至連看電影的習慣都沒有，完全是溫飽文化路線。」

我說：「這已經是一種常態了，不過大家已經是盡力模仿了，哈哈。」

小池說：「唉，我這人就是高不成低不就的性格，連我自己都頭疼。」

我說：「你呀，這才叫『方離柳塢，乍出花房』，離開小馬開始不習慣了。」

小池說：「我也確實不想在我媽媽那邊住了，她整天嘮叨我，說我結婚太草率，太過任性。可她不知道我就像那首歌唱的『在圍繞太陽公轉了九十圈後，我沒有遺憾，也沒有更多野心了。』」

她一邊輕輕地用手背拍著下頷，說這樣可以防止長雙下巴，一邊嘟著嘴說：「結婚時我曾對小馬說，有個感情專家曾經建議過，夫妻雙方應常送一些小禮物給對方，這樣有利於愛情的保濕。而且還證實說四十三天時送愛情禮物是最佳時間的間隔，每隔四十三天送小禮物給對方，可以讓愛情經常充滿小小驚喜。我和小馬都覺得這個方法挺好的，也會爲對方精心準備。這次我們分開還有兩天就四十三天了，誰知道他會怎樣呢？」

我突然向小池擠了擠眼睛，說：「你想不想和他玩玩啊？」

小池說：「怎麼玩？」

我翻了一本地理書，複印了一張紙，上面是一篇目錄：

天堂是座島，地獄也是。

北冰洋

孤獨島熊島魯道夫島

大西洋

……

印度洋

……

太平洋

……

南冰洋

……

後記：我都想去。

小池拍了照片，給小馬發了微信過去。

我說：「還得再寫幾句，煽情的。」

小池說：「哦，這個我會。」她打了幾行字，發了過去，把手機遞給我看：

「送你蘋果會腐爛，送你玫瑰會枯萎，送你葡萄會壓壞，給你我的淚水。」

看完後，我倆笑作一團，小池隨即把手機關掉了，她說讓他體會一下綿延的行板吧。她一邊從隨身帶著的「百寶箱」裡拿出各種補血、補腦、補鈣之類的東西吃起來，一邊說：「有時想想，真不知道人什麼時候才能徹底地從物質的壓力下解脫出來啊？那天我一個在研究所工作的同學還和我說呢，隨著地球頻率的提升，現在所有地球人的基因結構都在升級中。不過每個人的進度不一樣，能夠隨地球一起提升到五次元的人基因會在未來十年左右建立二十六條，然後在新地球繼續建立到三十六條。其中有一條就是心靈感應的能力，直接通過意念溝通，可以把源頭能力和氧氣直接轉化為有機物，到那時身體根本就不需要食物了。還有一條說是變形能力，這種能力可以把自己或者其他東西分解重組成任何形式和樣子，也就意味著用意念創造的能力，所以每個人想變成誰的樣子以及什麼樣子都可以。這樣也不會造成社會秩序混亂，因為大家都是通過靈的能量鑒別彼此的，而不是通過長相。人們不再有衰老和死亡的概念，因為你想變得多年輕都可以。這段體驗，結束的時候把身體分解掉就可以了，你說，人要真能那樣該多好啊，每天都能無憂無慮的。」

我說：「是啊，而且最好還能讓男人像雄海馬一樣可以替母海馬懷孕。」我端起一杯抹茶霜淇淋大聲說：「讓科學來得更猛烈些吧！」

英國媒體報導說，明年就可以擁有屬於自己的性愛機器人了。以後「性愛科技」產業發展會很迅猛，機器人性愛（Robophilia）會變得很普遍，未來與機器人戀愛，進行性愛不可避免，聽說妓院和脫衣舞夜總會都躍躍欲試準備搶先引入呢。

小池說：「啊！天啊，這都是多麼無情的事物！」她舉起雙手說：「『什麼樣的聲音，被我關閉在調和的耳朵之外，什麼樣的想法，像影響幽居新娘的蕩婦！』我無法想像以後的婚姻生活什麼樣子。我媽媽說，婚後第一年，還看不出來呢，因爲這時候你不是你，你是你自己的形象大使，這時候的吵吵鬧鬧基本都是用來醒酒的。幾年之後再珍貴的天使也會變得像一把鴨毛一樣平淡，愛情保鮮，那是千古難題。」

我說：「那就先不想了唄，別人解決不了的問題咱們也一樣解決不了。不過有一點，我覺得經常回憶第一次見到對方的場景好像對我還挺有效的，就是把那種感覺當成畫畫時的基本造型。就像至上主義藝術一樣，它的基本造型都源自於方形，長方形是方形的延伸，圓形是方形的自轉，十字型是方型的垂直于水準交叉。至於具體的情況，只能試著做，沒有什麼固定的方法，搞著搞著才有方法，大概搞本身，才是方法。而且，有時也不必去想不開心了怎麼辦，咱們都應該在家裡牆上貼個紙條：『再也沒有像不開心那麼有趣的事了。』哈哈，因爲我發現，其實我們有的時候不再與大部分人談論感情的原因，是因爲發現他們根本就不關心，他們只是想讓你坦白，讓你把經歷的一切都說出來，去愉悅他們。所以，咱們也得學習一下怎麼瞞著蚊子睡覺。」

不過，不開心的事很快就發生在我和安理之間了。安理要去日本大阪開會，他讓我也一起去玩玩。大阪以前我去過幾次，不覺得有什麼特別，而且公司最近有幾個項目都到了攻堅階段，我要關注進度以免節外生枝。不過漢佳跟我說，大阪的「飛田新地」很特別，你去過嗎？我說沒去過。她說那裡很好玩，是日本古老「妓院」的保留之地，不過得安排當地的朋友帶我們去。我頓生好奇，特意去網上查了一下，發現資料不多，很想去一探究竟，就和安理買了去大阪的票，想看完後我第二天就先返回。

到了大阪，我們吃過晚飯，漢佳安排的當地的朋友小羅說我最好到房間去換一下衣服，或者披一件男士外套，這樣去那個地方會比較安全。我和安理回到房間，我穿上了安理大大的深色外衣，又帶上了他的圍巾、帽子，包裹得只剩兩隻眼睛，像俄羅斯套娃。出門前，我讓安理開完會後到街邊的店裡買幾張日本 AV 女優的碟片回來看，他不情願地說，「我覺得咱們根本不需要借助這些……」沒等他說完，我就笑著說：「知道了，知道了，你的情慾觀一直不就是那四句嗎：『昔宿不梳頭，絲發披兩肩，婉伸郎膝上，何處不可憐。』可是調劑一下也未嘗不可啊。」

安理終於答應說他去看看。

小羅是青島人，來日本讀了幾年書，才出來工作不久，平時在東京上班。我們上了一輛計程車，他在車上向我介紹說，「飛田新地」作爲玩樂之地已經有三百年的歷史了，至大正年最興旺，目前大阪政府作爲歷史文化遺傳把它保留下來了。日本法律是禁止賣淫的，而這裡卻是特許的，二戰時，好多反戰的日本文藝青年也委身於此，住在紅燈區附近的小公寓裡，在他們的作品裡把「飛田新地」快寫成人間天堂了。日本和咱們中國有一點不同，這裡大多數的建築物每二十年就要推倒重建，「飛田新地」從建築學角度看可謂是大阪保存最好的區域，不過那裡基本是黑社會控制，過會走在街上一定要小心，而且千萬別拍照，被人看到，一喊叫，那麻煩就大了。而且這個地方不歡迎女人來看，讓那些女孩子看到會特別不高興的。

車子開到了一條有些陰暗的街角處停了下來，冷冽的巷弄裡人煙稀少。我發現這條街上的房子都是一間緊接一間的雙層樓式建築，每個店鋪都是獨立的，門口有白色廣告燈，那是店名。店鋪之間街道很窄，從這裡走過，空氣中透著寒氣，腳下的步伐聲顯得格外響。

每戶敞開的大門前都坐著一位婆婆，裡頭清一色擺放著一張屏風，這是店鋪的外景，也可以說是全部。中間有靠背，單人沙發是女孩坐的，她們看上去也就二十歲左右，個個臉龐可人，美貌不輸明星。天氣寒冷，左右兩隻煤油爐保護著她們，即使穿著暴露，也不至於受凍。粉色燈光下，她們露出巧笑倩兮的表情，有的穿著可愛的低胸洋裝，有的身裹衣不蔽體半扯下的和服，有的穿學生裝、蘿莉裝，也有的把自己打扮得像公主或女王，無一不露出那青春白皙的乳房或乳白豐潤的大腿，還有的則是戴起了護士帽，對著行人輕輕上下撫摸她手中的粗大針筒。婆婆坐在女孩的左邊，一般客人不得和女孩直接交談，婆婆和客人談好價格後，女孩子帶客人上樓。街角站著幾個穿黑色風衣，戴黑色帽子的人，他們不時在街上來回走著，讓人有種莫名的緊張。

那些女孩大概還是從體態上能辨認出我的性別，有的向我伸出了中指，有的目露凶光嘴裡還喋喋不休。

小羅說：「很少有女人到這裡來，我們也別在這裡逗留太久吧，免得惹麻煩。」

我和小羅開玩笑說：「你這麼遠從東京過來，別光爲陪我，這裡的女孩這麼漂亮，比平時大街上看到的日本女孩漂亮多了，你要想消費請隨意啊，我在外面等你就好了。」

小羅說：「不了，我以前上學的時候就來過好幾次了，畢業找工作的時候，我糾結了很久，一直舉棋不定到底是留在東京還是大阪，最後還是決定留在東京。因爲我想明白了，如果我選擇了大阪，最終可能一分錢存款都留不下，得全扔在這條街上了。」

我捂著嘴笑了起來，想到了「欲念冰凍，夜色放縱」這句歌詞，然後我又壓低了帽簷，儘量把脖子縮起來，像忍者神龜一樣。之後小羅又帶我去了附近另一條熟女街，這裡的女人年齡都比較大，當然價格也就低一些。她們的眼神多少總讓人覺得有幾分哀淒。這讓我想起以前在里斯本的法朵博物館參觀時，館長Sara 告訴我們：法朵被稱做葡萄牙怨曲，它是妓女的歌。這些妓女當時居住在阿爾法瑪區，這些貧窮的女人爲討好男人而獻唱，動了情，便唱悲傷的命運和拋棄了自己的男人。這是一種用極壓抑的力量發洩出來的歌聲，最放得開的時候也最悲涼，一開口，就是數十年的歲月滔滔。

回到酒店，安理已經在房間裡了。我把外衣脫下來，對他說：「你今天眞應該一起去看看，那些女孩的姿色果然名不虛傳啊。」

安理剛洗過澡，邊吹頭髮邊說：「我就看你就行了，對其他女人沒什麼興趣。」

我說：「哈哈，男人都會這麼說，你們是不是覺得女人是故意說那些話給男人聽的，這在你們眼裡代表女人饑餓，就覺得這麼回答可以餵飽她啊。」

安理說：「我覺得你挺適合當詩人的。」

我說：「爲什麼？」

他說：「什麼事你都盡可能地深入去想，然後碰壁，撞上你想像中的壁壘。」

我感覺到了兩人話語中的一絲寒意，泡了兩包隨身帶的安神茶，說：「我覺得那不是壁壘，那是精神和物質的中間點。」

安理說：「對呀，你喜歡置身在一場場哲學性的僵局裡，還要讓這種空洞變得讓人激動。別人呢，無論如何都得配合你，從語言到表情，否則你就會深度失落。」

我歪著頭，看著他說：「你怎麼了？我不過隨便說說，你知道，我其實每天光跟自己周旋就已經筋疲力盡了，哪有精力再消化觀眾的反應啊？我一直都是那種勤奮工作然後勤奮地在工作之外腐朽的人呀，我和生活之間本來就是情色的狂歡的關係啊。」

安理歎了一口氣，說：「情色是情色，色情是色情，這中間還是有區別的。你今天讓我去那些AV碟片店，我去看了，太噁心了，全是性虐待、獸交、同性戀，甚至還摻雜排泄物，光看封面就夠了。日本人現在整天都在想什麼？無聊不無聊？整天輸出這些低俗的東西，像個老妓女一樣髒兮兮的，我今天就不該看到這些變態的東西，噁心到家了。」

我把茶遞給他，說：「你想得也太嚴重了吧？變態不變態也不能一概而論吧，就像好多作家頭腦其實挺平凡的，但表現得像個野人；有一些則是表現得正常，但內心卻是變態的。」

安理說：「那我還是看起來像野人好了。」

我說：「我覺得男人就是要儒雅加暴力才特別性感，色情與情色疊加在一起，色情滿足的是本能，情色賦予了想像，不是挺有意思的嗎？可惜你這個人就是不喜歡性幻想。」

安理說：「誰說我不喜歡？我的性幻想對象就是你，我覺得想別人都沒有想你更刺激，這是眞的，只是我每次說你都不相信罷了。」

我說：「其實我也不是不相信，我只是希望我們的關係能更多樣、更複雜、更龐大，還能彼此相連。」

安理搖了搖頭說：「你就是那些方面的書和電影看得太多了，才受到這些影響，其實愛和性都沒那麼複雜，它們的存在已經是答案了，可你就是要把它們想像成質疑自己生命的那個部分。」

我翻了翻眼睛，說：「你這種所謂我看得太多會受到影響的說法，坦白地說，我覺得是十足的白癡理論啊，事實上，正是因爲看得太少，人才會有被影響的危險。看得多了，就能夠選擇你希望被它影響的作品，而且有的時候這些選擇也不是有意識的，但是總有一些事物遠比我們自身更有力，更深刻地影響著我們。好多事情不就是因爲多少次的用力過猛，最後才能換來那麼幾次收放自如嗎？這是一種說不出個所以然的力量。」

安理靠在沙發上，略顯疲憊地說：「我又不是說完全不看，我自己也看啊，美國的馬斯特斯和約翰遜兩個人合寫的什麼《人類性反應》、《人類性障礙》、《歡愉的紐帶》、《人類之性》，我也都看過。上世紀六十年代的十年間，人們最關注的是性問題，他們的研究成果——《人類性反應》一出版，兩人立刻就變成了名人，至少，他們就像寶潔公司或者金邊臣香煙一樣令人印象深刻。他們的書正好抓住了性革命這一時代性的話題。不過，分分秒秒仔細觀察得來的性交機制結果卻用艱澀的醫學專業術語撰寫出來，馬斯特斯在傳記中也承認，他有意把這本書寫得學究氣十足而且生硬乏味，所以這本書才成了人們買得最多但讀得最少的一本書。不過我覺得，愛和性出於本然，太多的解讀和模仿會產生異化，異化的本質就是選擇了知識卻忘記了生命。有些問題怎麼說呢？眞的是沒辦法的，愛和性可以說是問題中的問題，在所有問題中，它們最神秘，最普遍，也最遙遠。所以，不必徒勞，保持心跳就好。月亮如果想做夢，自己會轉動它的齒輪，不會爲別人的一些看法改變自己的態度。五十多年前，美國一個末日教派向信徒宣稱上帝的旨意：一年之後，洪水將摧毀世界，而超自然力量將接他們前往新世界。事情當然沒有發生，但是那些爲此而變賣家產損失慘重的信徒卻更加堅定了自己的信仰：『是我們的奉獻和虔誠，感動了上帝並改變了他老人家的想法。』這個案例，被錄入了費斯汀格提出的認識失調理論，我看你再這麼想下去，也快有進教科書的趨勢了。」

我沉默了一會，把房間裡的音樂打開，房間裡飄蕩著大衛．鮑伊的《Heroes》。這位「搖滾變色龍」前幾天剛離世，現在全世界幾乎到處都是他的那雙「妖瞳」。他那個年代的瘋狂，無所顧忌的個性解放以及他的魅力永在的雌雄同體，還有他的牙齒……哦，對了，我不想把氣氛搞得太嚴肅了，（如果情人之間談話就像談判一樣有什麼意思呢，安理不也常常這樣對我說嗎？）就說：「最近國外有個藝術家說因爲買不起昂貴的搖滾名人紀念品，就決定自己做一個。他用假牙、樹脂、石膏和丙烯顏料自己複製了大衛．鮑伊那口參差不齊的牙齒。最好玩的是，這些假牙並不是按照這位「白瘦」公爵的牙齒翻模製作的，而是參考了很多照片通過手工鑄模做出來的，實在是太厲害了！」

「來，讓我看看你的牙齒齊不齊。」

我坐在安理的懷裡，假裝伸手要撬開他的嘴，安理笑了，露出了雪白的整齊的牙齒，他摟著我，親吻著我的頭髮，委屈地說：「都怪你剛才非讓我去到那些店裡，說實話看了那些不堪入目的封面，我到現在都不舒服，今晚我大概會性無能了。」

我站了起來，在鏡子前扭動了幾下身體，對安理說：「前幾天我還看了翠西．艾敏的一個視頻，她把她所畫的女性手淫圖製成了動態的序列圖像，表現那些受愛情之苦的人們。有人說這是對席勒的骯髒致敬，哈哈，可能因爲她比席勒的線條更神經質吧，對比強烈的色彩營造出的詭異而激烈的畫面更令人震撼，可是那也是充滿詩意的作品，因爲它表現了更眞實的寂寞。」

我開始慢慢地往臉上貼金箔面膜，接著說：「你可能覺得這些人都是在人的感情領域裡播撒一些令人不安的種子，她們醜陋的深刻，或者也可能是深刻的醜陋，或者也可能什麼都不是，讓每個觀看者都明晃晃地受到潛在的羞辱。但是，齷齪的東西雖然令人不適，卻往往也能折射出粗暴的眞誠，就像蘋果核裡的蟲子。有人曾經研究過日本人閃閃發光的衛生間，就像日本俳句一樣有種特別接地氣的優美。要達到這種程度，除了始終得保持神一樣的潔淨感之外，怎麼把衛生間裡雜七雜八的東西歸納起來那可是一個技術難點。他們只是把一些不適合於見人的東西放在一個特殊的地方來處理了。把眞實的性格當成外衣一樣熟練地穿穿脫脫，你不覺得這也是種叫人嚮往的存在嗎？我倒是覺得挺好的。荒木經惟拍了那麼多限制級作品，雖然也飽受批評，不過他說比起很多人，他的情慾比較弱，但他的鏡頭永遠勃起。我覺得他已經把瘋狂拍到了那種接近澄清的程度了。日本有一種職業就是繩束師，教人怎樣對自己或者別人進行捆綁。捆綁的方式據說有上百種，特別適合喜歡虐戀的人，哇！」

我一邊說一邊手舞足蹈。

安理用力握住我的手說：「寶貝，就是寵你的人太多了，你才喜歡這些虐戀之類的，好東西對你來說已不足爲奇，要好到扭曲才行。你這個人的性格有時眞的像吉普賽人一樣，要麼會懷疑人千萬遍，要麼身家性命都交給人家，在你不過都是轉念之間的事。我都很吃驚你居然會做生意，而且還做得那麼好。我現在發現做生意眞的不容易，需要平衡各方面的關係，但是像你這樣在生意場上順風順水的女人是不是就更需要一些失衡的喜悅？」

安理一邊整理今天晚上的會議資料，一邊說：「不過我也承認身體的多變性，巴爾扎克在《論現代興奮劑》裡探討了身體的變化，觀察身體與精神的那種非神學聯繫，他一邊不忘讚美美好，一邊在暗地裡讚美過度過量的好處。不過我是覺得愛的世界本身就是美的，瘋狂的，有趣的，我爲什麼要人爲地去修飾它呢？對我來說這沒什麼意義，我們每個人都很瘋狂，只不過瘋狂的方式各不相同。」

（我的腦子閃過了法國導演蜜雪兒．德維爾最大膽的一部電影《都市仲夏夜》，兩個演員把難以簡單敘述的關係，在一個夜晚演繹成一段既黑暗、詭秘、平淡又內疚、緊張、深刻的情侶生活。他們是對手還是情侶？）

我有什麼都市流行病嗎？拖延症？臉盲症？密集恐懼症？無手機焦慮症？暴食症？嗜睡症？節後症候群？星期一症候群？不知道，也許都有一點，但據朋友們回饋，我平時看上去似乎有著一種風平浪靜般的無辜啊。而且如果沒有這些，那我就會心胸更狹窄了。

我對安理說：天眞歸天的，不歸我們，厭惡歸他的，不歸自己。收的容易，放的不知道能不能自如。何況我的愁都是自己找來的，內省癖看來也是個無趣的病，用音樂能治嗎？以中醫的「君臣佐使」的方劑配伍的原則來說，先用五輪眞弓的《戀人》做掩護，然後以貝多芬發起主攻，再招馬勒、蕭斯塔科維契從側翼迂回包抄，最後華格納再出來壯壯聲威，能不能藥到病除啊？這樣我就可以像蘇格蘭威士忌進了雪梨木桶一樣，呈現如你鐘意的那種文雅高貴、細膩柔美。其實就像你喜歡送我的潔白的馬蹄蓮，擺在窗臺上，在黃昏的光裡特別溫暖，我也喜歡，但是就像有人研究說，處於我們的音域之內的，以那種節奏接近人的心跳的音樂更容易打動人，兩個情人之間的密咒就是在連接著這種心跳，而且只有他們自己明白，別人是完全進入不了這個神秘系統的。就像『克萊因藍』一樣，那麼妖異卻又玄妙的藍色，像遊蕩在礁石中蠱惑人心的海妖塞壬，這個顏色受到專利保護，大眾無法得知配方，在 Pantone 色卡中，和

Tiffany&co的嬰兒藍一樣只提供編號。

安理沉默著。

過了一會，我說：「以前我也跟你說過，我可不想要英國法律規定的那種如果在大庭廣眾之下發誓，並做到一年之內不與妻子吵架，就可以從國庫裡領到一隻火腿的男人。最近我常想，愛，到底是什麼呢？對我來說究竟意味著什麼呢？在感情世界裡我一直就像是一隻沒頭的蒼蠅，有時明白，有時糊塗。也許對我來說，愛就是讓蒼蠅看到從捕蠅瓶裡飛出去的途徑。」

安理說：「你能確定你是愛一個人還是愛自己的觀念嗎？或許，你是不斷地在說明關於什麼是你覺得可愛的人、值得愛的人，而且你也很欣賞自己的說明。我倒想起很久以前的一個新聞說有個外國女人宣佈跟中國長城結婚，她不喜歡人類，偏偏喜歡各種雄偉的建築，埃及金字塔之類的都可以激發她的性慾。不過不知道她們之間有沒有你說的愛情密咒，如果眞有的話，我想大概就是她的雄偉老公會說：『請特別注意，攀登我的時候，不要將腳與腳同時抬起。哈哈。』」

我說：「密咒有時是表現爲一種性幻想。其實，在性之中，更多的可能是分離，而不是統一。從這個意義上來說我是不太相信靈肉合一這種說法的。」

安理有些詫異，我接著說：「我覺得性愛本來就是四個人的事情，我和你，我和想像中的他，你和想像中的她，快感帶著我們高飛，你遠離我，我遠離你，我和你的眞身是我們想像的他和她的載體，對我來說，這是一種圖像，這種想像的再現是由性幻想來完成的，這對我很重要。這有點像角色扮演，比如我可以模仿空姐，你可以模仿乘客，我們在床上類比他們的對話、表情、姿態。或者你也可以扮演一個古代的員外，我扮演丫環來做各種配合、挑逗、勾引，儘量有新意，兩個人都貢獻各種語言的強烈刺激，對女人來說，性愛其實不光是兩腿之間的事，更是兩耳之間的事。」

安理說：「我以前也聽你說過類似的想法。不過我得承認我的想像力可能眞的不夠，每次你設置一些情景說一些話的時候我都配合不上來，到頭來我最想說的還是『我愛你』。但是這個確實是我當時最眞實的想法啊。」

我說：「其實可以想像的情節很多啊，比如我會去想茴香眞的能幫助那些丈夫已經出軌了的女人嗎？這時我就把自己想像成一個幽怨而有野心的老婆，我會用她的心態、語言來設想怎樣讓丈夫回心轉意，還有，比如爲什麼栽培啤酒花的女工會在同一時間來月經？就可以想像她們和老公在生理期的性愛。還有蘭花的莖爲什麼能夠激發性慾？曼德拉草眞的長在絞刑架下，靠著被執行絞刑人的精液而生長嗎？光植物就能催發好多性幻想，腦子裡就可以編出好多故事，我覺得特別有意思，可以花樣百出。」

我取下臉上的面膜，往臉上拍打著精華液。

安理說：「我明白你的說法，美國歷史上第一個犯下重罪，卻無罪釋放的嫌疑犯威廉・密雷根就是一個多重人格分裂者。」

我撇了一下嘴說：「你覺得我的想法是一種變態，對嗎？」

安理說：「那倒也不是，但是像他那種人確實體內還有別的靈魂存在，他的身體裡有二十四個不同人格，他的每個人格都可以做不同事，有的是畫家，有的是槍手，有的是工程師，還有鼓手，有的還是同性戀，有的說流利的斯拉夫語，有的還會說著英式上流社會的英語，不過。」安理揉著我的頭說：「寶貝，你腦子裡想的東西太多了，這樣會不會太累啊，難道活著非要怎麼複雜怎麼來嗎？」

我說：「可是我不覺得複雜啊，我還沒說施虐和受虐呢。中國男人特別不喜歡談論這些，包括你也一樣。女人一說到這些，他們要麼覺得這個女人性史一定太複雜，要麼就是會認爲女人在懷疑他的性能力，自尊心莫名其妙地就受傷，其實我覺得很多事是男女之間可以去學習、模仿、溝通的。我前段時間看德勒茲寫的關於施虐——受虐的理論……」

我還沒有講完，安理已經疲憊地在沙發上睡著了。我看著他，突然想拿起個剪刀，「咔咔咔」把他的頭髮都剪掉，直接給他剃個光頭，然後拿筆在他的頭皮上畫出大腦各區域圖，清清楚楚地指示他大腦認知功能區域具體在哪個位置，再把每個部位都拍照留念然後發到他的朋友圈展示，哼哼。

我起來喝了一杯紅酒，骨鯁在喉。

那個晚上，爲了睡去，我一直醒著。

(四)

回到北京，我處理了一些公司的事情。漸漸地我發現，生意和藝術一樣都是羞澀的，若是想要更接近它一些，則需要撫慰和耐心的勸誘。當然，有時也並不知某些手法是否得當，就像惡與德完全是一種地方性觀念一樣，發明的規則其實也等於拒絕的規則。

如果金錢是盤中餐，通常來說，中國的北方人要吃到它是講究互相扶持的，南方人則講「愛拼才會贏」。

第一步當然首先要找到筷子，然後在身體和思想上保持可移動，這樣取食物會更便捷。筷子，可以說最能代表中國的設計，極簡風格，思維邏輯到使用方法都是極簡的。中國的筷子在商朝以前就有了，比包浩斯要早得多，不過，也許最好的設計都透著一種虛無感，就像窗外絡繹不絕飄飄灑灑的雪，此物如如，深意存焉。當然有時也需要把掠取食物的筷子演練得像一個眞正的暴徒一樣可以手到擒來。眞正的暴徒並不需要尋找敵人，所有的相、所有的有，都是他的敵人，包括一九六八年，全球化的起始之年。

此後經年，它讓和平與戰爭都變得不大可能，它夾起眾生，跋扈之姿像命運一樣無可逃避，像良心一樣毫無憐憫，我們誰也逃不掉，就像因必有果。一方面不值得提，一方面又無比重要。

如果我回南極當了企鵝，你回北極當了狗熊，這是不是一種圓滿生活呢？程頤認爲孔子不可能被《韶》樂迷惑三個月之久，那是因爲程頤不是音樂發燒友。不發燒的人，哪裡知道發燒者的瘋狂！

筷子，筷子！前幾天有一個國外的老男人在一分鐘內用筷子夾住十五塊從二米外飛來的棉花糖，載入了金氏世界紀錄。這個世界沉浸在客體性憧憬之中，我也憧憬著，那就是有一天可以參加一項國際賽事或者挑戰一項金氏世界紀錄，可以像我在看里希特的畫作時明確的感到一種完整而強烈的時間。

要不，就去申報我收藏的各式各樣的名貴的香水瓶？或者去訂做五百套香蕉形狀的衣服再組織人穿上這些衣服去奧林匹克公園？或是組織一次最多人數的裸體坐過山車？有人可以用牙刷頂著籃球二十六秒，聽著牙都酸了。還有，要不就比比吃吃喝喝？前兩年，美國佛羅里達州有一名嗜食洗滌用品的十九歲女孩，每週至少吃掉五塊肥皂才能「解饞」。這種狀態持續了六個月之後，她才鼓起勇氣去看醫生。後來，她被告知患上的是一種罕見的異食癖。醫生則認爲主要是由壓力造成的，她本人也認可這種說法，失戀給她造成了很大心理傷害和壓力，爲了緩解自己的痛苦，她將注意力轉向了肥皂之類的洗滌用品。她的媽媽發現女兒嗜食肥皂後，立刻讓她休學回家治療。我咽了咽口水，覺得胃不是很舒服。

我翻看著辦公桌上的商務雜誌，廣告頁上是 Kate Spade New York 最新推出的一款熱氣球形狀的手袋，以柔軟手感好的牛皮配上鍍金的裝飾鏈子連接底部的編織小籃子，可愛的造型和小巧輕盈的尺寸，在平時外出逛街或者是出席派對的時候都可以使用。細節圖顯示包包打開後有不小的空間可以擺放貼身物品，內部還有拉鍊設計。拿上這樣一個別致的手袋多有意思啊，我的腦子一瞬間閃現出「熱氣球」那個充滿了可愛銳利的激情的傢伙，它是個多麼有吸引力的玩具啊。

我請助理幫我報了一個熱氣球培訓中心，離北京有三個多小時的車程。我沒有告訴安理。

不知爲什麼，我覺得最近我們的關係正被一種難以捉摸的感覺淹沒，我也不能確定是不是已經進入「細節打敗愛情」的瓶頸。如果是，他是不是該去日本公司在中國開設的「待人接物教室」接受一下培訓？雖然他說他並不是我這樣的不可被分析一族，他說我這種人個性和本質之間的分歧程度是一種基礎的失落，一種統一的崩潰，一種湧動的尷尬和不知所措。

可能吧，我自己也說不清，但我確實經常需要遠離家人、朋友、同事和很多要求。我覺得那些東西會不自覺地迫使我向世界低下我的頭，所以我對他說過很多次我可不想成爲一個爲生活製作標本的人。我需要各種材料來解放想像力。

如安理說，規矩也不全是個壞東西，它像藥，在特殊物件的群落對症下藥，而且會讓這個群體的人產生依賴，迷戀它。我則覺得規矩迷戀者們大多是有內心法度式微的症候群。人類的行爲準則和經驗是他們找不到天道法度，試圖在「文明」的自我語系裡投機取巧煉製的心藥，就像全球化，全著全著就找不著球了。規矩食心有沒有？

我在去熱氣球培訓中心的路上一直想著我眞的是太不適合戀愛了，能守著幾條魚到老大概就算善終了。愛自己那麼多，這也讓我有時覺得噁心。

培訓中心在一個別墅區裡。中國這些年房地產行業發展迅猛，別墅區坐落在各大城市周邊。那麼高的房價，能消費的很少，房子空著的很多，甚至南方有些地方房地產商只能在別墅裡養雞，這也算是中國式田園生活吧。此處別墅區也是住戶稀少，格外安靜，和昂貴的培訓費很搭調。

學員不多，五、六人而已，教練姓方，以前是戰鬥機的飛行員，退休後來教熱氣球。他看起來精力十足，簡單和我們說了一下熱氣球的訓練計畫，就開始饒有興致地說起他的至愛——風帆車來了。他說已經改造了幾款風帆車，前一段還去電視臺錄了一檔關於發明方面的節目。我們幾個學員被他說得興起，爭著要看他手機裡風帆車的照片，他則讓我們先聽完他自己作的詩《風帆頌》：

橫空淩駕輕波渡，
潮音海韻隨橋生，
沿岸鷗翔風帆動，

銀浪濤聲共車舞。

聽完後大家熱烈鼓掌，學員小劉說：「『老幹體』詩歌就是能鼓舞人心啊。」

另一個學員笑著說：「我發現這首詩裡沒直接用成語，還不能算『老幹體』吧」。

小劉說：「對，這叫『正能量體』。我聽一個朋友說在監獄裡寫『老幹體』詩，不給減刑。」

大家哄堂大笑，感覺彼此間一下就熟悉了。方教練帶我們去看了餐廳、檯球室、桑拿室之類的。條件不錯，我想這一次可眞是度假式的課程啊。不料最後教練說：「從明天開始，每天早上五點準時起床、跑步。熱氣球的培訓主要集中在早晨，因爲這是一天中風力最小的時候。如果風大，就會影響上課，所以請大家務必準時！」

我們幾個頓時面面相覷，這是在剝奪自然冬眠的權利啊，冬眠不覺曉早起傻一天啊！教練！

太陽還在賴床的時候，鬧鐘喚醒了我的身體。果然，接下來的日子裡它無法喚醒我昏睡的靈魂，每天昏昏沉沉地起床。據說國外有個愛睡懶覺的女孩做了個兇殘的鬧鐘，叫做「喪心病狂」。就是在鬧鐘下面做了一隻會打臉的手，如果不醒，就會一直打你的臉，以達到精神一震的效果。看來我也需要一個這樣的鬧鐘幫我穿行於煩惱與必要之間。

現在我每天醒來都發現躺著的姿勢像奧特曼一樣，也不知道自己每晚都幹什麼大事去了。然後不刷牙不洗臉，頭髮比腦子還要更亂一些。穿上教練發給我們的綠色軍大衣，戴上棉帽，寒風像好多根針刺進肉裡、骨頭裡。雙手雖然戴著手套，仍然凍得像貓咬一樣疼。教練說越冷的天氣跑步越容易出汗，這是經驗，三九天跑步跑不過一公里就開始出汗，比平時早出汗半公里。這是身體的自抗力，外面越寒，內裡越暖，活著非如此不可。

我們一直跑到最後頭髮結冰，下巴僵硬，冷暖自知啊。然後開始在指定場地一點一點給熱氣球充氣，熱氣球比我原來想像得要大得多，有一間房子那麼大。充氣時我們要在氣球內行走來抓緊纜繩，再爬進放在卡車上的籃子，學習落地姿勢。

這些要一遍遍地練習。沒什麼風的天氣我們就把熱氣球慢慢地升起，熱氣球裡面沒有方向盤，由於風在不同的高度有不同的方向和速度，我們要根據飛行需要的方向選擇適合的高度。站在逐漸升起的籃子裡面感覺很穩，沒什麼搖晃，就像踩在地面上一樣。

天色也開始亮起來了，有時還能看到日出帶著噴薄四射之光，我的心情好像也是被太陽引出的射線一樣向四周發散，宛如童話，我欲乘風破浪，踏破金色海洋。想起了司空圖《二十四詩品·論豪放》在形容鯤鵬展翅一飛沖天時說：「天風浪浪，海山蒼蒼。真力彌滿，萬象在旁。」又如莊子筆下的鯤鵬雀鴳，龜蛇蚌鱉，大椿雁鵝，海鳥蝸牛，魚猴蜩羊，櫟樹馬蹄，朝菌蟪蛄，一草一木，一魚一鳥，那麼富有生命力的萬物像一顆顆汁水飽滿的柳丁，感受到它果汁四濺的時候，忍不住想叫一聲「嘿」，多麼壯烈又可口啊。是冬天裡的春氣，鼓動著人的心像嬰兒出牙時的牙齦肉，那種透芽的痛癢，拓人胸臆，起人精神。

十八世紀，法國的約瑟夫、蒙哥爾費兄弟發明了世界上第一隻熱氣球。全世界有兩個地方最適合乘坐熱氣球飛行遊覽，一個是非洲肯亞的馬賽馬拉草原，另一個是土耳其的卡帕。熱氣球的駕駛技術並不以飛得多高做標準，而是比誰的懸停能力更強，方教練說他可以駕駛著熱氣球停在林梢摘橘子呢。

我發了一條簡訊給我媽，提醒她哪天打開窗戶可能會見到我駕駛著熱氣球停在窗前向她打招呼呢。她問我在幹什麼，我說地上混不下去了，來天上混混。她又問學完這個會發什麼證書嗎？我說你也不是每天冷笑都要流淚吧？她又問下降時會不會特別不安全啊？我說，熱氣球很穩，在下降時除駕駛員外還有五個人在籃子外幫忙固定，比公司電梯安全多了。不過收氣球是件很辛苦的事，捲啊捲把氣壓出去，全程差不多要一小時。

今天我和小劉一組，方教練在地面用對講機指揮。小劉讓我先來，我就先駕駛熱氣球貼著樹梢飛了很長一段時間，然後下降到一片已經結冰的湖面，貼著湖面滑行，最後在快要碰到崖壁的時候猛然拉升，穩穩的把氣球停在湖邊一個突起的小平臺上。小劉誇我技術不錯。我擦了一把凍出的鼻涕，聳聳肩，說：風吹的。

晚上漢佳給我打來電話，說她夢見了去年過世的外祖父，穿著一襲白衣，站在床前當面告誡她說：「你皈依人情如戲即是皈佛。」此話說的清晰而凝重，她醒來仍覺音猶在耳。她忽然發現眼前的世界好像變得安靜了一些，比金錢站起來說話的時候周圍還要安靜，那年那月那日大雪的感覺。她不知道最近的每個晚上她是不是都會徒勞地期待入夢之前的象徵和分崩離析，黑夜會不會變成一片比世界更大的雲。

我在電話裡說大概只有你那種白色的人才會想這些黑色的問題。

漢佳說：「今天白天我一直在研究尼安德塔人。原始人與尼安德塔人雜交孕育了現代人類，這種雜交導致人類皮膚白皙而且生育率低，同時有些基因似乎還會導致不孕症，我那麼白，又不容易懷孕，這在有關聯但又有區別的物種之間相互雜交時經常會發生，大概我要提升心智了，要不就從讀佛經開始吧。」

我不能確定她在說什麼，但是能感覺到她處在微弱機率和絕對預感的交匯處。

我說：「你是不是還有什麼事想告訴我啊？」

她說：「你怎麼知道？」

我笑著說：「人們要是不相互監視，還怎麼向神父告密啊？」

她說：「我和齊頌分手了。最近他一直說很忙，沒空見面。那天又告訴我去廣州了。我叫上Mery突襲了他的住處，發現他和另外一個女孩在一起。我當著那個女孩的面給了他一個耳光，還讓他馬上把錢還給我。我抓起對面桌上我給他買的手機，狠狠摔在地上，我們就摔門走了。路上Mery對我說為這些小鮮肉生氣不值得，過幾天她再介紹幾個給我認識好了。不過我對她說我好像已經沒什麼興致了。」

腦子裡想著我們都知道這是一個流行離開的世界，怎麼才能做到擅長告別呢？

電話結束後，漢佳發了一段話過來：

發脾氣是地獄的業因，地獄一片火海，莫生氣，免墮地獄。為何要生氣去地獄？別自討苦吃，多少人常生氣，最後進醫院治病，賠了身體花了金錢，得罪了人，也不好受，「一念瞋心起，八萬障門開」啊。

我給她回了一段話：

聽說學習架子鼓是腦洞開發的好樂器，左右開弓最練腦：

右腦管創意：

1.左半身運動知覺，如左眼、左手、左腳。

2.掌管想像直覺、韻律空間等感性思維。

3.形狀辨識：著重全貌，具空間感。

4.又被稱作「藝術腦」。

5.情緒體察：較偏向情緒性或直覺式思考。

6.需要負擔較多的正反情緒感受與處理。

7.處理事情思考，綜觀全面，立即解決。

左腦管邏輯：

1.右半身運動知覺，如右眼、右手、右腳。

2.掌管語言文字、邏輯分析、推理判斷。

3.形狀辨識：強調細節。

4.又被稱作「知性腦」。

5.情緒體察：比較偏向理性思考。

6.能將複雜問題進行分析，化繁爲簡。

7.探究事情原因，線性思考，逐一解決。

漢佳回覆：

聽說還有更簡單的方法：捏住鼻子喝茶就行。茶的香氣本來會通過鼻腔粘膜和嗅覺神經傳入大腦，再在腦中進行分析；但現在你聞不到香氣了，大腦就只能靠舌頭的味覺來拼命分析進到嘴裡的東西，這樣一來它就得到鍛鍊了。哈哈。

我放下手機，捏著鼻子喝了幾口茶，仔細體會著懺悔書中記錄了一種常見的避孕措施，就是在性愛之前或之後在女人的陰道裡滴一種名叫奧那尼的草藥汁。

安理打來幾次電話我都沒接，他又發了一則短信來：今天我的一個九〇後的學生跟我說，九〇後都是互聯網的原住民，離開電腦就像魚上了岸。這也是我見不到你的感覺。

我坐在床頭，看著安理之前發來的一些資訊。情人的字句，像睜著閃亮的冷眼進出大學的學生，讓人分不清意圖倫理與責任倫理。又像巴哈的音樂，每個音符都很重要，作品結構層層疊疊，絕不像印象派那樣，拿走幾個音符，都不會改變作品整體結構與印象，而是各個聲部會隨之失去相應的內在結構。

巴哈，顯而易見是個超人，擁有超級數學頭腦……糟糕，我最怕數學了，它和愛情一樣都是深藏于時空變幻中的精神密碼。

這些密碼是奇怪的變奏曲，既有結構性和整體性，還要在這種構建中體現出創造性。這個變奏曲的形式是以一個主題，引導出命題和對應命題，然後再探求演繹與對比的各種可能性，簡直就是數學的求證、推導和演變。據說達文西密碼是一組斐波那契數列，無限靠近黃金分割率，是人類終極的美和終極的生命高度，而愛情變奏曲的密碼好像還不止於此……

如果可以一直是幽默頑皮稚趣的「混合曲」多好啊，據說這也是巴哈家族每年聚會時必做的遊戲。他們即席演唱：「蘿蔔白菜讓我逃跑，媽媽，如果你多煮些肉，我會待久一點；看吧，我已好久沒在你身邊。」這裡使用了十七世紀義大利流行的民歌《被甘藍和芫荽所追趕》和德國民歌《離開家已有許久》，兩者旋律以對位的方式纏繞，表達樸素的感情，讓人想起：「芫荽，鼠尾草，迷迭香和百里香，代我向那裡的一位姑娘問好，她曾經是我的愛人。」多麼有世俗的朝氣！

我不知道我和安理的感情是不是揉雜了我們時代的超現實——現實各個因素的分離。而愛，就像電影一樣最可貴和最可怕的就是放大，在公與私之間、詩學與政治之間、性慾與潛意識領域甚至是在佛洛依德和馬克思之間以及其他種種，凡此種種，是不是意味著我還需要更多的「尤里卡時刻？」

我洗完澡出來看了下手機，發現又被拉進了三個微信群，一個叫「不合群」，另外兩個是「爭而不破」群和「什麼是垃圾，什麼是愛」群。最近朋友圈裡的建群狂魔很多，有的人甚至建了幾十個群。我在想哪天等我有空了，就組個「我們這邊的義大利人」群。

這是一句西方諺語，挖苦義大利人成事不足，敗事有餘。即使是在血腥的二戰中，義大利人都主要負責賣萌。還能怎樣呢？那時義大利一個著名紅酒的包裝上有「喝醉了便不會畏懼戰鬥了」這樣的宣傳語。有人說過「義大利是百分之十認眞的國民支撐起來的國家」，大概只有領袖是古羅馬人。而勤勞的中國人則可謂「六億神州盡舜堯」，忙到連騷擾女孩的時間都快沒有了，玩笑了歷史和今天。

前兩天我跟方教練說夜裡常會失眠，早晨我能不能多睡會？他笑著說你別想偷懶，你呀，練練道教的蟄龍睡功就好，這是一種睡覺也可以練的功法。他說這個方法由來已久，相傳是宋朝初年一位神仙陳摶老祖創的，這老道最會睡覺，還替睡覺起了個這麼好聽的名字。說睡著的人是蟄龍，睡中練的則是蟄龍功。他講了半天，我也不明白。

他很無奈，送了我一本小冊子，讓我自己練。可是我看來看去很疑惑，因爲那好像只是睡前操練。先是靜臥，但要側臥，弓身曲足，靜心，然後仰臥，用手跟兩腳把身體頂起來幾次，又或者仰臥強力伸蹬雙腳，再側臥。做這些沒問題，可也沒啥神秘性，而我一練就發現壞了。原來老道士練這功的關鍵似乎還在於要一手握住小雞雞，側臥正躺時都一手握著。這我可難了。

關於小雞雞的問題，我不好也不想去問方教練，索性發了短信讓安理去問他道教方面的好朋友。

安理不知什麼陳摶，也不知我爲何忽然要問小雞雞，可是他很努力地去問了一番。終於回來跟我說他們道教對於女人睡覺這回事有點不明白，好像很少談到女人入睡前不握小雞雞是否改擱陰戶之類。倒是有一派內丹法。稱爲大西江派，說是不必握小雞雞，一手按在丹田上就可以了。另外，這一派，講如何讓自己靜下來，它們稱爲定，也不做體操，而是說「心息相依。」心其實就是意識，息是呼吸，心關注在呼吸上慢慢人就靜定了，然後漸漸睡意上來，因而睡去，他們稱爲「心息相忘」，因爲睡著啦。

「哦，這看起來比較靠譜。」我跟安理說：「可是人家不是說入定不是睡嗎？我看他們修行的人都說睡是昏沉，不能眞睡的。」

「不，人家這就是睡，據說睡得越熟越好。好了，寶貝乖，趕緊睡吧！」

第二天早晨，覺得頭腦似乎比平時清明了一些。早晨跑完步後，我覺得沒有什麼食欲，不想去吃早餐，回到房間沖了一杯蜂蜜水喝，我能感覺到是因爲這兩天在排卵期的緣故，食欲是最低的。女人每月排卵期時，據專家說這是人類的自然本能保留至今的結果，排卵期的雌性動物會將更多的注意力放在異性身上，而不是尋找食物。生物學上說：「卵子是人體內唯一肉眼可見的細胞，」像我這種求知慾強而且一不做二不休的行動派，每次排卵期前後都會在內褲上找好久，可迄今爲止一直都沒見到我的卵細胞。

最近丹麥的一些旅行社爲了配合政府鼓勵生育的政策，推出了「排卵期折扣之旅」，由於旅行中的男女容易激情燃燒，只要在女性排卵期出去旅行成功懷孕的話，旅費全免，並且贈送三年免費嬰兒用品，還提出個口號：「爲丹麥而做。」

不過有點奇怪的是，他們自己不生就算了，還把精子往外送。丹麥有世界上最大的精子銀行，往世界上六十多個國家輸出丹麥精子……我是不是也該去冷凍卵子呢……這也可能是這個世界上唯一的後悔藥……想起那次跟我一起去買奶茶的小助理非要說寒天果像青蛙卵子，搞得我喝下去後感覺體內有一堆細胞在繁殖……我們的生活也可能就是一顆卵子，必須付出巨大的、比別人更多的努力，才有可能撕開一點縫隙進去，一場多麼艱難的游泳比賽啊……誰放飛了情人們的氣球，它拖著尾巴，飄向太陽，就這樣飄去……就這樣飄去……就這樣飄去……

像是一枚精子，紮向卵子……我的熱氣球……我的右手用力加了幾把火，一陣風突然襲來，我的左手一下沒控制好，火一下子就竄到了熱氣球的氣囊，尼龍面料的氣囊迅速開始大面積燃燒，方教練在步話機裡大喊：「停止加火，快降！」我和小劉趕快速降，十萬火急！

我們從吊籃裡爬出來時，周圍一堆人趕過來滅火，一陣手忙腳亂。方教練臉色灰白，一陣狂吼：「這太危險了！開熱氣球時最怕胡思亂想，你的神飛到哪去了？你怎麼那麼不專心？我教了這麼多學員，還從來沒出現過這種情況，你眞是讓我們都大開眼界了！我的血壓都快衝到二百了。」

下午開總結會的時候，方教練讓大家都談談對這次事故的看法。幾個學員都表示要接受我這次事故的教訓，在以後的訓練中要專心操作，認眞對待，畢竟這是人命關天的大事。輪到小劉發言時，他說：「最近全世界首個太陽能熱氣球已經在英國成功試飛了。這樣就不會再引發火災的危險了，它能通過太陽能給普通空氣加熱獲得動力，氣球中的空氣由太陽而不是丙烷燃燒器進行加熱，以後，不用再通過燃燒器，我們就可以眞正的離開地面了……」

方教練打斷他的話，轉頭問我：「姑奶奶，你說說吧。」

我誠心誠意地道歉，還準備買一個新的熱氣球作為對培訓中心的補償。最後我說今晚請大家到外面吃涮羊肉來壓壓驚。

晚上我們吃完飯回來，在月色下，遠遠地看到一個人站在那裡，從他扶眼鏡的動作，我就知道是安理。

回到房間，我要安理陪我先玩會電子遊戲，我們聚精會神地廝殺了起來，我玩著玩著突然停下來，和他說了今天白天訓練時燒了熱氣球的事，他輕輕地摸著我的頭，說下次別再玩這麼玄乎的東西了。

我看了看電腦四周，發現其實我並沒有在遊戲裡啊，我們生活在世界上，並不理解所遇，即便在某種程度上無解，但我們卻知道自己的角色。我有時覺得頭腦本身可能並沒有什麼用處，除了可用於發現眞實世界的和諧。就像拍一部電影時，你可能會在週四時出現一些情節，而其它的情節會出現在一個月之後，一個月後的情節在故事中又發生在週四的情節之前。事情就是這樣，常常要經過許多奇怪的程式，問題是你喜不喜歡這個過程中的那些空氣。通過動作和反動作可以隨心所欲地冒犯它，像吃口香糖一樣。享用它，從它身上得到你想要的，再把它吐出來，讓它以新的面貌出現，既祛魅又復魅。

晚上我把頭埋在安理的懷裡，然後纏著他給我講故事，說不講就不睡覺。安理故意做出很困的樣子，用一根手指頭撐著眼皮，就像電影裡的希臘船王歐納西斯老了以後總愛用火柴支起上眼皮，開始給我講：

「小說《鏡花緣》第二十七回中講到，海外有個伯慮國，那個地方的人有個毛病，就是對睡覺非常恐懼，生怕一覺睡去就醒不來了，所以日夜愁眠，想盡各種辦法保持清醒，長期缺少睡眠的人自然是免疫力下降，極度虛弱，一旦有人實在熬不住昏睡過去便眞的長眠不醒。這就帶來了惡性循環，整個伯慮國的人更加恐懼睡覺了……」。

我一邊聽他講一邊想佛洛依德會失眠嗎？他在給瑪莎的信裡說過他有很多不能解釋的夢，而且從來不會夢到那些白天心裡所想的事情，他的夢裡都是那些在白天一閃而過的事物。還有，他當年追求瑪莎的時候，啓動的是十九世紀末那種中產階級的精巧複雜的求愛儀式，每天送瑪莎一朵紅玫瑰，再用拉丁文、德文、西班牙文、英文或法文在附送的卡片上寫一句話，瑪莎能熟讀這些文字嗎？佛洛依德生活在愛情之中又把它疏離爲一個再現，愛的表達是否也是愛的具體顚倒呢？或者可不可以說愛情就是愛情的產品呢？

不過兩情相悅之時的熱力比核爆炸還厲害呢，人陷其中，天崩地裂。可是，天下沒有不散的宴席，如果核電站需要退役時怎麼辦？要經歷多少程序？前段時間英國服役時間最長的威爾法核電站 1 號機組被永久封閉了，享年四十四歲。不過據稱，爲了確保善後的安全性，預計要到整整九十年之後，才能完成全部的清理拆除善後工作。爲什麼需要如此漫長的「閉幕式」？

想到這裡，我突然從床上坐起來，穿上衣服，到電腦前打開了原子能機構（IAEA）的官網介紹，想詳細的瞭解這個神秘的過程。發現對於核電站來說，原來退役是個相當複雜、長久而且技術含量很高的事情。甚至整個退役過程有可能比核電站服役的工齡還要長，我數了數核電站退役總共分爲十一個階段：起草退役計畫、卸出反應堆核燃料、場內處理退役的核廢物、轉移退役的核廢物、做好安全隔離準備、局部拆除、主動隔離措施、被動隔離措施、徹底拆除、最終環境監測和行業許可證到期。

我把安理從床上拉過來看，然後我說：「哇，眞是曠日持久，看來核退役的過程跟中年男人的離婚有一拼啊，哈哈。」

安理打著哈欠說：「如果那些女人也像你一樣常常半夜驚坐起，那些男人大概就被折磨得沒力氣離婚了。」

我想知道會不會每個人都常常會有一種想要重新組合星宿的自戀性嘗試呢？這種令人不安的親密性就像有一次我很偶然地聽到了伊朗的一種古老樂器「凱曼恰

（Kamanche），它的音律聽起來有點怪，由於音階中夾雜著各種微分音，總讓人習慣性地認爲它的高音非常不准。

空氣中則充滿了興奮與絕望。ＩＰ霸屏、二次元經濟集中發力，每天都預告著即將到來的榮景。要不就是資本大鱷瞄準文化產業，什麼融合發展、轉型升級、創新驅動、文化強國、內容產業崛起之類。還有各式特色小鎮，猛來抓我眼球。版畫小鎮、影視小鎮、最撩小鎮、最潮ＡＩ產品、最爆網紅，連袂來襲。可是消費者都在冬眠。轉型升級，意思是說許多產業要倒閉了；創新驅動，表示許多人要換腦子了。對很多人來說，站在新生的憧憬之前，是衰謝的茫然。風寒正厲，誰都只能擁著僅有的錢財和愛人審愼度日。被換下的血，流淌到社會不知名的角落去瘀堵、結痂。

最近阿蕊經常在朋友圈發她和她的男朋友熱吻的照片。她說兩人熱吻時舌頭相觸可以引發心波，舌８字形觸摸誘發心８字形走向心，心開竅於舌。還說她經常在夜裡，給很多朋友發短信，寫一些她頓悟的文字，可沒有人回她。後來大家雖然多次見面也從沒人說起此事。她就寫了幾首歌給一些製作人看，需要的錢和關注都不要想了，只能沮喪地去寫下一首。只有下一首能振奮一下，她說看來要重新定義一下「佛門清淨」這個詞了。

她說如果向太空發射一億次訊號，被聆聽到哪怕一次，她也願意。就像特別愛罷工的法國人，在這個月的三十一天裡已經罷工十八場了，最後成功了嗎？幾乎沒有。她說也許她得了憂鬱症。

我留言給她：

來自英國倫敦大學的 CarolineJ.Falconer 發表文章，探討虛擬實境對憂鬱症患者的作用。他們設計治療方案，讓憂鬱症患者佩戴虛擬實境頭盔，螢幕中有「眞人」代替自己的視角，患者要訓練對陷入困境的虛擬孩子表達同情。情景時長八分鐘，每週練習三次。一個月後個體報告顯示，患者變得更加自我寬容，憂鬱症狀顯著減少。因此，研究者建議，沉浸式虛擬實境將可能幫助治療憂鬱症。憂鬱是一種不情願但與生俱來的問題，它專門挑選那些害怕和痛恨憂鬱之人。

阿蕊說她服了一些抗憂鬱的藥，心情時好時壞，她隨時要和心裡的那只黑狗打仗。那些藥的作用有多大，她不知道，說不清，如同朝鮮半島局勢。朝鮮戰場硝煙散去六十多年，到現在只有一紙停戰協議，一直沒有簽訂和平協議。所以，理論上講，有關國家在朝鮮半島還處於戰爭狀況，你說是不是也夠奇葩的？這麼多年，中國一直是在積極地斡旋，像抗憂鬱藥一樣企圖發揮積極作用，但目前的狀況是，幾方都極度不信任。

從用電流演奏愛到融化報恩寺，到大姨媽來的前兩天應該做什麼，她的表情越來越少，有時她覺得自己是被迫平靜地活在這個世上。看著王爾德的照片和傳記，她不明白這個人怎麼會成爲唯美主義的旗手，他走起路來大搖大擺，拖拖拉拉，懶洋洋的。他面色蒼白，有月亮一樣的臉龐，眼睛是瓷藍色的，而一口齙牙是綠而近黑的，估計那是用水銀治療梅毒病所致。美與藝術和人的身體究竟有什麼樣的連結呢？就像一部電影的長度爲什麼似乎總是和人類的膀胱耐力直接相關。

「眞正的『療愈』是要拼了命換來的。」一位心理學家說。

她不知道自己爲什麼會想這些問題，她聽楊姐的一個占星師朋友說過自己出生的那個時刻，水星和金星落在了木星的宮位上。這種天象得到的預言是：偶爾她會受到上帝的欽點，上帝對她說，她的生活有時肅穆，有時頑皮，有時肅穆而頑皮。上帝會讓她一次次接近無聊，接近某個距離，登上彩虹再摔破彩虹。她說常會做這樣的夢：月光映亮天宇，夜空遼闊，但是海面仍舊黝黑，像石油蕩著波光，那艘巨輪到底去哪裡了呢？想到那些莫名其妙不知所蹤的人對於這大海、對於這宇宙，是如此微不足道，而這同樣也是活著的人們的命運，搜救員蹲在船頭掩面哭泣。他無可奈何又無限哀傷的想，相對於生下來就會跑的小馬來說，人類都不過是早產兒。

她說現在已經很少和男朋友見面了，他越來越百依百順，虐待一個受虐狂還有什麼快感呢？她覺得人類的將來應該不會用太久的時間，就會出現比「夫妻」更重要的男女關係。跟眞正喜歡的人，根本無法做愛，有愛的性交太讓人疲憊了。

她不知道怎麼消除與人交往時那種突然的感覺。她朋友很少，又討厭運動，除了去酒吧唱歌外幾乎是個不愛出門的宅女，也不是個吃貨。前一段時間，她發明了一個愛好，這愛好就叫「幻想購物」。就是在網上搜自己想要的東西，然後假設自己已經買到了，心裡很滿足，把自己的衣櫥當做店鋪，再次享受購物的喜悅。

就像鹿臍周圍的麝香雖已凝固，但清香四溢禁錮不住。可惜她並沒有見過麝香，她憑想像呼吸著那種味道，她的喉嚨從來沒有這麼癢過，不由得往電腦上吐了口痰。痰——那卻不是痰。

一種腦液的放逐。實際上，她想，放逐是這樣的問題：移身別處，但在它停下的地方，它總感覺到自己格格不入。要成爲一個自由的人，放逐已經成了一個必要的儀式，因此，對於每一個生命軌跡而言，放逐其實已經消除了空間和邊界的相對性。

放逐我的腦液給我的生活帶來了新生、希望和新的虛擬空間。對那些指責我是樂觀主義者的人，我要說我是快樂的，我以我能做到的最自由的方式生活著。

三個小故事

一、歌手

有個歌手，在她寫下的歌曲前看來看去，那是她寫下的十五首歌，她一頁頁地翻著那個本子，發覺每一首歌都能在她心頭喚起某種特別的感覺，她絞盡腦汁思來想去：隱沒在歌曲中間和盤旋在它們周圍的到底爲何物。

她在想每次寫歌時的心情，痛苦的時候寫了一首痛苦的歌，或者高興的時候寫了一首高興的歌，這是一種很寫實地表達。還有一種就是痛苦時寫了一首高興的歌，或者在喜悅時寫了一首痛苦的歌，也就是所謂的表現。

她使勁地擰擠這些歌，現在卻什麼也擠不出來。那些歌像沉寂在荒煙蔓草中的瓦礫一動不動，甚至可以說：陰晦。像一個合法搶劫的困局。

她不知道怎麼辦，這是不是就像大部分中國畫家畫油畫一樣，畫面普遍顯得髒和暗。那天一位從國外回來的畫家告訴她在調色板上調色最多不能超過三次，超過了三次，一是顏色髒，二是色彩明度迅速下降。色彩是一個相對關係，要儘量少用白色來降低色彩明度，可以用黃色，甚至肉色、粉綠來替代。甚至在沒有光明的時候，象牙黑也是一種白。

不過對於「萬事皆有潔癖」的人來說，拒絕與現實交叉感染怎麼辦？她把腦袋埋進雙臂中，深深地墜入那個打開的本子中，流出了絕望的淚水。

而她的朋友卻恰恰相反，只微微彎腰低頭瞥一眼，就馬上識破了她所有的伎倆。那不就是十幾首歌嘛，一首平平無奇，一首舒緩冗長，一首沒完沒了，一首無病呻吟，一首濫情，一首神聖，一首呆頭呆腦，一首簡直聽不下去，一首有恭維相，一首沒放開，一首狂得沒邊，一首不可理喻，一首聽了想吐，一首糊塗至極，一首克制，最後，沒得說了，因爲不過只有十五首歌，不過如此，他的嘴裡神速地吐出了這些評價，信手拈來得像吐著口香糖，輕鬆得毫不費力。

她一直趴在那個本子上，眼淚婆娑。他站在金色的陽光中，哈哈大笑。這笑聲猛烈地吹著她的睫毛，淚只能更多。她和他們——她的朋友們之所以還要牢牢聯連在一起，因爲在每個可能可以選擇猜疑的刹那，她都只能選擇用善意去揣測和對待。

二、媽媽

現在我的腦子裡出現了一個潦倒而胖胖的女人，那是我的媽媽。她和我爸分手後，我猜她已經很久沒有和男人在一起了。她曾經美得像天鵝一樣的脖子，已經看不到鎖骨了。

我不知道她的耳邊已經多久沒有男人的情話甚至哪怕是謊言，當然更不會像我的男朋友小丁一邊吻著我的鎖骨一邊和我討論什麼叫詹姆斯定律。這定律又稱爲欣賞定律：因爲我在吻你，所以你很美。

她跟我說起過她的青春期，面貌無瑕，婀娜有態，很多男人對她垂涎，而她卻始終和我爸爸在那個階段用柏拉圖來保持自閉。她們曾經約會在大學附近的河邊，夜色有如白晝一樣燦爛，天空的景象像蔥蘢的畫壇，月亮把寰宇照得金光燦燦，明亮得讓他們不敢牽手。

我的爸爸異常懶惰，也驚人的勤勞——全憑心情而定。他大學畢業後第一天去工作單位報到時，穿了一雙拖鞋。單位領導告訴他以後不能這麼鬆散，他就再也沒去過那個地方。可是在我媽媽的眼裡，他們的生活仿佛從此就沒有了光沒有了水。

我媽媽覺得極度沒有安全感，她受不了我爸爸的那些隨性的謀生方式，隨時去應聘，也可以隨時離職，好好的一份工作，他會輕而易舉的放棄，甚至有時僅僅因爲公司的老闆唱歌走調，他也會是孰可忍孰不可忍地遞上辭呈。工作對於他來說，有時如白天樂透彩，有時如黑夜無人區，我媽媽覺得他就是一隻城市荒原裡的荒誕困獸。

可我爸爸卻覺得這樣的生活像丟進餐盤的一些奇怪的食物，有反胃的夢魘和嘔吐的可能，雖然會讓他心緒難安，卻又甘之如飴。他們兩個人從鮮花與月亮的青年春夢，到麵包火腿的愛情套環，直到我出生的片刻狂歡，到頭來終究是無望的。時光早晚到天涯，甚至擋不住那個冬天裡顫抖的一記耳光。這段婚姻的漫長咳嗽，最終感冒到死。那些可怕的總是陰天的日子，髒兮兮揉碎著我們那個狹小房間的雜質，無論我逃脫還是回去，它總像是發散著一種機械痲醉。

我呢，想去溫暖深邃的浪潮裡躺一會，等著任何一個潮流或漩渦將我帶往某一方向。在那裡，我會找到我所生來註定。

周圍的事物變化著像沉悶的舞蹈，我剛上中學的時候，就開始有男人從我的身體裡經過。我會吟唱著破碎的聲調——僅僅是詞語，就意味著淒涼的美好。可以確定的是，我至少學到了一些有關人類品質的東西，啊，我的心靈是多麼的古老！

晚安！

三、玩火

她的臉放著光，像冬天晨光照耀下的薄冰似的。她看著小丁快遞給她的蛋糕，他說即使阿蕊不是他的女朋友，他也願意經常照顧她，因爲沒有哪個女人像阿蕊一樣可以那麼精確地中傷他，那些女人對感情太不認眞了。

看著蛋糕，阿蕊並沒有想到蠟燭，卻想到了皮鞭。

她在這個小小的房子裡巡視著每一樣東西，房子是完全清醒的，雖說是深夜時分。她仰起頭盯著房頂看了好久，隱約能聽到樓上的馬桶沖水的聲音。這個房頂，是別人的地板。她卻完全不知道樓上的人長得是什麼樣子。她想像那個人可能是個男的，想著他雪糕掉在地上，鑰匙斷在鎖裡的樣子，他白天在外面放氣球玩，會不會氣球一下子就飛到天上，眞是又可氣又可笑。

然後半夜吃完海鮮燒烤喝完酒回來，社區樓下轉了一圈也找不到停車位，只好悻悻地把車開到附近的收費停車場。她想他這麼好吃的人應該去澳洲就好了。澳洲生物研究人員正在呼籲澳洲人都動起來，一起吃海膽保護自然環境，澳洲人大多對海膽的獨特味道很厭惡。

海膽會破壞沿海的礁石，讓那些礁石裸露在海水中。可是不管澳洲怎麼努力，依然無法解除海膽的威脅。現在，澳洲束手無策，準備聘用專業吃海膽人員，每天定量消滅海膽，完成指標者將獲得高額報酬。據說目前還無人應聘，這個人如果去了應該會吃得很開心。

阿蕊覺得他應該是個三十歲左右的單身漢，有一些閱歷，有一些想法。不像她現在這個年齡沒辦法同時既有青春又有關於青春的知識，她將嘗試著犯更多的錯誤，雖然她並不想知道錯誤在每個人心中的概念是什麼。她眞的沒興趣知道，對她來說這就像無主體的幸福——僅僅是幸福，與任何人的幸福無關。

這種日子像席勒筆下的水，見不到水的柔和與閃光，只用獨特的滯澀的線條勾勒出水波中的倒影，仿佛那個影子是一滴墨水，暈染著飄到水底……然後……就像美國作家 **Annie Proulx** 的一篇短文《每個親吻背後都是一排牙齒》。

她今天沒做什麼，除了空中的風讓寒冷降臨大地，以及那支精巧的杯子爲她的頭腦所造，她想著還能不能在肥皂里加點果仁。空氣裡瀰生著混合因素的產物，充滿了無目的無節奏的創造力，就像電音創作一樣。她想，電音應該重回根本，一首曲子裡，什麼人聲、旋律、雜七雜八的聲音，全都不要，只用一些電子音色，加上電子鼓與貝斯線，剩下的全靠創作者的功力，作出足以震撼身心的舞勁（groove）。

外面北風呼號，屋裡卻並不冷，只是乾燥得讓人喉嚨發癢，她打開了加濕器，看了眼手機，發現今天是冬至。她覺得應該從冰箱裡拿出一袋水餃煮來吃，可是又沒有一絲食欲。她打開了窗簾，平時她在家裡的時候，窗簾從來都不會打開，她幾乎會一直開著燈。因爲楊姐說有個大師算過阿蕊命裡缺火，身邊要有發光的東西來環繞和補充，房間裡最好是長明燈，楊姐讓她一定照做，哪怕這次是偏聽偏信，阿蕊想，就讓這些燈一直亮著吧，就當它們是從楊姐心裡升起來的好了。

她看著對面的一個個樓宇，在冬天裡顯得更加高大肅然。古代的瑪雅人會建立好多中心建築來標記時令的獨特。令人驚訝的是，在至點（冬至、夏至），這些建築的影子就會完全一樣。在古希臘曆法中，至點意味著新的一年的開始。想起小時候在南方一年四季的綠色，偶爾在路邊還能看到一些小蘑菇。

它們看起來都很面善，長得就像普通的路人，應該不是裸蓋菇吧？不過據說瑪雅人會使用裸蓋菇在一些宗教儀式上，貴族宴請客人時，在貝殼喇叭吹響之後，裸蓋菇就著蜂蜜一起吃進去，緊接著再吃點巧克力。之後的整個晚上，他們會唱歌跳舞或者哭泣，所有人都會看到一些異象，比如溺水、被人用石頭砸什麼的。當幻覺減弱之後，他們就會討論這些事情，他們確信剛剛看到的事情在未來總會發生。

最近有很多藝術家都在畫這種素顏蘑菇，他們叫它「神聖之肉」，還會喊它的昵稱「小花兒」。阿蕊打開電腦開始閱讀一九七六年麥肯納和他的兄弟出版的那本《手把手教你如何在家種迷幻蘑菇》

「大概比裝罐頭和製作果凍稍微複雜一點。」

阿蕊到現在都不知道自己到底喜不喜歡北京，因爲她不知道北京到底美不美。在她看來，北京好像一直隱身在幽暗無明的夜之深處，它如月華一般清蒼，如足音幽微，如草露脆弱，它是昏暗繚繞的塵世誕生出來的淒豔姣麗的鬼魅之一。這是屬於北京的一種情色的原理主義，即便猥褻也要優雅。

這個地方可能適合那種「無恐懼症」的人生存。這種病雖然是天生的，可是通過後天努力也能獲得，國外有個人在做手術時，醫生切除了他的腎上腺，從此無法分泌幫助感知興奮與恐懼的腎上腺素，進而不會對任何事物產生恐懼感。手術後，他經常上演高空跳傘和高空滑索這些極限運動。

他敢不敢自殺呢？有人可以算出自殺者的平均體重，或他們頭髮的平均長度，但這證明了什麼？又能用來說明什麼？

她開始翻看一些日本漫畫，其實每個國家都有不少鬼故事，但日本出色的漫畫產業讓那些原本模模糊糊的鬼怪們變得眞實立體了：

1. 赤頭：可以徒手插拔五尺釘的童妖。

2. 惡四郎妖怪：經常在眞定山作祟的妖怪。

3.足赤邸：一隻滿是泥漿的巨足。
4.惡路神之火：最易在雨夜暗路上撞上的怪火。
5.纏足棉：像棉花一樣的纏腳怪物。
6.天邪鬼：專門唆使人作惡的小鬼。
7.青女房：女官模樣的妖怪。
8.秤豆妖：在天花板上發出撒小豆聲音的妖怪。
9.小豆婆：喜歡抓小孩吃哦。
10.垢嘗：專門舔食澡堂污垢的妖怪。
11.海異光：海中發光的預言家。
12.油赤子：喜歡舔舐油燈的童妖。
13.油返：沿固定路線飛來的怪火。
14.一目入道：頭頂有一巨目的禿頭妖。
15.板鬼：形同木板飛行無礙的妖怪。
16.岩魚坊主：被毒樅害死的大岩魚妖。
17.一目連：能刮「颱風」的風神。
18.遺念火：成雙出現帶有某種怨恨的怪火。

19. 磯渚女：喜歡在海邊惡作劇的女妖怪。
20. 異獸：喜歡幫人背行李的妖怪。
21. 磯女：夜晚出現在船隻上的吸血女妖。
22. 井戶神（井神）：攸關家人身體健康的神明。
23. 石見牛鬼：借嬰兒騙取同情的「牛鬼」女妖。
24. 一本多陀羅：獨目獨足的妖怪。
25. 井守（蠑螈）：守護井戶的妖怪。
26. 厭魅：喜歡用背影騙人的討厭鬼。
27. 一反木綿：纏人腦袋的一匹白布。

她抓住床頭那個跟隨了她好多年的娃娃，那是小時候她爸媽給她買的，這個娃娃的眼睛隨著擺放水平不同而自動睜開或閉著的。一米多高的娃娃，晚上睡覺好嚇人，那皮笑肉不笑的猩紅嘴角，眞人一樣大小的眼眸，慘白的臉上兩坨僵屍腮紅，嚇得鄰居家小女孩再也不敢到她床上來躺著了。阿蕊卻很喜歡這個娃娃，幾次搬家都帶著她，也許因爲這是她爸媽給她買的僅有的幾個禮物之一。有人用恐怖谷理論解釋爲什麼玩偶會嚇人，就是說當玩偶百分之九十五以上與人類相似時，或者說逼眞但是又差一點時，人就會產生反感和恐懼這些負面心理。可是阿蕊覺得這個娃娃與人的相似度也就百分之七十，那爲什麼別人還是會覺得嚇人呢？

這個娃娃是阿蕊在家裡的合作夥伴。她喜歡和娃娃表演腹語，逗趣。阿蕊迷戀腹語很久了，腹語並不是眞的在用肚子說話，而是將嘴唇的動作降到最低，某些不可避免的嘴型動作則必須改以接近的小嘴型發音來做替代，比如以舌尖中音替代雙唇音。據說最厲害的腹語大師，可以同時操控六個娃娃，一個人在六個角色之間轉換。

阿蕊曾在現場看過一個美國人表演腹語，他可以一邊喝牛奶一邊唱歌，而且是用透明的玻璃杯子，讓人看得清清楚楚。還有一個人，他可以一邊抽煙一邊唱歌，人在抽煙，娃娃在唱歌。阿蕊到現在也沒搞明白，一個吸，一個吐，是怎麼做到的，她現在暫時還不想把自己弄得那麼累，目前的水準是一口氣最長可以連說三十多秒。每天至少練上半小時到一小時，但時間不能更長，免得聲帶過度疲勞，如果嗓子壞了，那她以後就只能用太陽穴唱歌了。

這個目前唯一可以養活她的工具她可得罪不起啊。想到這個，阿蕊覺得這個冬日的房間裡好像一下子充滿了好多蚊蠅，牠們壓住了她身上驕傲的香氣。這種強迫式的漠然，就像站在月臺邊緣等待呼嘯而來的火車或者倚靠在輪船邊俯視洶湧的海水，她不知道爲什麼自己的大腦總要絞盡腦汁地試圖瞭解大腦。

她想起了明代三大才子之一的徐渭，英才天縱，指掌之間，萬言可就。他曾以利斧擊自己的頭部，血流被面，頭骨皆折，幸而不死。後又似鬼神附體，他以三寸長的柱釘刺入左耳數寸，然後用頭撞地，把鐵釘撞入耳內，絲毫不覺得痛苦，又不死。一次次的花樣自殺之旅，不知是不是促發了他身體內的天機自動，疾飛狂掃，用墨如滂沱傾瀉，勾花點葉如音符入譜，彈跳有聲。

一個完全沒有自殺的社會可能是低俗和危險的。生命是如此精深微妙，繁複奧殫，誰都不知道靈感繆斯哪天會突然罷工。寂寞，穿著厚重的鎧甲靜靜地圍繞著她，她以前曾用刀片幾次劃破手臂，靜靜地看血液流淌。她不相信希望，她只相信自己的生命力，後來她又讓小丁配合她每週用採血筆互相在耳後放血，然後再各自幫對方把血吸出來，這是她的「吸血鬼計畫。」小丁說她是個可怕的白日夢者，充滿無與倫比的危險，因爲她會睁著眼睛去做夢裡的事情。

但是最近她開始對顱骨穿孔有了興趣。阿蕊起身倒了一杯威士忌，一口氣喝完，她看了一些書，不知正確還是錯誤。不過這和她無關，她覺得自己特別喜歡那些正確的錯誤。

人類有個共同的問題：由於人是直立的，心臟必須克服重力將血液輸送到大腦，而人在十八到二十一歲之間顱骨會完全封閉，所以在完全封閉之前，頭骨與大腦之間是分離的，有一定的空間。而一旦顱骨封閉之後，大腦就被固定住了。而如果大腦的活動受到限制，那麼血液的流動也會受阻，人的創造力和活力就會逐漸減弱，這恰恰是阿蕊最擔心的。她就一直琢磨著怎麼給自己腦袋鑽個孔，讓頭骨不會封閉。

聽說墨西哥有個傢伙可以做，開價二千美元。另外好像在厄瓜多爾和埃及也有做這個的，有些醫生會這個手術，但都要花很大一筆錢。唉，她想，要是能有個自動大腦鑽孔房就好了。有小隔間的那種，拉上簾子，進去扔幾枚硬幣，就開始往腦袋上鑿，事情就簡單了。

爲了這次實驗，她準備了很久，從理論到理論，反覆研究。前幾天她把一側的頭髮剃了，另一邊則很長，這些長髮一會被她撩到左邊，一邊又到右邊，怪異而有趣。她去買了一把可愛的粉色的電鑽，它有點像個午夜嬌娃。她把之前準備的麻醉劑放在桌子上，分別往那塊剃掉頭發的皮膚，肌肉和頭皮注射了一些，她站在鏡子前，發現一側頭看上去有點腫了，像枚鴿子蛋。她用刀片劃開了那個腫塊，這幾天她已經練習過使用電鑽，知道操作鑽頭需要花很大力氣。她的心跳有些加速，又抹了一道麻醉劑。那麻醉劑裡含有大量腎上腺素，可以促使血管收縮，也有一些止血的作用。

她吃了兩塊巧克力，又戴上了手套，開始從某個角度鑿進去，她不能確定是不是鑿穿了頭骨，手有點發抖，後來她聽到了一些咕嚕咕嚕的聲音，像氣泡一樣，她想這樣應該可以了。血流了很多，她進行了包紮和全面的消毒，畢竟這件事最怕的就是感染。但她全程甚至並沒有感到頭疼，她看了看錶，整個穿孔包括後續的清理工作半小時就完成了。

她感覺高興極了，終於做了這件自己想做的事。但過了一段時間，她開始感覺腳步有些飄，好像身體被抽空了一樣，她不知道這是怎麼回事，這種感覺超過了她的預期。她躺在床上，好像能聽到門外電錶奇怪地發出極響的那種滴答聲，好像過一會兒它就要給她發佈一個不可思議的摧毀性的公告，房間裡所有傢俱和牆角的僻靜處和裂縫裡又不斷地傳來各種悄悄的話語聲……突然間，燈光好像變得異常光亮，塑膠電線開始發出斑斕的色彩，霓虹般閃爍，眼前出現了很多水晶和珠寶鋪天蓋地。一道強光進入她的眼裡，一個美妙溫和的聲音在光亮之中對她娓娓道來，她好像並沒有用耳朵聽，而是在用整個身體感受這個聲音，它就化成了一個清晰的想法從心裡流過……

她不知道睡了多久，醒來後，她靜靜地躺在床上，回想昨夜的感覺，發現那種感覺還在。她很欣喜，她知道自己要的就是這種感覺。她起床，把窗戶打開了一些，她突然發現原來這扇窗戶是可以大大地敞開的。現在，從窗外吹來一陣微風，窗簾上被陽光勾畫的輪廓在微風中顫動著。這個簡直把阿蕊迷住了，她陷入到這個畫面裡。看著這個優雅的、起伏的、輕輕搖曳的影子，像寧靜的音樂，那時她覺得她的靈肉在與這被解放的久違的影子在風的見證下翩翩起舞，哦，她好像有點明白了：就是這個窗簾，這個窗簾本身就是那個秘密。

電話響了，是楊姐打來的。說給阿蕊報了個學校，希望她還是去讀書，沒學歷在這個社會很難有立足之地。阿蕊把以前已經說過無數次的話又說了一遍：莎士比亞、愛迪生，還有好多傑出人士他們哪一個中學畢業了？愛迪生連小學都沒畢業呢，思想和學歷有關係嗎？一個人心靈深處有如海洋般的思考和學歷有關係嗎？是不是吃個麻辣燙也要出示學歷證書啊？楊姐問她以後到底要過什麼樣的生活，阿蕊說要求不高，每週失眠別超過兩次就行，另外隨時想聽那種發瘋的咚咚的打鼓聲。

乙澄上個月向我借了一筆錢說有急用，兩周後歸還。現在已經超時好多天了，我的助理催過她幾次，她要麼不接電話，要麼支支吾吾說過幾天還。其實我也不吃驚，或者說從她向我借錢那一刻我就知道我和她的交往已經結束了。以我這些年的體會來說，借錢這件事到頭來我的結果都是人財兩失。我一度告誡自己凡是借錢者一律視爲絕交，爲此也得罪了不少人。

「你不是說再不會借錢給別人了嗎，這次怎麼回事？又心軟了？你不想想，一個中學老師有這麼大數目償還能力嗎？我告訴你，她們這種人借的時候就沒準備還，所以我不喜歡你和她們這種人來往，就是這個原因。」漢佳說。

她最近的裝束和以前有很大的變化：頭髮盤在腦後，別了一個玉簪，一身中式藍色衣服，棉麻質地的，腳上穿著一雙繡了蘭花的布鞋。我瞭解漢佳的想法，她一向都是「往來無白丁」的。

她讓我把手機裡乙澄的照片給她看，她看了一會，說乙澄嘴皮薄且唇線不明，這種人在被討債時，總說過兩天、過兩天，過了兩天之後再兩天。你天天催她，她就是一副死豬不怕開水燙的樣子，特別氣人。嘴皮薄唇線不明的人就愛這麼幹，辦事拖拖拉拉，遇到難處就愛向人借錢，還不上的時候就這麼一副無所謂的樣子。

我歎了口氣說：「我原來總覺得她還不至於吧？」我的眼前浮起了第一次見到乙澄時那麼清朗的衣衫和笑容。

漢佳說：「不至於？你知道的，我這種虧也是吃過不少啊。前幾年，我的一個親戚買房向我借錢，一天打十幾個電話來好話說盡，軟磨硬泡，我和莊子被纏得沒辦法就借給他了，說好半年後準時還錢，可是到了還錢的時候他說沒錢。而且最可笑的是，他最後竟然還在電話裡氣急敗壞地說：「你們眞的缺這點錢嗎？這點錢對你們來說算什麼？你們賺錢多容易啊，你們知道我賺錢有多難嗎？難道我花每一分錢都要自己去掙嗎？」他說著就在電話裡哭起來，委屈得不得了。我當時特別吃驚，完全不知道他這是什麼邏輯，簡直是不可理喻，把我氣壞了。不過後來莊子勸我說，人家窮人和我們交往，平時都是低聲下氣地，說話做事都恭維我們，你以爲人家心理平衡嗎？人家當然是覺得你有用，希望你有一天可以幫助他，而且最好是無償的。所以他們借錢這件事說得客氣點叫借錢，其實心底裡就覺得我們應該給他。你看很多有錢人或有權人都只和跟自己差不多的人交往，因爲你只要和窮人交往，最終的結果基本就是要麼向你借錢要麼讓你投資，而且你投資之後最好還能讓他堂而皇之地做個總經理，至於這個項目是賺是虧他可管不了那麼多了。所以我們現在心都變得那麼硬了，這也是沒有辦法的事啊。忘了是誰說過：「無產階級是敗德的，這話我現在是認可的。」。

我說：「事已至此，聽天由命吧。怪不得你加入好幾個富太太的俱樂部，你們買包的錢加起來都富可敵國了吧，哈哈。不過那裡有那麼多金錢在流通，淫亂自成一體呢。必然也是不甘寂寞的吧?它會出來反抗一切尺度的。想必那個圈子裡的女人在整個瘋狂的下午和晚上都在瘋狂的等待著，盼著她們獨守空房的時候，有一個年輕帥哥用一塊紅布，蒙住她雙眼也蒙住天。」

漢佳笑著說：「你說的已經是過去時態了，現在不一樣啦，她們現在大部分都開始信佛了，吃素、養生、禪修、抄經、放生之類的。前幾天大家還組織去了趟寺廟，在那裡掛單，生活可有規律了。每天淩晨四點十五分，打板聲準時響起，立即起床。早晨五點開始上課，聽比丘和比丘尼講解經咒，六點吃早飯，休息一下，七點看《華嚴經》視頻，八點半到九點誦經。九點以後開始做義工，打掃齋堂。我們都系上一條寫著「生活禪」的圍裙，掃地、拖地、擦桌子。十點勞動結束，回到敬延堂洗衣服。十一點，打板聲再次響起，我們拿著藍色花紋的粗瓷大碗來到齋堂，一條凳子坐三個人，吃飯的規矩可多了，小到連碗怎麼放，都會有身著長袍的比丘來回巡查，不能說話，手機都要關掉。寺廟受十方供養，吃飯就是一場感恩的儀式，雙手合十，念佛咒，唱佛經。中午十二點之前吃完飯，唱經咒，躬身行禮，自己去洗碗。下午，繼續勞動、上課、吃飯，八點回房間，九點打板熄燈睡覺。我現在在家裡也做了一個佛堂，每天誦經、抄經、穿禪服，練習品香、品茗、彈古琴、聽佛曲。那些茶和香啊，可貴了。但不能不這樣啊，人總要破除我執，心地清淨，才能消除業障。要常常提醒自己生起出離心、菩提心、慈悲心、恭敬心啊。」

漢佳說完，雙手合十，說了一句「阿彌陀佛。」

我說：「那你現在是一心向佛了？莊子怎麼看，他接受嗎？」

漢佳說：「他接受了。你最近一直沒見到他，他現在也跟以前不一樣了。我幫他訂製了幾套中式衣服，他現在每天在公司都穿著漢服，有一些老外的客戶可欣賞他的造型了。我們一起誦經，參加法令灌頂，還捐了一些錢給寺廟。不過後來在一個飯局上莊子的一個朋友給他講了個故事，那個朋友資產龐大，身價不凡。他說，當年梁武帝問達摩：『我一生建寺無數，齋僧無數，該有功德吧。』達摩說：『實無功德。』爲什麼實無功德呢？功德不能向外求，見性是功，平等是德，向外求的，是福德，所以說梁武帝沒有功德。莊子聽了很受啓發，現在週末都是和那個朋友的一個類似苦修團體去野外徒步。他們上次去十三陵，從早晨九點開始走，中午用自己帶著的簡易炊具煮了一碗麵吃，然後接著走，一直走到下午四點多，一天走了七個陵。晚上住到山裡，每個人都睡在自己帶的睡袋裡。我問他睡得怎麼樣，他說挺好的，居然能一覺睡到天亮，平時他可是總失眠的啊。而且，還有一點，我覺得挺有意思的，他們這些老闆們在徒步流汗，每個人的司機都慢慢地開車在後面跟著，車裡放著他們需要的物資。」

我對漢佳說：你如果喜歡參加修行活動，我可以介紹楊姐給你認識，她們經常組織各種國外的禪修營活動，在「戒定慧」的同時，你還可以順便旅遊。禪文、禪武、禪醫、禪茶、禪食、禪農，內容可豐富了。前一段我有個朋友還隨她們去泰國的一個寺廟學種水稻呢，說是一日不作，一日不食。這倒讓我想起一句禪者之言：「良田一片望無涯，曠古相傳佛祖家。」

漢佳被我說得來了興致，讓我趕快給楊姐打電話看看最近有什麼合適的活動可以參加。

可我打了兩次楊姐的手機都是關機狀態，我就給阿蕊發了條微信，想問她媽媽最近在不在國內。等了一會她也沒有回覆。我對漢佳說阿蕊是個很有意思的女孩，她可以關注一下阿蕊的微博，分享阿蕊提供的一些音樂和視頻，都是很先鋒的那種。

漢佳搜索到阿蕊的微博，剛看了一條，突然尖叫了起來，啊？你這個朋友怎麼了？我說瞧你這麼大驚小怪的幹什麼，她把手機遞給我說你自己看。

我拿過來一看也吃了一驚。阿蕊最近每天都在發一張手腕和地上都是鮮血的照片，昨天她還發了一行字「誰的骨肉，誰拿去。」我翻看了一下後面的留言，居然好多蠟燭的表情！我再往下看文字，心臟像被人穿著厚厚的皮鞋蹬了一腳：「一路走好，願有來生。」、「長腿美女，你爲什麼要做傻事？這個世界有槍，可我們有花啊。」、「抱歉，看來你和你的生活的相遇不是你所期望的。」……

蠟燭，蠟燭，蠟燭，蠟燭……

這是眞的嗎？我用牙使勁咬著指甲，這不是眞的？那麼美好的一個人！我感覺好像突然失去了作肯定判斷的能力，我只能作否定判斷。我有點語無倫次地跟漢佳說了幾句話，就沖到外面，我需要冷靜，需要一個人，我有點不知道怎樣扶起我的精神，我快步走到不遠處的一個小公園裡，覺得身體已經沒有力氣了，我放慢了腳步，想起帕慕克說的：「我的胃裡有午飯，脖頸上有陽光，腦子裡有愛情，靈魂裡有慌張，心裡則有一股刺痛。」

我還活著，還在愛著？我不知道。

我的胸口淤積著一潭淚，有阿蕊的倒影。我眼前浮現出她夕陽下的紅髮，她的一襲黑衣，她舉著相機拍照的樣子。老天把生命和相機放到阿蕊手裡，就如同把一顆手榴彈放到小孩子手裡一樣危險。

在微微逆光的街頭，阿蕊喝了一點酒朝我走過來，我們都想一直年輕的心願，這回她已經做到了。在這麼冷的天氣裡，她喝得醉醉的暖暖的，睡在白色的柔軟的床上，睡在自己黑色的夢裡了，她每天都可以和自己的影子一起玩好久了。

我在公園冰涼的椅子上一直坐到了天黑，冷月臨沐，清輝把阿蕊的影子拉得很長，好像她可以駕此冰輪，一路黑色的花飛滿天。我歎息著和阿蕊的影子說了好多話，阿蕊，這回你痛快了吧，攢了那麼久的大雨終於在滾滾雷聲中落幕了，你超越時空了，你形而上了好嗎？這回你不失眠了吧？不用整個白天都一直睡著了。

我想起了以前我和阿蕊談到的一個故事：

據英國《每日郵報》報導，今年五月八日，一頭灰色鯨在以色列沿海突然出現，海洋生物學家對此感到非常驚訝，因爲這種鯨的家在數千英里外的太平洋。牠究竟是如何輾轉千里，最後成爲地中海這片陌生海域的隱士呢？

早在十八世紀，灰鯨就已在北大西洋地區滅絕，此後，再也沒人在這個區域見過牠。現在全球僅存的二萬頭灰鯨分佈在太平洋東西岸兩個地區。它們在東太平洋地區的遷徙範圍包括從溫暖的美國加州沿海地區到冰冷的阿拉斯加州沿海區域，加州沿海是其產子的海域。另一部分鯨的活動範圍則是西太平洋的西伯利亞海域。

以色列海洋哺乳動物研究與援救中心負責人謝寧博士鑒定了鯨的身份，他說：「這是一個令人難以置信的事件，有人把牠形容爲最重要的鯨目擊事件之一。」謝寧博士稱這頭鯨長三十九英尺，重約二十噸，牠很可能是穿過西北通道後到達大西洋，這個通道通常都被冰雪覆蓋，但由於冰雪融化牠便能設法穿越。美國國家海洋哺乳動物研究室的克拉彭也認同這種解釋。

這樣的「極個別」會是鬚鯨亞目裡某種前所未知的品種裡的最後一隻嗎？還有一個可能性，鯨生物學家也這麼提出過，那就是他可能是一個缺陷兒，或者也可能是一個稀有的混血兒—可能來自於一頭藍鯨和一頭鰭鯨的雜交。但是不論怎樣解釋，這頭「五十二赫茲」獨自歌唱，獨自旅行，是獨一無二的。

根據二〇〇四年《紐約時報》上的一篇文章，也有些證據可以證明牠在慢慢成熟起來，因爲牠的聲音比起一九九二年他被海軍首次識別時要低沉一點。

儘管「五十二赫茲」的確切年齡我們不得而知。自被發現之後牠又繼續存活了二十年。據 ALASKA DISPATCH 可知牠最後的記錄地點離阿留申群島和科迪亞克島（位於北太平洋的阿拉斯加灣）並不遠—那裡也是牠自第一次被追蹤後，最靠近陸地的地方。對此，你可以查看一下牠在一九九二至二〇〇四年的之字形洄游路線圖，你也可以聽一下來自 NOAA（美國國家海洋和大氣局）的「五十二赫茲」的叫聲，你甚至可以比較一下牠聲音和其他須鯨同類聲音的不同。

雖然喜愛鯨魚的人們可能在爲有些悲哀的關於這頭世界上最孤獨的鯨的故事而傷感歎息，然而有希望的理由也還是存在的。儘管牠孤零零的，但是我們的「五十二赫茲」看來健康得很。

Kate Stafford 教授是西亞圖國家哺乳動物實驗室的研究員，她對《紐約時報》說過：「這頭鯨能在如此嚴峻的環境裡獨自生存了這麼多年，這個事實足以說明牠沒什麼健康問題。」

這頭鯨的順應力同時也鼓舞著每一顆孤獨的心。儘管牠唱響的二十年無應答的吶喊只是在冰冷的北大西洋裡回蕩著，他一直唱下去。

一個著名的禪門僧人問道：「一隻手的掌聲是怎樣的呢？」它可以引起「五十二赫茲」的共鳴。

如果以馬基維利裡的眼光來看，他認爲命運是一個女人。

北京的春天具有人性的形式：春天是一個女人，大膽勝於謹慎。春天是個女人，因爲女人僅僅屈服于暴力和大膽。人們根據經驗知道，女人委身于粗魯的男人，而不是委身于冷靜的男人。

北京的春天常被人認爲是最糟糕的季節，不冷不熱忽冷忽熱，上月的升溫如今看來像個黑色幽默，溫度在陰冷和溫暖裡跌宕。陽光每天中午才來打卡點到爲止。早晚風繼續吹，有時風沙還會毫無預兆地糊人一臉。它來勢洶洶，無半點矜持，好像並不需要醞釀，直愣愣地綻放。就像一個醉漢喝多了以後一拍桌子：「我要的春，我現在就要！」

北京的春天呀，像是從冷風中擠出來一樣，一不留神還會差點錯過呢。前幾天還一片冬意，今天一出門連翹就已經開了滿大街，玉蘭也能看到白色的花瓣了。街邊的野桃樹春意鬧在枝頭，走在街上的人們卻冬衣未減，像租來的一樣不捨離身。

我看到老董在朋友圈發了一條：別看這兩天還冷，其實北京的春天，像個沒用的男人，人間春色還沒來得及享受，就泄了，過幾天就讓人直接進入夏天。

我回了條評論：哈哈，您是站在藝術家的角度還是站在企業家的角度發此高論啊？

他踐踐地回覆了一條：我進世界美術史了。

我回：好啊，祝賀。

他又回：我的一本書將在義大利出版，書名是《當代藝術是否應該讓蒼天說話》，中國譯本也不久會上世。

我手動獻上一排鮮花。

「春日浮，如魚之遊在波」，春日裡的心性呈現浮滑而微弦之態，爲陽動之征。我最近勤於走路健身，爲了準備過一段時間去美國科羅拉多大峽谷漂流，今天出來準備買一些漂流用的裝備。

西四環出蓮石路匝道旁的那顆白楊，每年都例行孕育了一冬的花苞。最早掛滿毛毛蟲般的花，從花苞中破繭而出後的花絮，好像會在幾天之中瘋狂長大，最後像突然脫了軌一樣，到時在風中飄蕩幾日。眼前無處不飛花，旋即開始墜落滿地，既無常又尋常。

我走進這附近的一家戶外用品商店，按照教練發來的清單開始購買：

(1)快乾排汗內衣（或者化纖內衣）二套、泳裝泳帽也可以帶、UV30長袖快乾襯衫二套、UV30快乾長褲二套、UV30快乾防曬帽、百變戶外頭巾、快乾襪二套、登山手套或者單車手套、頭盔或安全帽、UV400偏光防紫外線戶外眼鏡、眼鏡繩、溯溪鞋（或沙灘鞋）。

(2)快乾毛巾、防水袋（裝手機相機等）或密封袋、求生哨、水槍、水炮、不銹鋼小盆、防曬霜、防蚊蟲藥、自充氣椅墊、垃圾袋。

(3)三公升飲用水或運動飲料、牛肉幹、葡萄乾、巧克力等高能食品。

教練又發給了我一些注意事項：

一、漂流前的準備

1.必須穿著長衣長褲，尤其是一定不要「裸漂」，經過N小時的漂流，皮膚著水後再被日光直射，必然會受到嚴重曬傷，而且水面反光也容易使皮膚受到傷害。選擇速幹面料的衣褲，可以在浪小的平緩地段利用陽光和風的力量，儘快讓衣服恢復乾爽，使皮膚少受一些折磨。

2.防曬用品（闊沿帽、戶外用頭巾、防曬霜、太陽眼鏡、眼鏡繩等）闊沿帽子，可以遮擋來自頭頂的日光，避免曬黑和曬傷。太陽眼鏡，就不必多說了，日光強烈的時候，太陽眼鏡的作用是大大的。眼鏡繩，防止對戰或翻船時眼睛滑落遺失。防曬霜，很少有防曬霜能夠眞正的防水，漂流過程中難免被水淋濕，這樣防曬霜的作用顯得微不足道，不過你們女生可以自行選擇。

小池打電話說這種柳樹發芽的時候，遠遠看去就像一片翠綠的煙霧，我們去大觀園的「翠煙橋」賞春吧。我說好，買完東西，就讓司機送我過去。

大觀園的正門是五開間大門，屋頂筒瓦泥鰍脊，兩邊石獅鎮守，白石臺階鑿成西番蓮花樣。從大門進去，迎面的假山群，是用太湖石砌築的曲徑通幽處，應合了中國古典園林開門見山的說法。轉過曲徑通幽，是沁芳亭橋，此橋處在大觀園的中軸線上。白石爲欄，環抱池沿，石橋三拱，獸面銜吐，四周美人靠爲欄，波光倩影宛若瓊閣，林黛玉重建桃花詩社的故事即在此發生。沁芳亭的西側是怡紅院，賈寶玉的住所，怡紅快綠，有鳳來儀。不遠處就是滴翠亭，紅樓夢裡「亭邊嘁嘁喳喳有人說話。原來這亭子四面俱是遊廊曲橋，蓋造在池中水上，四面雕鏤槅子糊著紙」這段寫的就是滴翠亭。滴翠亭旁是翠煙橋，各色水禽都在池中浴水，好看異常，小池正站在橋頭向我招手。

她一襲淡雅的素裙，頭上簡單的挽了個髮髻，耳垂隱約顯於髮間，散發著淡淡的柔光。只覺玉面芙蓉，明眸生輝。

我說：「小池，你現在越發是翠色欲流，一塵不染啊。」

小池說：「最近我和小馬都在調養身體，每天飲食和睡眠都很規律，要把身體調養到最佳狀態再實施造人計畫。哈哈。」

我說：「好啊，我聽我同學說女的懷孕前需要補充些維他命 E 和葉酸，男的要補充茄紅素和鋅硒寶。」

小池說：「除了這些，最近我還在惡補關於基因方面的知識，過兩天我們準備去做基因檢測，我覺得這個也是懷孕之前必須要做的，這個檢測很專業，可以預測疾病、酒量大小，還有什麼『二手煙敏感基因』、『多情傾向』、早戀、多愁善感、冒險、會不會得糖尿病，甚至在自己的基因中是否具有同性戀傾向，還有其它好多好多內容，都會通過基因的對比檢測出來。通過五毫升的血液檢測，我的三十二億核鹼基將被平均掃描三十次，最終，我和小馬將被數位化。這個檢測雖然價格很貴，想想這個錢卻花得值，人家不是說中國現在的問題是富人富得沒文化，窮人沒文化卻還想有錢，我希望我的孩子長大後既有文化又有錢。」

我本來想說這個檢測大概應在結婚前做更好，可是那又何必呢，就轉口說你們兩個人郎才女貌，一定是基因良好，小孩會又聰明又漂亮的。你的氣色那麼好，不像林黛玉「態生兩靨之愁，嬌襲一身之病」，每天嬌喘微微，病如西子，兩彎眉似蹙非蹙，一雙眼似泣非泣，難爲那些紅學家討論了二百年她的眼睛和眉毛。

小池說：賈寶玉和林黛玉是表兄妹，基因之間有很多相似性，他們結合而生的孩子，精卵配對時，由於是近親結婚後代患隱形遺傳病的機率會增加。近親係數越高，孩子繼承顯性致病基因的幾率越高，因爲他們沒有來自父母某一方的良性基因的彌補。那天有個醫生還和我一起分析了他們這對戀人結婚後的結果：

婚後寶玉想要黛玉給他生一個男孩，而黛玉想要一個女孩，不過生男生女是寶玉決定的。假設他們婚後只想生育一個小孩，這個小孩爲女孩的機會是百分之五十。假設寶玉和黛玉都是雙眼皮，而生出的小孩是單眼皮，那麼黛玉控制眼皮單雙的基因組成是Aa。寶玉和黛玉都有一頭漂亮的黑髮，而他們的孩子的頭髮明顯泛黃，這種子代個體與親代個體不相似的現象就是變異。他們孩子的眉毛與黛玉的眉毛一模一樣，這是因爲控制黛玉眉毛的基因卵細胞傳遞給了她的孩子。賈家和林家都沒有先天性聾啞患者，但大夫診斷寶玉與黛玉的孩子患了先天性聾啞病，這很有可能就是近親結婚的結果。所以如果賈寶玉和林黛玉不顧後代的健康成長硬是結合，就算家族沒有遭到抄家之禍，衰敗恐怕也難逃厄運了。

我們沿著湖邊慢慢走著，小池又接著說：「而且我才知道連偉大的博物學家達爾文居然也是近親結婚的受害者，他的老婆是他的表姐，由於奉行近親結合，達爾文家族的六十二名後人中，竟然有三十八人沒有孩子，以致這個曾經出過多位科學家、實業家、藝術家的顯赫家族後繼乏人，達爾文自己也有三個小孩幼年夭折。他自己的身體狀況也非常糟糕，除了患有嚴重的消化系統疾病，還患有一種古怪的皮膚病，使得他刮鬍子時疼痛難忍，怪不得他總是留著那把長長的大鬍子呢。」

小池又說：「噢，對了，你和安理這麼天造地設的一對什麼時候也該報個喜了吧。」

我說人算不如天算，以後再說吧。

小池說，你們兩個人做事的風格可以打一個謎語。

我問是什麼。

她說：「一手拉著賈寶玉，一手拉著林黛玉。」

我猜不出，請她說謎底。

她說：「拖泥帶水。」

清明節時，我又來到阿蕊的微博，習慣性地寫了幾句留言：

好多天沒和你聊天了，偶爾還是會想起你，想和你一起去唱歌，唱到天亮，再走到早晨的春光裡。

突然下面出現了一條回覆：

好啊。

我嚇得哆嗦了一下，問：

你是人是鬼？

又一條回覆：

這個世界還不配讓我這麼早離開它。

阿蕊！

離別也需要練習，以後慢慢會好起來的。

一隻手的掌聲

作　　者：傅一清
主　　編：叢榮成
總 編 輯：韓秀玫
封面設計：江美婷、徐靖翔
美術排版：薛美惠
出　　版：遠足文化事業股份有限公司
社　　長：郭重興
發行人兼出版總監：曾大福
發　　行：遠足文化事業股份有限公司
地　　址：231 新北市新店區民權路 108-2 號 9 樓
電話｜ 02-22181417
傳真｜ 02-86671891
郵撥帳號｜ 19504465
客服專線｜ 0800-221-029
E-Mail ｜ service@sinobooks.com.tw
官方網站｜ http://www.bookrep.com.tw
法律顧問｜華洋國際專利商標事務所 蘇文生律師
印　　刷｜成陽印刷股份有限公司　電話：（02）2265-1491
初　　版｜西元 2017 年 12 月

定價 360 元
ISBN 978-957-8630-08-6（平裝）

國家圖書館出版品預行編目 (CIP) 資料

一隻手的掌聲 / 傅一清作 . -- 第一版 .
-- 新北市 : 遠足文化 , 2017.12
面 ;　公分

ISBN 978-957-8630-08-6(平裝)

857.7　　106021879